獻給

我的雙親大人

石沛雨與林秀玉

我的雙親大人（1954）

邁向戲劇

石光生散文集

石光生 著

目錄

一個活躍的青年藝術家

——我讀石光生的散文集

馬森

散文是一個易寫難工的文類。中西方早期的散文多依附於歷史與哲學，成為與韻文對立的一種書寫體。在西方，法國的蒙田（Michel de Montaigne, 1533-1592）於十六世紀首以 essais 之名大事抒發個人的思懷；英國的培根（Francis Bacon, 1561-1626）在書寫歷史與哲學之餘，也有部分作品以 essays 之名溢出歷史與哲學的範圍之外而被視為文學作品，此兩家奠定了歐美「文學散文」的傳統。降至夏多布里昂（Francois Xhateaubiant, 1768-1848）及藍姆（Charles Lamb, 1775-1834），則儼然以「散文」名家了。但西方與韻文對稱的的 prose，多用來寫小說，凸顯了通過假想的敘述者的虛構故事，不同於「散文」的作者以素面見人。用 essays 之名的「散文」，又不乏議論，例如現代作家艾略特（T.S. Eliot）等的文論，以致散文做為一種抒情的文類，在西方是未曾得到充分發展的。

我國則不然，古代的哲學與歷史散文極為發達，甚至凌駕於韻文之上。漢代賈誼的〈過秦論〉和魏代曹丕的〈典論論文〉為散文中的政論與文論樹立了典範。到了唐宋八大家的手下，舉凡議論、感懷、抒情、記事、遊記、書札、序、跋等體裁無所不包，文筆又各有家數，成為比韻文的詩、賦、詞、曲更為自由，也更能馳騁文思與才華的文體。降至晚明三袁，把散文帶入「獨抒性靈、不拘格套」的境界，世稱「小品文」，已經有意識地擺脫實用，浸浸然以純文學而自居了。凡此歷代的成就，均為五四以降的新散文打下了堅實的基礎，而使今日的散文不論是偏向抒情的美文，還是重視評騭實用的論文、雜文，都足以與小說及詩鼎足而三，其在讀者中受歡迎的程度且尤過之。因此散文這一文類吸引了當代大批作家，即使已成名的小說家、詩人與劇作家，也多另有一隻書寫散文的手。

我素所認識的石光生，本以戲劇名家，既是戲劇博士，又是年輕的戲劇教授，在國立成功大學藝術研究所獨挑戲劇課程的大樑。學術研究以外，且從事舞台劇創作，一九九四至一九九六年一連寫出了《X山豬的故事》、《小兵之死》和《台灣人間〈兼〉神》三部劇作，以諷刺的筆觸，體現了批判現實的目的，令人刮目相看。一九九七年甫出版，就獲得高雄市文藝獎中的戲劇類首獎，再加上前年獲得《台灣新聞報》年度最佳評論獎，成為南部文壇少見的雙獎作家。殊未料石教授並未受到專業的侷限，在文學創作上具有強熾的企圖心，戲劇之外，小說、散文都曾嘗試，特別在散文的寫作上歷經歲月，並非新手，也已經獲得豐碩的成果。如今《石光生散文集》被列入「南臺灣文學—台南市作家作品集」系列，即將由台南市文化中心出版，足為南台灣的文壇添光增華。

易寫難工的散文，到了石光生教授的手裡，也自然收放自如，灼灼生輝，令人讀之不易釋手矣。散文的體裁及寫法雖有多端，但大致可以歸為兩類：一者緣事而起，一者因情而生。石光生的散文應屬於前者。細讀該集中所收作品約有四類：「童年往事」（如〈往事悠悠十八年〉、〈養蠶記〉等）、「留美生活」（如〈我在美國擺地攤〉、〈愛荷華尋屋記〉、〈愛荷華初雪〉、〈我在美國考駕照〉、〈夢幻之都—紐約〉〈紐約即景〉、〈死谷獨行記〉、〈髮〉、〈我燒中國菜〉、

〈我愛刮刮樂〉等）、「大陸行腳」（如〈大陸行腳〉、〈高原的葬禮〉等）和「戲劇經驗」（如〈去勢經驗〉、〈導演日記〉、〈天祿師的叮嚀〉、〈黃海岱的壓箱故事〉、〈通俗的古典──《錯中錯》觀後〉、〈拎著父親的戲鞋走下去─李國修的戲劇天地〉、〈敲扣歐西瑞斯之門〉、〈觀受刑人演劇記〉等），皆屬於緣事而起的散文。大凡寫此類散文的作者，多屬於理智型，敘事條理分明，抒情頗知節制，在描寫時加以解說議論，既關心讀者的理解，又企圖為讀者指出某種理路，可稱之為「導遊型」的作品。這類作品的長處，是把讀者置於觀光客的地位，使讀者可以盡覽各種風光勝景。短處是作者自覺性甚高，衣飾整飭，顧盼生姿，不易窺見作者的內心；這也是學者型的作家共同的習性。但石光生的散文比一班學者型的作品多了一份自我調侃的恢弘，因而少了一番做作的矜持，反而容易顯出使人感到親和的真誠。

因答應了作序之請，故負有細讀文本的大任，有時候不免造成一種心理的負擔，但這次卻感受到一種分外的樂趣，一方面由於作者的妙筆生花引人入勝，另一方面則是因為作者與我自己有太多共同的人生經驗，例如留學生的牛活，看戲，演戲與導戲的經驗等，因此讀來恍惚間似乎有重溫個人的舊夢。其中特別值得推薦的應屬「留學生活」與「戲劇經驗」兩類。前者雖是被過去無數的留學生寫過且自成一格的「留學生文學」，但每代有每代特殊的感受，只要繼續有留學生存在，便有寫不完的「留學生文學」。「戲劇經驗」則並非大多數人所有，這種人生中的雙重腳色扮演（人生的腳色+舞台的腳色），正如對立的兩面鏡子，反射出多層的意涵。至於「留美生活」和「戲劇經驗」重疊的部分，例如〈去勢經驗〉和〈導演日記〉等，既為作者的留美生活，又是作者的戲劇經驗，卻為過去的「留學生文學」所無，讀來分外覺得新鮮有趣。

集中另有兩篇類小說的作品，一是〈探〉，一是〈怨〉。前者有人物，有情節，用的是第三人稱，而且主人翁是一個鬼魂，無論如何不能算是散文了。後者雖用的是第一人稱的「我」，但「我」如在科幻小說裡一般飛上月球，見到了白髮皤皤的吳剛正用電鋸伐桂，而打電動玩具的嫦娥卻變成一隻老態龍鍾的蟾蜍。最後雖點明出於作者的幻想，似乎也超出了不以虛構為訴求的散文的體制了。可見作者的確並不以寫作散文為足，過人的想像力使他不由自主的馳入小說的疆域。整體而論，我們隨著導遊的作者，穿越不同的時空，時而五六十年代，時而七八十年代，時而臺灣，時而美國，時而大陸，漸次進入作者的童年、學生時代、留學生活以及現今的教授兼作家時期，借作者的眼睛觀看著一個年輕藝術家多采多姿的生活經歷，有熱情的知識追求，有停佇的回味尋思，更多的是一種熾旺的進取之心，於是在我們眼前遂漸清晰地浮現出一個活躍的青年藝術家的畫像。

新序

一九九九年台南市立文化中心出版了我的散文集，事隔二十四年，斑馬線文庫欲出版這本散文集，且加上「邁向戲劇」做為書名主標，我覺得很醒目，即欣然允諾，並提供新序。

這本散文集共搜集了二十九篇，若按照完稿的時間來看，是從一九八三年到一九九七年這十五年間的創作，被高雄市《臺灣新聞報》西子灣副刊主編魏端前輩的採納並鼓勵。然而就我的生命歷程，則是從一九六二年到一九九七這三十五年的跨越。誠如學界長輩成功大學中文系馬森教授所言，我的散文集內容包含了四大類：「童年往事」、「留學生活」、「大陸行腳」與「戲劇經驗」。

「童年往事」共有七篇，是一九八五年前往美國愛荷華大學（University of

Iowa）就讀戲劇碩士班之前的創作。其中有對外祖母蔡備女士（晚年皈依佛門，法號釋言定，觀音禪寺開山祖）與母親林秀玉女士的懷想。一九七九年我在衛武營入伍，在士林的國防管理學校，被訓練成少尉參一人事官。指揮官要我執導一齣舞台劇，我振筆疾書，完成了《刺秦王》，挑選連上同仁進行排演，然後與全營官兵見面。一九八〇年部隊移防金門，我的第一篇散文就是回想金門前線保家衛國的生活觀察。一九八一年至一九八五年我在道明中學教英文，申請教職時校長馮觀濤神父立刻要我教高中部英文。道明中學管教極嚴厲，不及格、未達高標都得挨打。不是用籐條打屁股就是打手心。但我卻採取愛的教育，未達標者只是蜻蜓點水般輕觸手心。上課時，我經常講笑話給學生提神，惹得全班哄堂大笑。或者教他們唱英文流行歌，如貓王、Lobo、The Beatles 等。一九八四年馮神父要我編寫一齣舞台劇讓學生於聖誕夜前演出。因為多年來都是教官執導《聖經》的馬槽誕生的故事，結果台下觀眾反而打酣聲四起，夢周公去也。我就到高雄女中對面的天主教玫瑰堂，向神父請教創堂的郭德剛神父的陳年往事，迅即完成劇本《郭神父傳》。然後找到最調皮的男生班演出此劇，劇中穿插台語，開創高中生演戲之先趨。演畢馮神父很高興，來辦公室找我，遞給我一封信，還說聲謝謝。我打開鼓鼓的信封，原來是新臺幣六千元，感謝馮神父啊，當時我的月薪才兩萬出頭。

教學期間，我也於一九八二年開始指導高雄師範學院話劇社。一九八三年我帶領話劇社進入高雄市立文化中心至善廳公演恩師姚一葦教授的《一口箱子》。同年我翻譯了愛爾蘭荒謬劇場大師貝克特（Samuel Beckett）的《無言劇》（*Act without Word*），並在校內公演。翌年我編導了《后羿與嫦娥》，也是在至善廳公演。一九八五年我編導了《鵲橋仙》。七月我就赴美留學了。

「留學生活」搜集了十一篇，主要是自己在愛荷華大學與 UCLA 學習戲劇的心路歷程與生活點滴。幫助我最多的是我的大哥石力生（Peter Stone），他是東吳大學經濟系學士，畢業就進入高雄的美國總統海運公司（APL）工作，到了一九八四年他和幾位同事一道申請赴洛杉磯工作，我剛到洛杉磯就與他們同住，然後跟大哥去擺地攤。一年後我在愛荷華取得碩士學位時，他專程飛來參加我的畢業典禮。然後我們就開著我的二手車，一路往東經過芝加哥華埠，第三天才抵達紐澤西親戚家。我就開車進紐約，參觀紐約這座夢幻之都。後來在 UCLA 六年半都是大哥一路呵護直到我畢業。

在愛荷華大學的學習是充滿喜悅的經驗。我遇到我的恩師 Judith Milhouse 教授，她在碩士班開了一年的 Theatre of Ideas, 從俄羅斯戲劇如何創發，如何受到德國、法國與莎士比亞的影響，然後由俄羅斯「詩聖」普希金（Alexander Pushkin, 1799-1837）開創俄羅斯戲劇的現代化與民族化。十九世紀的俄國戲劇是全世界統領風騷者，他的右手寫詩，左手創作戲劇。然後是果戈里（Nicholai Gogol, 1809-1852），他的《欽差大臣》是根據普希金告訴他的官僚事件撰寫而成，是俄羅斯戲劇重要的批判之作。而他的短篇小說〈鼻子〉更是開創荒謬小說之作。接著是托爾斯泰（Leo Tolstoy, 1828-1910），他的《戰爭與和平》是大家耳熟能詳的，但他的劇本《活屍》確是驚世之作。然後當然是契訶夫（Anton Chekhov, 1860-1904），他的《求婚記》（*The Marriage proposal*）是一齣鬧劇（farce），我在東海大學外文系大三時就上台演過。而他的《海鷗》（*The Seagull*）更是寫實主義中的經典之作。碩士班上學期我的一篇小論文就是探討《海鷗》在美國的演出，Judith 教授看了很滿意，要我交給系上聘來波蘭導演參考，原來系上的年度大戲就是《海鷗》，導演還特許我在彩排（dress rehearsal）時拍照。

除了指導教授的課，我也修了高級編劇、喜憨兒劇場、表演課程等。也參加MFA學生的 *Magic Kingdom Tokyo Ride* 的演出，飾演日本人。也參與喜憨兒劇場課演出的《星際大戰》（*Star War*），更參觀了兒童劇團在社區劇場的演出。寒假前 Judith 跟我說：「你好好準備，下學期我每個月考你一科，三次考過你就可以畢業。」我點點頭，問她：「我想申請藝術碩士班，可好？」她說：「你喜歡進圖書館找資料做研究，MFA的學生不進圖書館的。而且最重要的是，以後你取得博士學位回到臺灣絕對有工作。如果你要申請博士班，我樂意幫你寫推薦函。」春節即將來臨，中國同學會辦理春節晚會，安排了改編白先勇的《金大班最後一夜》，我在戲裡軋了兩角，和紀蔚然同台飆戲。他正在外文系讀博士班。

我申請了九個大學的博士班，芝加哥大學、佛羅里達大學、康乃爾大學等，他們全都要我去，而UCLA雖是最後回覆我，但為逃離大雪天候，我選擇了陽光普照的UCLA，好與大哥同住。

UCLA戲劇系博士班的課程十分嚴謹，開學第一周就考一百本劇本，從古希臘到現代，所有博一新生都進入考場，考兩個小時。結果一名印尼舞者不及格，必須旁聽戲劇史課程。UCLA 是採取 quarter 制，十周為一學期，一年就有三學期。我每學期選三門課，就是九學分。到了第二學期放假前所有同學必須參加口試，我口試時，六門課的教授坐成一排，逐一問我問題，我望著教授逐一回答。第三學期末再口試一次，就有一位美籍非裔男同學就大叫：「我不考了，老子閃啦！」

第二學年一開學，怎麼只有六位同學？問了系辦秘書才知道六位同學被刷掉退學了。所以我和三位同學 Laurie、Bachia 與 Antony 組成讀書會，下課後就在總圖旁的餐廳碰面討論課程的內容。有一次系上的古德曼（Henry Goodman）教授路過，就湊過來問我們在幹啥？等他知道之後就哈哈大笑，說道：You guys are gang of four！我回說此四人幫非彼四人幫也。到了第三學學年，我提出筆試以爭取博士候選人資格。結果我每天到系辦找秘書拿三份試題，回家做答，第二天回系辦交給秘書，又取回三份試題。如此考了四天才考完十二門課。接著我向博士班委員會提出博士論文提綱口試，他們贊同我研究中國元代雜劇，於是他們指定哈特（Patricia Harter）教授擔任我的指導教授，而且決定只要完成論文就無需進行博論答辯，天啊，這是多麼正面的肯定。

在洛杉磯住了六年半，做了好多演藝文化活動，認識好多長輩與演藝人才。首先是駐美代表錢復博士、駐洛杉磯代表處秘書陳南雄學長，為《鵲橋仙》跨刀上陣的王姬、照顧我很多的盧燕女士、我的僱主鄭佩佩女士、紅星林青霞小姐、陸小芬小姐，華文報社的尹祧、她哥哥尹祺等等。我除了導演自己的《鵲橋仙》，也參與加州彩券的華人電視廣告片，幫美國電影學院的大陸學生田芬演出她的畢業影片《山連山》（*Mountain after Mountain*）的主角，幫尹祺的畢業電影《LA阿傑》擔任執行製作與演員。幫鄭佩佩女士的電視製作公司為僑委會製作的記錄片《華人移民美國兩百周年紀念》，擔任執行製作，我們先到夏威夷找到孫中山唸小學的成績單，飛到舊金山華埠拍攝天使島（Angel Island）的華工血淚斑斑，當然也到紐約唐人街，在哥倫比亞大學對面的公園內我看到李鴻章親手栽的銀杏樹，後來他很晚才到唐人街的餐館用餐，廚師都休息了，臨時把剩菜大鍋炒，李鴻章覺得很滿意，就問這是啥菜啊？廚師笑道：「雜碎也。」後來到耶魯大學尋找清末駐美副代表容閎的畢業記念冊，他在記念冊上以毛筆寫上「以和為貴」四個字，在校史館看到他送給美籍夫人的中國絲絹，以及到他的墳前憑弔，地上有一塊教育部長蔣彥士致贈的紀念碑。因為容閎乃是被尊為「留學生之父」，他曾帶領一百名小留學生赴美留學，其中就有後來為中國建造第一條鐵路的詹天佑。

最精彩的是幫富樂頓加州州立大學影視系碩士班的謝以倫到內蒙古拍攝他的畢業製作《蒙古族》（*The Mongolians*），我還是擔任執行製作。先搜集內蒙古的拍攝路線，然後搭機飛到香港，轉飛內蒙首府呼和浩特，住進內蒙大學小謝的姑媽家，我們先拍呼城的老寺廟，然後路過鄂爾多斯高原，前往內蒙大草原，拍攝蒙古市集納達慕的摔交比賽，也住進蒙古包，接受美女獻酒與掛上哈達，以求保佑。沿路看到不少傲博（oboo），路過的人都往上丟石塊，這原本是薩滿教徒的祭天儀式，後來成為路標。最後當然是成吉斯汗陵，以緬懷元代開山祖師爺。

至於「大陸行腳」的兩篇散文則是一九八九年一月前往北京、山西考查元代劇場文化的觀察所得。我要感謝孔維幫我寫信給中央戲劇學院畢業的同學，北京的黃維若以及太原戲劇家學會副主席王笑林，請他們協助接待我。孔維是我UCLA戲劇碩士班的學弟，我第二次到北京時，孔維已返回北京開刀，我趕到人民醫院探望他，他母親十分哀傷：「好好的孩子怎麼得了腦瘤呀！」我不停安慰她，菩薩會保佑他的。

而「戲劇經驗」共有九篇，是回臺灣任教後的書寫。一九九五年我為高雄縣文化中心完成皮影戲民族藝師張德成的傳記，兩年後我遇到中央研究院士曾永義教授，他就勉勵我說：「你從美國拿博士回來，能研究臺灣的傳統戲劇，這是好事，這條道路絕對正確。」為了了解張德成藝師，我上台北訪問布袋戲的李天祿與黃海岱藝師與薪傳獎得主鍾任壁藝師，高雄的許福能、林淇亮等人，一九九六年我為國立傳統藝術中心執行「高雄縣傳統戲劇研究案」，更認識了布袋戲、傀儡戲、歌仔戲等劇團。後來擴及高雄市與台南市。甚至在傳藝中心的「布袋戲主題知識網」的三年研究過程，更認識全臺灣的布袋戲團。

一九九三年我返國後即到中正大學外文系任教，開設希臘悲劇、現代戲劇等課程，一九九五年我轉任成功大學藝術研究所，開設的課程更廣泛，有臺灣偶戲、希臘戲劇、現代戲劇、戲劇田野調查等。為了了解西方戲劇，我於一九九六年前往埃及與希臘考查戲劇與劇場文化，收穫頗豐，後來也兩度前往英國探索莎翁與倫敦的劇場文化，兩度前往法國，探索新古典主義戲劇大師伏爾泰（Voltaire）的家園，甚至前往莫斯科、聖彼得堡，一探俄羅斯劇場文化，也拍到普希金的銅像。

訪問現代戲劇的先行者之一的李國修，讓我記得他父親告訴他的兩個字：執著。人生在世從事某行業，只要執著必然成功。訪問恩師姚公一葦則是他病逝之前我特地北上探望他老人家的作品。遙想一九七六年初次在文化學院藝術研究所入學口試時看到恩師的印象，慈祥中散發威嚴。他不愧是開創臺灣現代戲劇的祖師爺，他極重視學生的英文能力，所以一開始就翻開一本英文理論書，指著某段要我翻譯給他聽。聽完他面帶微笑地問我讀過哪些英文劇本，我說五十本。有演過戲嗎？我說有，像是法國尤涅斯科（Eugene Ionesco）的荒謬劇《蛋》（*The Future is in Eggs*），法國莫里哀（Moliere）的《奇想病人》（*The Imaginary Invalid*），還有俄國現代戲劇大師安東·契訶夫（Anton Chekhov）的《求婚記》（*The Marriage Proposal*）等。他聽完突然眉頭一皺說他有這齣戲嗎？我猛點頭說，我演劇中的爸爸。只見姚老沉吟一陣然後開心的說有。姚師正如韓愈〈師說〉所言：「師者，所以傳道、授業、解惑也。」後來我申請到愛荷華大學攻讀第二個碩士學位，姚公、黃師美序和吳師靜吉都為我寫推薦函，幫助我邁向戲劇之路。

感謝斑馬線文庫總編施榮華慧眼獨具，以「邁向戲劇」為主標，十分貼近散文集的內容。我特意找出與散文內容相關的老照片，搭配製作，讓這本書變得更生動。我相信照片是每個人的生命軌跡，我自然不例外。當然必需再次感謝馬森教授的原序，以及出版社編輯洪春峰的鼎力協助。

付梓在即，合十感恩。

自序

文學必須來自生活；創作對我來說，只是生活感受的記錄。作品刊登之後，過了五年十年再來閱讀，最大的樂趣是：喔，原來那個時候我是關心這些事，或者，喔，原來我經歷過那些事。我的寫作經驗肇始自大一那年（一九七二），以「碧光」的筆名在東海大學的《東海導報》寫了一篇短文〈晨之旅〉，記述晨間漫步於東海校園的感受。一直到唸文化大學藝術研究所時（一九七六），才嘗試寫了舞臺劇本《愚人節的故事》，因黃師美序認為其中過多「陳腔爛調」，於是這處女作的稿子就不見了。直到服完兵役，執教於道明中學，我才開始加入南部文壇，成為一名新兵。當時在前輩作家蕭超群、魏端等人力邀下，我成為高雄市清溪文藝學會的創始會員。

截至目前，我的寫作歷程可分為三個時期：道明時期（一九八一－一九八五）、留美時期（一九八五－一九九二）與大學執教期（一九九三－）。第一個時期裡，在臺灣新聞報西子灣副刊主編魏端先生的鼓勵與鞭策下，我嘗試寫劇評、影評與散文。〈金門散記〉就是這時期首篇創作的散文，記錄了我在金門服役時的觀察。其次則是有懷念童年在故鄉高雄縣橋頭鄉白樹村生活的〈往事悠悠十八年〉與〈養蠶記〉；道明粉筆生涯有感而發的〈你醒醒吧！——給張本〉，以及充滿幻想的〈探〉與〈怨〉。這期間除了教書就是搖筆桿與導戲，也見證了高雄市戲劇活動的發展。在高雄師範大學話劇社，我的導演處女作是姚師一葦的《一口箱子》。《郭神父傳》是為道明中學聖誕節活動而作，取材自高雄市玫瑰堂首位神父郭德剛的故事，開創了高雄市高中生演劇實例。《鵲橋仙》及《后羿與嫦娥》則是為高師大話劇社編寫，後者曾兩度於高雄市立文化中心公演，手稿也找不到了。因此《鵲橋仙》是出國前唯一刊出的劇本。

留美初期在愛荷華大學（一九八五－一九八六）只寫散文，共得十餘篇，算是高產量的一年。多屬異國生活體驗之作，如〈愛荷華尋屋記〉、〈愛荷華初雪〉

等。在加大洛杉磯分校期間（一九八六—一九九二），散文還是主要創作。計有〈夢幻之都—紐約〉、〈死谷獨行記〉，描寫讀書生活的〈我燒中國菜〉、〈髮〉及導演與擔任演員經驗的〈導演日記〉、〈我愛刮刮樂〉及〈去勢經驗〉。除了散文，我則開始創作小說。於是完成了〈天堂鳥〉與〈蝶戀蜂〉。我首次感受到小說與戲劇、散文的不同，寫小說可以天馬行空，讓想像力自由奔馳，極為舒暢。這期間我也寫了一部劇本《老屋傳奇》，但仍未出版，手稿也不見了。

返國任教以來，應當是教學與研究之故，雖還寫散文，但評論較多。也觸及文化現象的觀察。於是寫了〈通俗的古典〉、〈高雄劇運強強滾〉、〈今年南臺灣的天空很藝術〉、〈毀滅與再建〉、〈本土與譯作的思索〉、〈觀受刑人演劇記〉等。另外，〈天祿師的叮嚀〉、〈黃海岱的壓箱故事〉屬於研究工作的附產品，〈典型夙昔在—追念姚師一葦〉則追憶恩師的治學待人風範。至於小說只寫了〈明年此時〉與〈滿潮心事〉。比較安慰的是，一九九六年得了西子灣副刊的年度最佳評論獎；而一九九七年一口氣出版了《臺灣世紀末三部曲》三本劇本，且獲得第十七屆高雄市文藝獎戲劇類首獎。這樣的成果自己不曾滿意過。無論如何我還是深信：文學創作是生活感受的記錄。散文是如此，小說與戲劇亦是如此。

在成大我體驗了一個優良的創作環境，它是國內少數大力強調文藝創作的大學。校長翁政義先生就任以來即大力推展藝術文化教育，今年除了舉辦雕塑大展，轟動藝文界，亦首創「駐校作家」活動，陸續聘請瘂弦、黃春明、黃美序等前輩作家駐校，與學生面對面，激發學生創作。而長久以來，成大中文系即舉辦鳳凰樹文學獎與鳳凰劇展，實為國內罕見。中文系師生在馬森、宋鼎宗、陳昌明諸位教授極力推動下，全心投入藝文紮根工作的熱忱令人感佩。而外文系出版的期刊《小說與戲劇》，在任世雍教授的鞭策下，更是激發我創作戲劇的園圃。臺南府城文風鼎盛，歷屆文學獎多有中文系所與藝術研究所的學生嶄露頭角，實為成大增添光彩。今年有幸與馬森教授及李國修先生共同評審府城文學獎戲劇類作品，算是個人為府城文學的發展盡點心力。

臺南市立文化中心特別邀請我提供拙作，以便列入「南臺灣文學（五）——臺南市作家作品集」。得知這份殊榮，個人深感惶恐，即刻自選出部分散文稿件，提供給文化中心；也對文化中心許耿修主任及推廣組王惠令小姐的熱忱深表感佩。更感謝成大馬森教授百忙中為此散文集作序，其提攜後學之情謹記於心。付梓在即，謹以此序自勉。

石光生　寫於成功大學藝術研究所

一九九八年十一月二十九日

1 金門散記

1. 海上明月

海上生明月，
天涯共此時，
情人怨遙夜，
竟夕起相思。
——張九齡〈望月懷遠〉

來到金門才剛滿一個月。
凌晨時分，一陣突發的槍聲，把我從夢睡裡驚醒。來不及點亮桌燈，右手迅速抓緊擱在床頭的六五式步槍，一腳跨進隔牆的戰情室。通宵未眠的戰情官雙手緊握電話，正向各據點探尋槍聲來源。不一會兒，事實已告大白：搜索排附近發現可疑的黑影，衛兵奉據點指揮官之命開火射擊。初抵防區時，這種狀況最為頻繁，無形中倒也歷鍊了弟兄們的膽識與警覺。

既已驚醒，難復入眠，索性肩起步槍，推開厚重的石門，步出密閉的碉堡。略帶寒意的北風從海的對岸，翻越貧脊的山巒，渡過眼前這片松林，呼嘯而去，在我臉頰留下一股鹹味，令人無從辨別究竟是海水，抑或是淚水味道。

佇立土堤高處，北風愈加強勁。白晝裡，尤其是清晨，總喜歡落腳在這隴土堤上，獨自觀賞海景。天候惡劣時，濁浪滾滾，驚濤拍岸，自成一番氣象；天氣晴朗時，碧波如鏡，海天一色，只見對岸漁帆成群起航。漁帆的顏色有白、褐、黑三種，大多綴滿補釘。遠遠望去，宛若緊貼溪澗的粉蝶，隨波逐流。面對這種清晨揚帆的景象，不免憂喜參半；憂的是，萬里江山何日重見原貌？喜的是，中國人不愧為全世界最勤勞的民族。

北風的呼號，聲聲入耳，猛抬頭，一輪明月竟浮貼海面，丹紅圓潤，既壯觀又具詩意。此刻心泉湧出一股對大自然的虔敬，思緒也回到渡海西行的幾張離愁點點的畫面：母親送我離開家門時，那兩顆掛在眼角欲泫的熱淚。坐在準備開往港口的列車上，隔窗瞥見的滿地落紅。被浪花拋得好遠，終於消逝在幽暗當中的壽山燈火，彷彿都溶入明月中似的。

折回碉堡途中，順道察看四級廠附近的對空監視哨。

「想家嗎？」我問道。

「報告人事官，我很好，不想家。」衛兵精神抖擻地回話。

我知道他向我撒謊，可是我怎忍心責備他。

2. 走過廢堡

我的白骨已經風化成缺磷的窘態
雨前雨後，卻也十分憂鬱十分想家

——楊牧〈流螢〉

來到金門的第二個月。

午餐時，營長通知各參軍官午覺後到各連綜合督導。我奉命督導第一連，該連駐地離營部甚遠，且各哨所相當分散，於是飯後即刻掛電話給第一連參一文書王勝煌，請他到連部外的叉路等我。

一覺醒來，碉堡外竟飄落雨絲。戴上小帽，夾著督導簿，便跨出營部大門。只見附近的田園，經過細雨的刷洗，露出白嫩、肥美的蘿蔔，看來將是一季豐收。遠處的太武山只望見山巒，在雨中酷似一幅潑墨山水。

和勝煌並肩走在潮濕的黃土路上，路旁的小麥已高可及膝，記得不久之前才抽出嫩芽的。距離連部尚有兩百公尺的左側，靜臥著一處小丘，這處小丘鑿了兩座碉堡，四周長滿相思樹，花期未至，不見滿地黃花。正想問堡內是否住有弟兄，卻聽見勝煌低聲地說：「這兩座是廢堡。」我們沒有駐足觀看，但我瞥見其中一座的入口處漆著一幅國徽，十分醒目。

廢堡，在金門島上處處可見。營部附近就有一座封閉多年的廢堡，早湮沒在黃沙雜草之中，想一探究竟，皆不得其門而入。第二連輔導長彭明賢曾為我描述廢堡的諸種傳聞。還強調他的確看過血跡滿壁的廢堡。他說，那是國軍在古寧頭戰役陣亡的遺跡。

3. 貞節牌坊

滿滿腹閒愁，
數年禁受，
天知否？
天若是知我情由，
怕不待和天瘦。
——關漢卿《感天動地竇娥冤》

來到金門的第三個月。

金門屬彈丸之地，名勝與古蹟之多，蔚成戰地特色之一，更是休閒時刻最佳去處，特別是金門縣政府對古蹟的維護，堪稱全國典範。明魯王墓、延平郡王祠、浯江書院裡的朱子祠、太武山頂的海印寺等，足以令人駐足忘返。如欲窺盡金門百姓生活全貌，不妨走訪位於金島東部的民俗文化村，古樸的屋宇散發著濃厚的傳統藝術氣息，置身其間，更可品味百年前的靜謐與榮耀。

事實上，金門的民宅本身即為值得觀賞的古蹟。典型的四合院落，柳條般的飛簷，橘紅的四壁，配上雕工細膩、生動的圖案，構成金門民房的特殊風格，難怪畫家席德進先生特別喜歡將之入畫。這樣的民房營區四周俯拾皆是。西堡村的一位白髮皤皤的老嫗，曾以聽來親切的閩南腔，笑呵呵地告訴我：「阮這棟厝比阮卡老囉！」的確，百年老宅在金門不足為奇。

戰地最吸引我的古蹟當屬貞節牌坊了。台北市新公園的東北角，人們仍可觀賞到這種象徵貞節婦德的建築。然而它們給我的感覺是孤寂與落寞，不似金門的貞節牌坊，一直活在人們的生活之中。

金門最壯觀的一座貞節牌坊，聳立在金城鎮的鬧區。行經牌坊的過客，不免昂首膽仰片刻。這座嶽峨的牌坊高約三層樓，由堅硬的花岡石雕塑而成。它的最頂端橫刻著斗大的「聖旨」二字，下方則橫書「欽旌節孝」四字。再下方記載著歌頌牌坊主人的文詞：

皇清誥贈振威將軍邱忠仁之妻。欽命提督浙江全省等處地方，統轄水陸軍務，節制各鎮，功加一等，記大功六次，晉封三等男爵世襲。邱良功之母誥贈一品夫人許氏坊。

另外，許多直書的對聯裡，有一幅是工部右侍郎浙江巡撫阮元的頌詞：

華表闡幽光不負冰霜苦節。
綸封錦世澤長留史冊芳聲。

不難了解的是，這座牌坊的主人即是振威將軍邱忠仁的夫人，邱良功的母親許氏。許氏守寡撫孤的美德，感動當時的皇帝，特頒貞節牌坊，以資褒揚。這不僅是許氏以數十載青春贏得的榮譽，更代表千年來傳統女性的光輝。

仰望著許氏坊，肅穆、敬仰之心油然而生，也使我想起元雜劇《竇娥冤》裡的竇娥，那位為了拯救婆婆而甘心認罪受刑的婦女。

4. 傀儡登場

把一個人想像成一千個，
並且拓展你的想像力；
當我們談到戰馬，
你就得想像你看見驕嘶的戰馬
在軟土上留下蹄痕。
——莎士比亞《亨利五世》

來到金門的第四個月。

一個陽光亮麗的假日，和政戰官周智煌、王勝煌一行三人進城渡假。抵達金城時，雖僅八時半，但古樸的街道早已人群如潮，兩側貢糖土產店的女店員，更笑靨迎人，忙著招呼不見得是要購買土產的阿兵哥。一時之間，整條街，整個金城突然熱絡起來。

我們先到街上幾家書店買書，然後到「三犬」咖啡廳享受咖啡，聆賞音樂。「三犬」的格調不差，令我們想起台南市的「木村」。「木村」是我和勝煌在台南服役時，經常去滋補精神食糧的最佳地點。

離開「三犬」，我們重返人群熙攘的街道。行至一座古剎之前，我們看見許多虔誠的善男信女，正專心膜拜莊嚴的神祇。廟前廣場正中央，臨時搭建一座小型舞台，一位中年男子正搬弄著懸絲傀儡，他的背後還懸掛著幾尊靜止的傀儡木偶。隨著傀儡細膩的動作，演師唸出泉州腔唱詞，顯然內容與廟會有關，就像歌仔戲裡的「扮仙」一般。

待他敷演完畢，我趨前和他攀談，得知他這些雕刻細緻、色彩艷麗、栩栩如生的懸絲傀儡，是他的祖父從泉州帶來的，為保存他們，每隔一段時間，還得重新為他們上漆。他又說他只不過是個業餘的演師，這年頭光靠搬演懸絲傀儡，是無法填飽肚皮的。言下之意，頗為洩氣。不久，一位老太婆拄著枴杖，來到他面前，問妥價碼，便掏出四張百元大鈔給他，然後又折回古剎禮佛去了。演師收下酬勞，剛才那股有氣無力的勁頭早就雲消霧散，他恭恭敬敬地逐一請出傀儡，引喉唱出一段酬神的扮仙戲，前後大約只有十分鐘。

金門的地方戲劇也和臺灣的地方戲劇一樣，同遭沒落的噩運。一位住在安岐李光前將軍廟附近的老農夫說，金門已經看不見歌仔戲，倒是小金門還有四個劇團，勉強撐撐場面。至於傀儡戲，恐怕我所看到的那位演師，是金門唯一碩果僅存的了。時代的變遷，難免會淘汰掉許多不合宜的東西；可是，像懸絲傀儡這麼精緻的民間藝術，應該永久流傳下去。

5. 木棉花開

接受我們的注目禮吧！

> 堂堂的英雄樹
>
> ——余光中〈敬禮，木棉樹〉

來到金門的第五個月。

只要耐心期待和仔細觀察，金門的大自然足以撫慰征人的思鄉情懷。走在田野小徑之間，一株幼小的紫雛菊，枝椏光禿的苦苓，映著落日殘暉的蘆葦，皆能引發人們對大自然的虔敬之心，領悟生命的喜悅，大自然的偉大，然後能讓人在碉堡裡冥思好幾個夜晚，然後找些詞句禮讚一番，最後將之入畫。這便是萬物皆有情的美學觀吧！

金城基督教堂院內的聖誕紅凋落之後，我開始引領蹺盼桃花的怒放。在東堡村通往營區的小徑旁，一株高大的桃樹佇立蔓草之間。時節一到，成千的桃花一齊盛開，新春的訊息從此傳遍全島。

應當是「三月的綠色如流水」的季節，我和勝煌在金城車站意外地發現一株盡情綻放的木棉樹。它孤傲地聳立車站對面的郵局前，猶如鶴立雞群。成簇的木棉花，秩序井然地排列在粗獷、結實的枝椏上，醒目、艷麗的色彩，恰似綿延不絕的火炬，輕易地吸引住每個人的目光。倒是我們倆一時之間都楞了好一陣子，誤以為我們已回返於羅斯福路那條令人悸動不已的木棉道。

後來，為了觀賞更迷人的木棉，我們決定搭車前往太武山南麓的山外。在車行平穩的公車裡，我們歡欣的心情，只有前往鹿港媽祖廟進香的香客才能領會。公車緩緩繞過一處圓環，跨過一座小橋，便進入山外；此刻，映入眼簾的，是兩排怒放的木棉。東風微拂下的朵朵木棉，英姿煥發地矗立枝頭，彷彿決意觸摸蒼穹下飄浮的白雲。忘了究竟有多少時辰從我們的仰望之間流逝，只知道我們與木棉已溶為一體，並且從它們身上領悟力爭上游的意義。

當夜，就在寂靜的碉堡，一盞暈黃的杏燈下，我鋪開宣紙，提起毛筆，憑著記憶，揮灑出一幅木棉圖。翌日，託人投入綠筒，讓遠在台南的朋友分享木棉帶給我的喜悅。

6. 夜行軍

行路難，
行路難，
多歧路，
今安在？
長風破浪會有時，
直掛雲帆濟滄海。
——李白〈行路難〉

來到金門的第六個月。

一年一度的營實兵對抗，在副師長親臨督導之下正式展開。看過我們的閱兵分列之後，副師長立刻召集全營官兵，讚揚我們的表現：「我們第二營真好！繼續努力！」這麼簡短的一句話，已經激勵每一位官兵的榮譽心。

第二天深夜，我們從太武山北麓的何厝附近出發，沿著環島北路，展開漫長的戰術行軍。以前在台南那段期間，我們參加過一次旅實兵對抗，一次師實兵對抗。旅實兵對抗時的戰術行軍，是從嘉義梅山啟程，翻過重重山巒，直抵濁水溪畔的竹山才結束。到了師實兵對抗的戰術行軍，則更加遙遠，從彰化百果山出發，翻越大度山，穿過銅鑼，渡過後龍溪，直抵北畔的頭屋鄉才結束。兩次的行程合計約兩百公里，而步兵連的弟兄扛著五〇機槍、六〇迫擊砲，依然健步如飛，面無倦容，在當時確實予人留下極為深刻的印象。

夜愈來愈深，太武山也愈來愈遙遠，行至古崗附近，天色已泛白，徹夜未眠，在每個人的臉上留下幾絲倦容。這份倦意不久就被突發狀況—中伏—驅散，只見弟兄各個忙著追擊，演練逼真，不輸於戰場所見。狀況處置完畢後，部隊重新邁開步伐，朝舊金城北行。穿過金城，另一項考驗又被裁判官頒佈下來—毒氣攻擊。大家立刻以最快的速度戴上防毒面具，接受一小時毒氣攻擊的考驗。據我所知途中並沒有任何人擅自摘下防毒面具。

部隊轉入中央公路時，火傘正高張著，汗水沾濕了草綠服，疲倦正無情地啃食著我的軀體，加上腳底的幾處水泡，我的步伐就這樣緩慢下來。這時走在右前方的營長察覺我的痛楚，回過頭來告訴我：「你以為營長生來就擅於行軍嗎？你以為營長的腳板不起水泡嗎？你錯了！我的水泡比你多，可是我必須咬緊牙關撐下去，只因為我是營長。」營長的話使我感到慚愧，也令我發自心坎地尊崇他。兩個小時之後，我們行抵成功附近，狀況終於結束。

夜裡，部隊準備返回基地。由於運輸工具不足，我和營長傳令跳下卡車，兩人竟然從成功徒步走回西山，途中，傳令興奮地描述他的家鄉的一些趣事，而我卻只顧反覆思索著營長的那些話。

7. 再見哈奇

江上幾人在，
天涯孤櫂遠。
何當重相見，

尊酒慰離顏。

——溫庭筠〈送人東遊〉

來到金門整整滿七個月半。

營測驗才結束，安岐的相思樹立刻恣意綻放繁星般小黃花，春天播種的高粱已經高可齊胸，而哈奇也陪著我三個多月。

哈奇是文書王文中從他弟弟的駐地那兒，僱著計程車抱回營區的。據說哈奇下車的時候，兩腿發軟，嘔吐了好一陣子。王文中說這狗兒居然暈車哩！由於我獨居一座碉堡，所以王文中讓哈奇住在我堡裡陪伴我。連續幾天猛餵她魚、肉罐頭，哈奇終於體力充沛起來。

哈奇是杜賓與狼犬的混血狗，具有杜賓高大的體型與狼犬的智慧。幾星期下來，哈奇已經知道我是她的新主人了。於是，晨間她喜歡陪我跑步，然後趁機闖入麥田追趕麻雀。要不，就是裝做我沒看到，故意跑得遠遠的，好讓我呼喚她，她就可以使盡氣力，朝我奔跑過來。夜裡，她總是緊貼著木板門上，豎起耳朵等待野貓前來搜索堡外的剩菜，然後出奇不意地衝開木板門，把野貓追到苦苓樹上，狂吠好久，才以勝利者的姿態折回堡內。夜晚，蚊子成群飛舞時，哈奇大概惱火了，於是她會張開大嘴，吞食討厭的蚊子。天冷時候，哈奇先是畏縮在床底下，不久竟乾脆爬上床。後來想一想她也頗可憐的，只好睜隻眼閉隻眼，讓她不受風寒。

哈奇的記憶力很強。有一次白天帶她到沙岡連督導，經過農場旁一條筆直的灌溉渠道時，一時好奇地把她推落水，她反應很快，三兩下就游上岸。幾天之後，王文中好氣又好笑地指著我說：「都是你的傑作！」原來前一天夜裡，王文中引著哈奇陪政戰官查哨，走到那條渠道前，哈奇居然一屁股坐在地上，任他們怎麼哄騙都不肯前進，害得他們以為前面必定有特殊狀況，人人子彈上膛，嚴陣以待。折騰了好久，眼看毫無動靜，王文中這才想到前幾天哈奇被我推落水的經驗，只好抱著她回來。他說，好像請菩薩入廟一樣累。

哈奇的詰慧、敏捷與忠誠很快就傳遍全營。就在離開金門前的兩個星期，第三連的甘連長笑著臉對我稱讚哈奇的種種優點，一陣嘻哈之後，便故作神秘狀地把我拉到一旁，在我耳根輕輕地說：「人事官，這樣好了，你退伍後，我幫你養哈奇，好不好？」好是很好，哈奇跟著甘連長保證不虞吃住的，但是哈奇畢竟是王文中抱來的。甘連長看我猶疑不決，立刻接著說：「我看這樣好了，前幾天我抓到兩隻老鷹，就拿牠們跟你換哈奇，挺公道的吧？」結果，王文中並沒有答應，更何況提著兩隻老鷹八成上不了運輸艦的。

日子一天天的過去，哈奇先是高興地陪我到林間散步，到各連逛逛。然而，到了離開金門的前兩天，哈奇似乎意識到我將離她而去，開始無精打采起來，老窩在碉堡外，不太理人，也失去食慾。第二天，她離開碉堡，靜伏在戰情室，一待就是一整天。夜晚三點多，一輛準備接送退伍預官的大卡車停在戰情室外頭，哈奇低著頭默默地步出戰情室靜靜坐在卡車旁，注視著我把大背包扛上卡車。卡車發動前，我把哈奇抱得好緊，而哈奇竟抽搐著，淚水從她眼眶直瀉而下。

2 你醒醒吧！
——給張本

張本：

昨天——不見細雨紛飛的清明節——黃其來老師打電話給我，說你得了腦瘤，正在高雄醫學院的加護病房裡觀察。接獲這則消息，我心痛如絞，儘管我對你了解不深，畢竟你是高一忠班的學生，我是你們的英文老師，憑著這份情誼，我必須到加護病房探望你。

今兒下午，說也奇怪，天空先是陰霾密佈，接著便是雨絲紛落。我抱著一簍柳丁，越過十全路，登上醫學院三樓的加護病房。門上的會客時間告訴我還得半個小時之後才能見到你，於是我只好在病房外的長廊上來回踱步。這麼一來一回，我看到許多躺在其他病房裡的病患，他們大多數都上了年紀，但是他們比你幸運，不像你目前昏迷不醒。天哪！造物者怎能如此虐待你？你只不過才十六歲，在人生漫長的旅途上，你才邁出第一步，你才開始要了解、擁抱這個美麗的世界，而病魔居然狠心折磨你，讓你忍受殘酷的煎熬。這！多麼不公平呀！

說老師了解你不深是事實，但你卻予老師留下深刻印象。還記得去年，我第一次到高一忠班上課，你和班上的金岳立刻吸引我的注意。一是因為你姓張單名本，讓我直覺就聯想到「禮義廉恥，國之四維，四維既張，國乃復興。」另一個原因是，你比其他同學活潑，偶爾講個笑話，你的笑聲總是比別人宏亮而開朗。

眼看還要一刻鐘才能跨進加護病房，我和同來探望你的楊老師依然耐心十足地枯候下去。突然，長廊一端走來一位穿著道明校服的女生，看她的眼神，便知道她是來探視你的，儘管我不認識她。

「妳來看張本的嗎？」楊老師關懷地問她。

「是的。」這位眉清目秀的女生低聲答話。

張本，她是國三忠班的女生，什麼名字我沒問。她說從高一忠同學那兒知道你住院的消息，今天到學校唸了一整天的書之後匆匆踏著夜色來看你。張本，你一定知道她是誰，她來看你，你高興嗎？張本，你記得我在黑板上寫過 A new pair of shoes，只有高一忠才懂得其中的含意。張本，你穿著新皮鞋嗎？張本，她還沒有吃晚餐就來看你，我們要她吃了飯再來看你，可是，張本，她執意不肯，硬是說等見了你才要吃晚飯。張本，你若能言語，她一定聽你的話去吃晚餐，可是，張本，你卻躺在加護病房裡。

六點半一到，加護病房立刻啟開。慌忙穿上淺藍的隔離衣，我在病房的角落找到你。張本，我不敢相信你原本通紅圓潤的臉，如今卻變得毫無血色，你的頭部裹著一大片紗布，床單上染了開刀後的血漬。你原本炯炯有神的雙眼，如今被膠布緊貼而不見烏黑的眼珠。你的喉嚨開了一個小孔，左手注著食鹽水，兩腳開始微腫。張本，老師來探望你，你知道嗎？唯一能顯示你的生命力依然存在的，只有你那微弱的氣息，以及病床後那一具仍在跳動的綠色心電圖。在你身邊，我首次見到你父親。他那雙焦慮的眼睛，以及在你耳畔輕喚你的名字，使我了解你是你父親心目中的寶貝，他深愛著你。他提起青年節那天你打電話來問我問題的往事，還學著你的腔調說：「剛才那段英文我這樣唸對不對？」張本，你唸得十分正確，知道嗎？然後你父親告訴我：「張本說英文老師最疼他。」其實，張本，我並沒有特別疼你，只是，我向來都把學生看成弟妹，以這份手足情感站在講台上而已。雖然上學期你的英文成績不盡理想，但我發覺這學期你用功多了。經常在下課後，抱著書本問一些你不解的問題。最近的一次，你一路追到辦公室，立在我書桌旁，耐心等候我沖好咖啡，這才彬彬有禮地發問。

和你父親交談，知道他服務於臺灣新聞報社，難怪每當我的文章在「西子灣」刊出來時，你都知道，還特地向你父親說：「爸爸，你看，這是我們英文老師的文章。」啊！張本，你不僅是我的學生，又是我的讀者，我們之間又多了一層關係，如今你變成這副模樣，我的心能不淌血嗎？你父親細心地為你微腫的雙腿抹上膏藥之後，走到護士站詢問你的情況。我貼近你身邊，撫著你的臉頰，卻不見你那純真的笑靨，然後，我撐開你那微曲的手掌，緊緊握住它，不知怎的，壓抑不住的淚水竟滴落在你我手掌之間。我以左手拭去淚痕，不忍心讓你父親撞見。張本，儘管子曰：「不語怪力亂神。」但此刻我情願相信超自然神力的存在，請各方神聖來到你身邊，聆聽我為你的禱告，讓你早日康復。

護士小姐向你父親說明你的病況，都一直不相信像你這麼健壯的體格，居然中樞神經附近冒出一顆毒瘤來。你父親告訴護士：「張本自從上了國中之後，就不曾吃過外頭的便當，我每天中午把他媽媽準備好的特大號便當送到學校去。上了高中，我們還是讓他中午吃到熱騰騰的便當。」說到這裡，我知道你父親已按不住滿腹的悲痛，淚水直在眼眶裡打轉，但，他還是堅持地忍耐下來。「好好的孩子，心地這麼善良，怎麼會這個樣子？」你父親一直不解地自言自語。

你父親握住我的手，代表你謝謝我來探望你，然後送我和楊老師到加護病房門口，那位獨自來看你的女生立在門外等著。就在這時候，黃老師正踏出電梯，直奔加護病房，向你父親探詢你的情況。張本，你身邊有許多人關愛著你：你的親人、師長、同學……你當知道這個世界到處充滿著愛心，這個世界正等待你去擁抱她。張本，你醒醒吧？若你不願看老師這張薄面皮的份上，至少，你也該為你的父母而醒來。在這世界上，是他們生你、養你、關愛你的，總不能讓他們的希望幻滅啊！

張本，老師改天再來看你，所以寫下這封信，希望你在《新聞報「西子灣」》

上讀到它。然後，重返你的坐椅，繼續聽我上課，繼續讓我聽到你的笑聲，好嗎？張本。

你的英文老師寫於72.4.6深夜。

3 往事悠悠十八年

小時候我家經常四處遷居，印象當中，恐怕不下十次。每次搬家幾乎都跟父親調職有關，倒是其中有一次由母親決定的。那一年，我才唸完高雄縣大寮鄉永芳國小五年級上學期，就在寒假期間，我們一家七口搬離住了一年半的中山中學教職員宿舍，回到我們都很熟稔的老家——橋頭鄉白樹村。當時父親一口答應，主要是想讓母親一償宿願，回老家陪伴守寡一年多的外婆。更何況當年父親隻身來台，人疏地不熟，多虧外婆的疼愛與支持，才有幸與母親結褵。談起母親的兄弟姊妹，雖然不能算少，但自從外公走了之後，大多留在外地工作唸書。譬如說，大舅在三重電信局，二舅在嘉新水泥廠，大姨早已兒女成群，四姨和五姨寄居大舅家，一個唸靜修女中，一個唸三重初中，只有三姨在大新百貨公司一樓化粧品部當店員，平日實在難得回去陪外婆，外婆的孤寂可想而知了。

當滿載家具的大卡車駛進老家庭院，停靠在庭院那兩株依然青蔥的扁柏之間，那隻曾陪伴我們幾個小鬼度過一段美好時光的老黑狗，發癲似地，直繞著卡車狂吠。待我們使盡力氣喊牠，牠才恍然大悟地猛搖已開始落毛的瘦尾巴。須臾之間，只見外婆踩著碎步，踏出廂房，趕來相迎。午後璀璨的陽光洒滿外婆深厚的皺紋，卻洋溢著難以言喻的慈愛與遮掩不住的歡欣。

搬回老家住，我們五個小鬼簡直樂歪了。大卡車駛過我們頗懷念的永芳國小，沿著狹窄的鳳林路，朝北奔馳而去。一路上，大哥眉飛色舞地向我們透露他構想多日的計畫：反正寒假嘛！得好好帶我們玩得痛快，就像從前在老家一樣。老家有啥好玩的？呵！可多著呢！到附近大池塘裡摸田螺，稻田裡釣田雞，蕃薯田裡烤地瓜，香蕉園裡拔香蕉，甘蔗田裡啃甘蔗……。說著說著，口水竟淌了滿嘴，害得才唸小學二年級的谷蓉妹妹，趕緊捂住小嘴，指著大哥說：「別那樣嘛，噁心死了！」我和雙胞胎弟弟——老三卻笑得人仰馬翻，差點兒把母親炒菜用的鐵鍋踢落車外，只有老五小弟最沒反應，畢竟他才五歲，還穿著涼快的開檔褲，那懂得什麼鄉居野趣。

和外婆住在一塊還有一個好處，那就是充當外婆的跑腿。例如，到村裡大廟旁，「沬仔」開的那家雜貨舖買菸、買雜貨；或者到後面「秧姑」家買紅龜回來拜拜。每每聽到外婆拉高嗓門：「老——二！老——三！」時，我準會飛到外婆面前，把一道前去聽候差遣的老三拋在後頭。其實，我們兄弟倆會這麼勤於充當外婆的跑腿，還不是為了辦妥事之後，外婆總會賞我們幾枚銅板——有時是五毛，有時是一元。得了銅板，我們就把它塞進自己動手鋸成的錢筒裡；然後，沒事就和弟弟各自搖晃錢筒，比比看誰的重。

後來，有一陣子，我害了貧血症。升降旗時常常站沒幾分鐘，就暈倒在地，不省人事。母親憂心如焚，帶我去醫院檢查，醫生開了一張證明，要我請假在家休養。端午節那天，只有我陪外婆吃午飯，飯後，外婆喚我到她廂房裡去。她坐在床緣，一邊抽著新樂園，一邊問我：

「今天不暈了吧？」

「好多了，外婆，找我有事？」

「好多了外婆就放心。你可不可以把這一串粽子提到三姨那兒？今天是端午，你三姨一定很想吃粽子。」外婆指著古老的梳粧台上還冒熱氣的粽子。

「三姨不是在大新嗎？」雖然明知故問，心裡卻嘀咕著：哇！這種大熱天，要我獨自到高雄去，不迷路才怪呢？

「是啊！聽說大新就在大勇路，人很多的地方，」外婆說著便從口袋掏出一張十元的鈔票，塞進我手裡：「這些錢拿去打票，剩下來的給你。」當時，從橋頭到高雄，車資只需一元五角，來回一趟三元就綽綽有餘。外婆真夠意思，一下子賞我那麼多。

從村裡步行到橋頭公路局車站，其間還有一段距離。我穿著發皺的卡其服，套上好幾天沒洗的膠鞋，提起頗重的粽子，頂著滾燙的太陽，踩在柏油路旁的小石子路上，兩隻小手還不停變換著愈來愈重的粽子。

好不容易打好票，候車亭歪斜的長椅上卻已坐滿候車的旅客。我只好倚著牆，望著公路北端，靜候普通班車的來臨。張望之間，忽見一位衣衫襤褸、舉步維艱的老人，緩緩來到這一排旅客面前，伸出乾癟的右手，口中唸唸有詞，狀若行乞。旅客當中，有個盛裝的中年婦人，脖子上掛了兩條金項鍊，手指上戴了好幾枚戒指，髮髻上還插著一朵行將枯萎的玉蘭花。說她盛裝是言過其詞，土裡土氣倒是十分貼切。老人站在她面前時，這婦人把頭甩過右肩，兇巴巴地嚷著：「啊！閃啦！莫啦！」老人喃喃自語，來到鄰座的旅客面前。他是個狠角色的少年雞仔，口中刁著一根莒光菸，AB褲緊緊貼壓著那雙抖個不停的瘦腿，蹺得像二五八萬似的。他的反應比方才那個婦人更駭人。他先朝地面啐了一口痰，差點淹死一堆螞蟻，然後瞪著老人吼著：「幹！菸給你，啊我呷啥？」看來這老人八成犯了菸癮，卻沒銅板買煙。失望之餘，他只好繞著長椅搜尋菸屁股，勉強湊合湊合。好一陣子他才摸到一小截扭曲的菸蒂，臉上頓時掠過一絲滿足，可惜很快就消失了。他從上衣口袋找出一盒壓扁的火柴，點燃那根菸屁股，雙手顫抖得很厲害。吐出一口煙，這老人步伐依然蹣跚地離開候車亭，我望著他佝僂的背影，卻不知道他要上那兒去。

車上乘客很擠，我沒想到沙丁魚，而是想起茅坑裡拚命蠕動，白白的那種東西。車子發動時，我得一手抱著粽子，一手抓緊椅背，靠兩條小腿穩住身子。車子停靠在楠梓站時，不見旅客下車，卻硬擠上來好幾個粗壯的工人。車掌小姐問他們搭到那兒，其中一人樂乎乎地說：「到市政府後面啦！」接著傳出一陣爆笑，車掌卻低著頭不說話了。我面前站著一個癡肥的胖女人，樣子有點像經常和矮仔財演戲的那個胖女明星。她的模樣差點讓我笑出聲來，滿身的香水味，臉上塗抹一層濃厚的白粉，有點像歌仔戲的演員，嘴裡還嚼著血紅的檳榔。胖女人碰上大熱天最難受不過了，身上的香水抵擋不住氾濫成災的汗水，只得化作陣陣汗臭，向我迎面襲來。右側座椅上有個瘦弱的男人，香菸一根接著一根抽，煙圈不飄往別處，卻接連滲入我鼻孔，差點把我嗆倒。左側座位上的小毛頭把頭手伸出車外，被他老母對準腦門敲了下去，下巴撞上窗緣，一把鼻涕，一把眼淚，哭得活像拉警報似的。天哪！我快窒息啦！可是車子才經過半屏山而已，看到水泥廠的煙囪吐出的黃煙，我的雙腿愈加發軟。

車子終於開進高雄市區，我早已昏昏沉沉，需要抹些萬金油。可是想起外婆的心願，以及褲袋裡那七枚鎳幣，一下車，我立刻邁開腳步，朝大新走去，雖然我已汗流浹背。

一腳踩進大新百貨公司，整個人清爽多了，原來這兒有冷氣。從擁擠的人潮裡，我看到站在玻璃櫃後面的三姨。

「哎喲！老二，你怎麼來的？一個人嗎？」三姨先是一臉驚訝，但很快就浮現一抹笑容。

接過粽子，三姨突然垂下頭，一語不發，只顧掏出手絹輕拭眼眶。當她抬起頭說話時，臉上留下兩道沒有拭淨的淚痕。

「這是我外甥，他從橋頭提粽子來。」三姨高興地拉著我跟她的同事說，語氣因興奮而抖動著。

「喲！好乖呀！」一位微胖的女同事這樣稱讚我，還要我喊她阿姨。其實，他不像車上那個胖女人那麼癡肥，應當說她很豐滿，一臉福相才對。

胖阿姨身旁的女同事也湊了過來，一雙眸子明亮照人，黑眼珠好像龍眼籽一般。她微啟朱唇說道：「看你滿頭大汗，來，阿姨幫你擦汗。」

三姨把粽子分贈給化粧部的同事，回過頭問我：「喜歡什麼，儘管告訴阿姨，阿姨買給你。」我想起班上的同學都有鋼筆，自己實在很想也能擁有一枝簇新的SKB，可是我沒有勇氣開口，那可要花掉三姨好幾十塊。三姨見我久久答不上來，跟同事交待一聲，就拉著我搭電梯上頂樓去。大新的頂樓實在熱鬧，有旋轉的木馬，看得我眼花撩亂。許多小朋友在爸媽陪伴下，玩得樂不可支。我不喜歡玩那些東西，或許它們已不再適合我了，所以只和三姨一道吃紅豆牛奶冰，吃罷，阿姨帶我去觀看望遠鏡。這種望遠鏡真新奇，可以看得好遠好遠，壽山上的忠烈祠，遠處的高樓，港口外的海輪皆盡收眼底。

「那邊就是港口，一出港口就可以到別的國家去。以後你可要好好唸書，然後出國留學。」三姨撫平我被海風吹散的頭髮，再把視線移回港口。

後來，我唸橋頭初中一年級時，外婆一心向佛，於是開始閱讀佛經。外婆生於日據時代，無緣學習漢字，也不屑於學日文，所以教她讀經寫字自然由我一手包辦。當時外婆閱讀的第一本佛經是《佛說三世因果經》，該經一開頭是：「爾時阿難度尊者，在靈山會上，頂禮合掌……」逐漸地，外婆還學會了《大悲咒》、《觀世音菩薩普門品》等經文，也會書寫自己的姓名，儘管有些歪斜，外婆總是高興得合不攏嘴。到了我讀高三那年，外婆自虔誠的信仰獲得無限的慰藉，於是決心落髮為尼。那時碰巧三姨出閣在即，當然不希望外婆遁入佛門。某天夜晚，三姨悄悄步入外婆的廂房，對外婆乞求道：「阿母，妳別出家，妳一出家我的婚禮怎麼辦？阿爸早就過世了，誰來主持婚禮？」說著，三姨的淚水決堤似地落個不停。

外婆抱住三姨，輕拍著她，以平和的語氣說：「傻孩子，別哭了，可以請妳大哥主持婚禮啊！」三姨的哭聲逐漸升高，看來她是傷心透了。後來，外婆告訴三姨，她出嫁和外婆出家完全是兩回事，但都是出自內心的意願，兩者之間並不衝突，重要的是三姨以後得怎麼協助姨丈成家立業，如何侍候公婆。不久，外婆的努力終於有了結果。她完成受戒儀式，取得「釋言定」法號，成為「觀音堂」的住持。

前年冬天，外婆在眾親人祝賀聲中，歡度七十一歲生日，詎料不及一個月，外婆竟悄然離我們而去。外婆走得非常安祥，她遺留給我們許多晶瑩剔透的舍利子，讓我們深信她老人家到西方極樂世界去了。如今，每逢端午節，望著案頭外婆的遺容，不禁想起十八年前提粽子給三姨的往事，杏燈下教外婆唸佛經的情景，以及外婆賜給我的溫馨童年。

72.7.14 文心堂

4 探

柔情似水，佳期如夢，忍顧鵲橋歸路。

——秦觀〈鵲橋仙〉

陰曆七月七日，慵懶的夕陽被貪婪的西山吞噬後，細如牛毛的雨絲便開始飄落。他踩著輕盈似飛的腳步，欣喜地上路；雨勢逐漸轉遽，但他沒有打傘。

闊別五載的風城依舊是老模樣，倒沒有什麼改變。他放慢腳步，摻雜於熙攘人群。城隍廟香火鼎盛如昔，夜市燈光如晝，仍販賣著他和她共嚐過的貢丸湯與八寶冰。趕了漫長的夜路，雖然略覺饑渴，他卻不敢駐足片刻，惟恐城隍廟忿怒的門神衝出來追趕他。

沿著星辰疏稀的北大路南行，朝左一拐，一扇熟悉的朱門映在眼前。他輕聲貼近斑剝的紅牆，舉頭一望，牆內庭院裡的那株石榴樹比以前更為蓊鬱，從雨滴拍打的葉縫望去，濃密翻騰的烏雲，恰似黑夜中醉漢的狂舞。

一幌眼，他已翻越高聳的紅牆，朝燈火微明的西窗走去。庭院裡如茵的青草平整如初，尋不著半絲踐踏的痕跡。他回頭瞧了一眼，那隻蜷伏在紗門前的老白狗依然鼾聲如雷。

捱近西窗時，突然，一道閃光游蛇似地撕裂黑夜，霹靂般巨響隨之而起，西窗上豆粒大的雨珠剎那間增添許多，他懷著難以訴說的情愫，把整張臉貼上西窗，窗內的景象遂一一顯現。

她睡在一張窄小的單人床上，雙眼緊闔，睡態柔雅，像極了盛開的荷花。頃刻之間，又一道閃光劃破黑夜，倒讓他更看清她的臉龐——一張已逐漸褪色的容顏，眼角懸著一串淚珠。他知道為什麼她連睡夢都淌淚，但他愛莫能助，只能仰天長吁。單人床旁邊有一張嬰兒床，他不曾見過的小生命正不安地蠕動著，是害怕閃光？雷聲？抑或是……？他正想輕扣西窗，卻立刻縮了回去，他瞥見房門被人推開了。

原來是她母親。這麼晚了怎麼還不睡？五年不見，她的確蒼老多了。以前泛灰的髮絲，如今早已化作霜白。她躡手躡腳，先為孫女覆上被褥，然後捱近女兒，滿臉愁苦地望著她。

又是一道閃光。他清楚地看到一張削瘦慘白的臉。凝視了好久，她才撇過頭去，跌坐床緣，佝僂的背不規則地抽搐著，還發出短促的哀嘆。難道？難道五年後她真的後悔了？後悔當年不該為女兒做錯誤的抉擇？「學畫的人最不可靠，也闖不出啥名堂，妳若跟他走，一輩子都受苦。」她經常這樣勸女兒，眼看女兒還猶豫不決，她就會這麼接著說：「乖女兒，看看人家陳老闆多體貼，比那小子強多了，嫁給他，不愁吃穿呀！」

他睜圓雙眼，急速滑落西窗的雨滴全溶為一幕幕往事。最後一幕他印象最深刻。他搭著夜快車趕去探望她。她卻莫明其妙地把他當做陌生人。以後他們就不曾見面了。不久，她成了陳老闆娘，而他呢？沒有人知道。

他當然不敢奢望她還記得他，這不是來到西窗的目的。過去的事就讓它過去，只要她還安好，他就滿足了，他經常這麼想。她母親掩門離去時，牆壁上的老鐘敲了三響。聽到宏亮的鐘聲，他才察覺該回去了。於是他深深地看她一眼，便循著原先的路徑來到朱門外。雨，不再落了。

蜷伏紗門前的老白狗，這時才驚醒過來，豎起雙耳，朝門外狂吠幾聲，旋即夾著尾巴，反身猛抓紗門，還發出陣陣哀鳴。

銀白的路燈把北大路照得分外淒清。整條大馬路，只有一個清道夫立在街心打掃。他加快腳步，匆匆和清道夫擦身而過時，清道夫的臉突然扭曲變形，一陣冰涼自腳底直竄腦門。

等他消逝在街尾時，清道夫才想起剛才那個人的模樣：他走路離地三尺，全身素白。

2009 年作者與文大指導教授黃美序合影。

2003 年作者與恩師吳靜吉教授合影。

1997 年作者在希臘雅典酒神劇場留影。

1998 年作者的《臺灣世紀末三部曲》榮獲高雄市文學獎。

1998 年作者榮獲第十七屆高雄文學獎戲劇類首獎。

2010 年作者隨中研院曾永義院士前往廈門參加廈門民間藝術節。

圖 1-1　作者與步一連參一文書王勝煌合影。

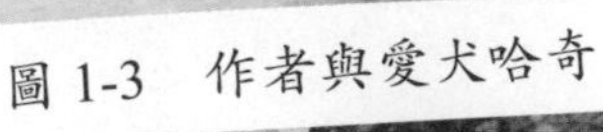

圖 1-3　作者與愛犬哈奇

圖 1-2　1980 年春天作者立於金門安岐營區外。

圖 2-1　1984 年作者帶著道明高中信班學生畢業旅行，合影於東海大學大教堂前。

圖 3-1　1958 年二舅林春雄入伍前與外公外婆及家族合影。

圖 3-2　1970 年外婆完成受戒儀式，法號釋言定。

圖 6-1　1963 年作者與父親、大哥、三弟合影於外公家。

圖 7-1　作者於恒春觀看漁民濫殺鯨魚。

圖 8-1　1985 年作者與大哥於洛杉磯 Santa Monica 海灘戲水。

圖 9-1　1985 年作者與學弟王維綱。

圖 9-2　1985 年作者與隔壁乾女兒們合影。

圖 9-3　1985 年作者與同學於系館前銀杏樹下合影。

圖 9-4　愛荷華大學戲劇系指導教授 Judith Milhouse

圖 10-1　《海鷗》的波蘭導演 Jan Skonicki

圖 10-2　1985 年愛荷華初雪。

圖 10-3　愛荷華大學戲劇系演出的《海鷗》。

圖 11-1　1986 年大哥飛來愛荷華大學參加我的畢業典禮。

圖 11-2　1986 年作者與愛荷華大學戲劇系碩士班畢業同學合影。

圖 12-2　作者於紐約 42 街留影。

圖 11-3　1986 年作者上台接受校長祝賀。

圖 12-1　1986 年作者於紐約芭蕾劇場留影。

圖 12-3　紐約所見的跳蚤市場。

圖 12-4　紐約所見的算命師。

圖 12-5　1986 年紐約街頭的樂師。

圖 13-1　1986 年作者於死谷某地留影。

圖 15-1　UCLA 戲劇博班西班牙同學甌佳與英國同學巴洽。

圖 15-2　古德曼（Henry Goodman）教授與大陸研究生孔維。

圖 17-1　1988 年 1 月作者參與田芬執導的電影《山連山》。

圖 17-2　作者扮演窮鄉人，與明星狗合影。

圖 18-1　駐洛杉磯代表處陳南雄秘書。

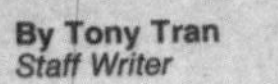

24 review wednesday, april 20, 1988 — daily bruin

Playwright premieres 'Magpies'

Taiwanese playwright and director Kuang-Sheng Shih

DAVID ZETLAND

By Tony Tran
Staff Writer

■ **INTERVIEW: Playwright Kuang-Sheng Shih.** At the International Student Center. April 1, 1988. Kuang's play *Bridge of Magpies* is a production by International Theater, to be performed Wednesday and Friday, April 20 and 22, at 8 p.m., and Sunday, April 24 at 2 p.m. At the International Student Center, 1023 Hilgard Ave. Tickets are $5 general and $3 student. For reservations and information call 208-4587 and 727-0363.

An acclaimed playwright from Taiwan, Kuang-Sheng Shih is both the composer and director of *Bridge of Magpies*, which premieres tonight at the International Student Center.

Produced by the International Theater group at UCLA, the play is subtitled "A Chinese Comedy in English of Two Lovers Separated by the Milky Way."

Shih is currently working on a Ph.D from UCLA's Department of Theater, Film and TV. Having just won the 1987 Harry Kurnitz Creative Writing Competition at UCLA, Shih explained in an interview at ISC that the right atmosphere is very important for his play. *Bridge of Magpies* will be staged in the open courtyard at the International Student Center under a starlit sky.

"It is a traditional legend about two stars," Shih said. "I adapted the story to give it a modern adaptation. The characters become modern human beings."

"My idea is that there are too many tragedies in modern life," Shih continued, stating his predilection to compose comedies.

According to the genial playwright, *Bridge of Magpies* is his first production in English, and features both American and Chinese actors.

See **SHIH**, Page 28

圖 18-2　1988 年 UCLA 的報紙刊登作者的專訪。

5 怨

嫦娥應悔偷靈藥，碧海青天夜夜心。

——李商隱〈嫦娥〉

步出才降落不久的登月小艇，我一腳踏上鬆軟的月球表面，這雙剛出廠的太空鞋，差點整個埋入土裡。就在前方不遠處，阿姆斯壯當年遺留下來的腳印依舊清晰可辨，著實叫人雀躍三尺。懷著幾絲傲氣，我回首遙望飄浮於無涯宇宙裡的地球，發現它的外表披著淡淡的雲霧，碧藍的海洋與墨綠的陸地各據一方，搭配成一幅令人讚歎不已的畫面。隱約之間，我瞥見東半球正值薄暮時分，夕陽殘暉沿著壽山的稜線而下，點點金波浮滿整座西子灣。如果喜多郎也隨我來此，目睹眼前諸般美景，必然浩歎再三，接著譜出比〈天界〉更美妙的樂曲。

在指南針引導之下，我開始移動步伐，只不過輕輕一抬腿而已，誰知道整個人竟向前凌空而去，活像金庸筆下的武林高手，施展輕功一般。躍進了數十里，一座方圓百里的窪地就在眼前，彷彿是乾涸的青海。這究竟是啥地方？我趕緊掏出自己手繪的月球表面圖，和四周的地形、景物兩相對照，才明白原來這兒就是聞名的寧靜海，難怪周遭靜謐無聲，不見洶湧浪濤。

仔細瀏覽過寧靜海沿途的奇特風光，我登上一處平坦的高地。說也奇怪，這片高地儼然是罕見的世外桃源。兩眼所及，盡是新綠，恐怕香格里拉與桃花源都要相形失色甚多。不僅如此，新綠之間還開滿各式繽紛花朵，鬱郁香氣充塞其間，招來無數蝴蝶、蜜蜂。這種飄逸的芬芳，直讓巴黎香水自嘆弗如。離我不遠處，有一棟古老的茅舍，茅舍旁一株千年桂樹直入天際，想要找到樹梢還真不容易。此時夜色已黑，但仍可約略斷定樹旁有個人影正幌動著，不消說，我敢肯定那人必定是吳剛，那個和西洋神話裡的薛西弗斯同樣命苦的受罰者。

捱近吳剛跟前，我著實嚇了一跳，萬萬沒想到他已是個白髮皤皤，兩鬢約有千丈長的老者，完全不似想像中的模樣。吳剛見我傻楞在旁，卻先開口問道：「年輕人，有沒有帶月餅來孝敬我？」呵！他居然料中我專程攜來兩盒上好的鳳梨酥與火腿蛋月餅，準備送給他和嫦娥仙子。「有！有！您老人家要不要先嘗兩口？」我一邊取出背包裡的月餅，一邊趕緊恭敬地回話。「很好，先擱著，待我砍一陣子再說。」說罷，順手舉起架在樹頭的電鋸，兩腿撐開，擺妥架勢，電鋸震天價響。吳剛不用斧頭伐樹，已改用電鋸？等他放下電鋸，跌坐樹旁喘息，我急急問他：「您這電鋸從那弄來？還管用嗎？」吳剛笑著說：「這玩意是今年升空的太空梭『挑戰者』為我運來的，它還是臺灣造的呢！你看，這上面還刻著 Made in Taiwan!」真有這檔事？我沒有吃錯藥吧？

眼前的事實的確不容許我疑惑不解，於是趕忙遞上一個鳳梨酥月餅，吳剛喜孜孜地將之劈成兩半，正想一口吞下時，忽然問我說：「慢著，這可是檢驗合格的月餅？」我費了很大的勁向他解釋，還出示高雄市衛生局、行政院衛生署頒發的合格證書，他才放下心來，說道：「小老弟，別誤會我多疑，我早聽說你們那兒今年夏天流行傷寒，去年還遭受腸炎和小兒痲痺的摧殘。我得小心一點，萬一染上小兒痲痺，那豈不破壞我的形象了？」說的也是，他若罹患小兒痲痺，這千年桂樹可就沒人砍了。

看樣子吳剛已經很久沒嘗過鳳梨酥的滋味，所以才一連剝了好幾個。我本想勸他慢慢享受，話還未出口，只見他摀著兩頰，痛苦不堪，害我以為這月餅真有毛病，後來，撻不過我再三追問，他才不好意思地說：「我得了牙周病啦！」我差點失聲而笑，就在此時，一里外突然燈火通明，映照出一座宏偉的宮殿，才讓我想起來送月餅給嫦娥仙子這碼事。「嫦娥仙子就住在宮殿裡吧？」我起身問他。誰知道吳剛只顧支支唔唔，左顧右盼地說：「呃……這個……這個……」他的表情顯然十分怪異莫測，不過他終究勉為其難地點頭。由於時間有限，我無暇追問，便逕自朝燈火通明處走去。

月宮前方的廣場上真是熱鬧非凡，成千上萬的玉兔正手拳大杵，圍成了好幾個圈，熱絡地翩翩起舞。聽那節拍，十分耳熟，原來是揉合了臺灣山地舞與現代狄斯可，這樣的場面實在罕見。牠們個個沉醉於美妙的舞步裡，我再怎麼說也不便打岔，只好繞著月宮四處看看。行至後殿，一首熟悉的曲子傳入我耳裡，那正是貓王吟唱的 Are You Lonesome Tonight，是誰此時聆聽這首寂寞無從訴說的歌曲呢？曲子一結束，我把右耳貼進紙窗，不意卻聽到一陣悲嘆：

「唉！我嫦娥真命——苦——喲！」

後面三個字拉得好長好長，像是平劇的唱詞，只不過淒愴多了。莫非，嫦娥後悔偷靈藥不是李商隱的臆想？

「想當年，」又一陣悲嘆後，她接著自言自語：「唉！想當年，要不是那宓妃迷上我老公后羿，我才不會和他吵翻天，更不會一時想不開，把他求回來的五百粒仙丹一口氣吞個精光……」嫦娥顯然掩不住心頭這份怨氣與寞落，不禁嗚咽起來。「當初，如果我想開點，只吞二百五十粒，今天我也不致於無聊到尋兩隻螞蟻來打架，無聊到一天到晚玩這部吞了我不少銅板的電動玩具。」

嫦娥在月宮打電動玩具排遣寂寞芳心，我的耳朵沒毛病吧？就在疑惑當兒，如雷貫耳的電玩聲隆隆響起，那是小精靈吃豆豆的卡茲卡茲聲，偶爾夾著小精靈啊唔啊唔死蹺蹺的怪音。雖然這種熟悉的吵嘈聲令我難以消受，但我還記得尚未完成的任務，於是隔著紙窗朝裡頭大聲嚷著：

「喂！嫦娥仙子在嗎？我給您送月餅來了！」

「來者何方人物？報上名來！」電玩聲倏然停止，傳來嫦娥緊張兮兮的回答，這倒出乎我的意料。待我低聲表明來意後，她才慢條斯理地說：「你等等，我待會就出來。」不用說，我也知道她去梳粧台補粧去了。可不是嘛，這麼多年不曾見過訪客，總得保持原有的絕世容貌，好讓世人繼續懷想下去。想到這裡，心跳不自主地由七十二遽升到二百五，真擔心嫦娥一出現時，我會受不了她的美貌而昏厥過去。

我輕步退離紙窗約有二十尺，然後雙膝落地，鼻尖差點碰歪了，準備恭迎仙子大駕。等了幾分鐘，後殿仍無動靜，我好奇地偷偷抬頭張望，卻瞥見一縷青煙自紙窗向外飄散，愈來愈濃，然後紙窗被撥出一條細縫。我急忙伏貼地面，惟恐觸怒心儀已久的嫦娥仙子。過沒多久，一陣沉甸甸的腳步朝我的方向響起，我的心跳不由得又增加許多。

「歡迎光臨月宮，請隨我入殿。」

我聽到一種怪異而低沉的聲音，這聲音讓我立刻聯想到某動物。可是想到嫦娥仙子的善意邀請，好歹也得進去拜望一番。我拍拍我雙膝的灰塵，摘下眼鏡，拭去方才因緊張而結成的一層霧水，然後戴回鼻樑，準備瞧個清楚。

我鼓足勇氣向前平視。哇！媽咪啊！我發誓，我從來沒見過這麼可怕的東西，那是一個身材巨大，肥胖臃腫，老態龍鍾的——蟾蜍精！

「來啊！送我的月餅呢？」這老怪物伸出巨掌，還對著我微笑吐氣。

我意識到此時若不奔回登月小艇，恐怕這條小命從此休矣！可是想歸想，兩腳卻不聽使喚，竟牢牢地黏在地上似的，手中的月餅早散落滿地，到處滾動。猛回頭，那隻巨掌眼看就快搭上我右肩，說時遲，那時快，一枝臺灣造的沖天炮呼嘯而至，在我身後爆裂開來，我只覺兩眼昏花，滿天金星，便不省人事了。

待我醒來，已是滿身冷汗，只瞧見清明月色裡，隔樓陽台上幾個小鬼正準備發射另一枚沖天炮。我低頭張望，發現自己左手緊捏著鳳梨酥，右手緊握著望遠鏡，頭頂上，一輪圓月依然高掛天空。

6 養蠶記

蠶，對都市的孩子來說，可能比較陌生，至於養蠶，更是罕有的經驗。這或許和都市人竟日守在鴿子籠似的公寓裡，難得有機會接觸大自然大有關係；即使那些擁有廣大庭院的大戶人家，其實也不見得會栽一兩棵桑樹。不過，如果你對鄉下孩子提起養蠶的種種，相信他們都會睜圓杏眼，豎起姆指，興沖沖地告訴你：「哎呀！養蠶真好玩！」

自己曾經擁有過一段漫長的鄉間童年，養蠶的經驗在所難免，只是，如今回想起來，不僅樂趣無窮，更覺難以忘懷。

記得唸小學的時候，班上的同學經常把自個兒飼養的小動物抱到學校炫耀一番，有人帶小麻雀，有人帶蜻蜓，有人帶黑蟬，更有人帶來一隻隻伏在翠綠桑葉下的白蠶。頑皮的男生總喜歡偷偷把蠶兒捉到膽小的女生的小手上，嚇唬嚇唬她們，直到老師聞風而至，氣極敗壞地修理了搗蛋的男生，女生這才得意地破涕而笑。童年這種既炫耀且惡作劇的心理，在我高一那年還見過。當時，有個大概是吃錯藥的同學，居然他媽的帶了一條蛇到班上，下課的時候，一缸人圍著紙盒觀蛇。不巧教官打從教室經過，眼看這種情景，只有叫那個寶貝同學打開盒子。豈知結局很淒慘，教官被嚇得臉色發青，一路奔回辦公室，一路直喊爹呼娘。

眼看同學養蠶，頓感手癢，很想餵幾隻白嫩可愛的蠶兒玩玩。於是找來老弟，兩人湊足了幾枚銅板，放學後繞到校門左側的店鋪，差點擠破頭，才買到四隻肥碩的白蠶，然後像請菩薩入廟似的一路捧回家。養了不出一星期，蠶兒竟然吐絲結繭，接著粉蛾破蛹而出，還下了一大堆卵在「生生皮鞋」的硬紙盒裡。我和弟弟都很失望，因為養蠶的樂趣在於幫牠們摘桑葉，看牠們兩排小腿夾著桑葉啃食的動作。這一來，實在不過癮，但也無可奈何，畢竟兄弟倆一時也湊不出銅板購買幼蠶。既然沒得蠶養，又不懂怎樣照料蠶卵，只好隨手把整個紙盒拋上屋頂，不管了。

時間一晃，倒也忘了多少晨昏流逝，某日下午，我們幾個兄弟在庭院裡烤地瓜，尋著輕煙飛揚的方向，才想起屋頂上的「生生皮鞋」。當紙盒一落地，我們都傻眼了，原來以前那些白淨似雪的蠶卵都成了黑褐色，其中居然有幾隻小蠶破卵而出，不停地蠕動。我們的驚喜像掘到金礦似的，幾個人一路歡呼地衝到三叔公家的後院摘桑葉。

起初，這數百隻幼蠶還蠻好照顧的，一天只需餵食一回，十幾片桑葉就夠撐飽牠們的肚皮，而且牠們所佔的空間並不大。日子一過，這些蠶兒經過一次、兩次的蛻皮之後，竟然一下子變為好幾倍大，小小的紙盒豈能容身，只好把牠們移入既大又淺的竹筐裡。另外，牠們每天所需求的桑葉也夠我們忙碌的，為了不讓這些日漸肥胖的白蠶餓肚皮，我和弟弟經常三更半夜，冒著風雨，直闖三叔公後院，猛摘桑葉。有時候桑葉淋了雨，還得一片片小心翼翼地拭乾，要不然，蠶兒如果吃下濕桑葉，很快就會拉肚子，然後全身泛黑，不出一天一夜，就會一命嗚呼，死翹翹啦。

蠶兒一天天長大，我們耗在養蠶上的時間也相對遽增。於是兄弟倆活像發了瘋似的，放學回家，書包一甩，一個就去摘桑葉，一個就去清除蠶屎，直到天黑了還不肯罷手，迷得晚餐胡亂扒幾下，迷得夜晚連作業都不寫。那時，母親看在眼裡，卻一點都不吭聲。

後來，我們實在找不到別的竹筐裝蠶時，才想起一則妙計——賣蠶。我們用小紙盒裝蠶，帶到班上出售，一開始，同學亂有交情的，一下子全都賣光，連別班的同學都來訂貨，可是三、兩天之後就滯銷，乏人問津了。回到家裡，我們把大竹筐抬到屋後，招呼鄰近的小玩伴來購買。附近的小鬼，像敏仔、團仔、阿猴、阿英都被我們推銷了好幾隻。弟弟每碰到隔壁的敏仔，老喜歡纏著他推銷蠶。問題是敏仔已經買回去好幾隻了，何況據我所知，他那一陣在瘋彈珠，零用錢大概撥不出買蠶的費用，所以敏仔總是不耐煩地對碰了鼻子灰的弟弟吼著：「哇塞！我又不是天天吃蠶度日，買那麼多蠶幹嘛？」唉！說的也是，蠶又不是他媽的青蛙，可以炒紅椒，也可以下薑湯。

賣了好幾天的蠶，彷彿全村的小孩都知道我們兄弟倆幹起賣蠶的生意，可是我們總覺得蠶還是滿竹筐，半隻都不少似的。當時，我們都搞不清楚為什麼會那麼沉溺於養蠶，居然迷到經常偷偷蹺課回家餵蠶，迷到弟弟的月考成績出現三科赤字。

所謂「物極必反」，這句話在母親收到成績單之後就應驗了。

一個陰雨天的清早，我照例地到客廳察看蠶兒，卻發現蠶兒不見了，連大竹筐也失去蹤影。我來不及通知弟弟，就跑去問外婆知不知道蠶兒的下落。外婆先是摸摸我的頭，然後嘆口氣說：「你們兄弟倆，一天到晚就只知道養蠶、賣蠶，瘋得連書都不讀，學校都不上，這像話嗎？所以呀，你媽媽昨夜一氣之下，把所有的蠶都倒進院子外的水溝裡啦！」

統統倒進水溝裡？我完了，這些蠶是我們花了那麼多心血才把牠們養大，過幾天牠們就會吐出白絲，就會……母親怎麼可以把牠們倒進水溝，一隻也不留。我難過極了，悄悄把這個壞消息告訴弟弟，弟弟一踢開棉被，搥胸頓足，洩氣地說：「完蛋了，我幾天前就答應班上的阿珠，說好要送她兩隻蠶，祝賀她生日快樂的，怎麼辦……我總不能送人家死蠶，她準會氣死的。」說罷，便衝到水溝旁，拾起一根樹枝，想搶救劫後餘生的蠶，只是一切都太遲了。我從紗窗看到弟弟失魂落魄地丟下樹枝，轉身走回房裡，那副樣子活像敗陣的土公雞，亂沒勁頭的。

好一陣子，我真的很不諒解母親，也不跟她說話。可是，事隔十八年，如今想起這件事，卻不免感激母親當時的決定。如果當年她不那麼做，現在我恐怕還在鄉間養蠶，要不，就是騎著破腳踏車，沿著村道喊著：「買蠶喲！一隻兩毛！」可不是嗎？

（72.6.23 文心堂）

7 恆春看屠鯨

牠在那裡噴水啦！——牠就在那邊噴水啦！
背峰像座雪山，那就是莫比敵！
——梅爾維爾《白鯨記》

《白鯨記》的作者梅爾維爾，在這部小說的第八十二章裡，生動而精彩地計劃追捕白鯨莫比敵的驚險過程，而前面所引述的這句話，正是「皮廓德號」捕鯨船員，發現神出鬼沒的白鯨時，脫口而出的浩歎。鯨魚究竟是什麼模樣？只要讀過這部偉大的小說，或許多少可以了解有關鯨的種種知識；其實，如果觀賞過改編自這部小說，約翰赫斯頓執導，並由葛雷哥萊畢克主演的電影《白鯨記》，也可以對鯨魚描畫出一些輪廓。話雖這麼說，但是在臺灣若想親眼一睹鯨魚的盧山真面目，可真不太容易，因為這種世界上最龐大的哺乳動物已經日漸稀少。

我看過真正的鯨魚，可惜不是在海上，而是在海濱；我看過鯨魚的模樣，可惜不是活的，而是殘破的軀體。

話說元月二日那天，我和友人駕車路過恆春南仁灣附近的後壁湖港，忽見一群人圍在岸邊看熱鬧，喧嘩之聲不絕於耳。好奇心驅使之下，方向盤一轉，我們來到了人潮圍觀的現場，定睛一望，原來有四十多位漁民正使勁地屠殺一尾烏黑發亮的抹香鯨。

港邊停著兩輛中型卡車，車上滿載著剛切割好的鯨肉，上覆冰塊，以保持鮮度，並蓋上塑膠布，以防日晒。當時已是正午十一時，溶化的冰水和原本微溫的鯨血，自卡車隙縫滴落，滿地盡是一片腥紅。卡車旁置有一塊長條木板，四名魚販在處理鯨肉，其中一名正聲嘶力竭地叫賣：「來，來！買鯨肉啊！一公斤才一百元！好吃得很！」好奇的圍觀者，大概都不曾嚐過鯨肉的味道，紛紛探詢吃鯨肉的方法，魚販口沫橫飛地說：「炒麻油！味道像牛肉！」味道像牛肉？不錯嘛！圍觀者毫不猶豫地爭相購買，多者三五公斤，少者一公斤。買得多的人，想必是打算飽餐數頓，買得少的人，大概只想沾一下鯨肉的滋味，也或許只想向人誇示，讓親朋好友見識一番。

卡車的後方七橫八豎地堆著剛切下來的鯨皮，烏黑的鯨皮覆蓋著雪白的脂肪，厚達廿公分左右，被切成長約五尺，寬約三尺的長方塊，以利搬運。這一堆鯨皮附近，我看到完整的尾鰭，這片巨大的尾鰭，觀之，不禁令人想到，假使在海中只要它猛力一擊，船隻可能受損，船員可能落海。只是，現在它卻靜靜地躺在岸邊，了無生機。

由於屠鯨工作早已展開，因此我只能看到剩下的鯨頭與部分軀體。牠是一尾抹香鯨。頭部浸在水中，嘴巴還淌著鮮血。岸上的漁民一刀一刀地切割，有人特地接來一條橡皮水管，不停地沖刷血水，只見鯨血沖入港中，原本一片蔚藍的海水，竟然一大片都染成腥紅。漁民屠鯨的刀器，頗令人大開眼界，市場裡肉販常用的各種屠刀都派上用場，最惹眼的是一把長柄掃刀，刀鋒雪白銳利。漁民們先用這把長刀，將大塊鯨肉切下，再以小屠刀去皮、挑肉。大塊鯨肉一離開軀體，還得由七、八名壯漢，以繫有粗繩的巨釣，釣住鯨肉，合力使勁，才能將它拖開，處理過後，巨大的鯨骨還得仔細清理，把剩餘的鯨肉挑淨，一塊塊的鯨肉確實像極了牛肉，呈暗紅色。

兩名膚色古銅的漁民剛吃完簡單的麵食，在抽菸休息，我們就走過去探詢捕鯨的驚險過程。

根據吳姓與江姓漁民的追憶，去年十二月卅一日當天，風浪不大，能見度高，正是好個捕魚天。恆春附近的漁民捕獵的魚類，主要為製作生魚片的旗魚和鯧魚，鯨魚只能說可遇不可求。不過按照捕魚老手的經驗，鯨魚通常是入冬至初春之際，迴游至恆春外海，進行交配。恆春籍的新福益號，當天由船長陳勝美指揮，夥同另外三名船員出海捕魚，直到下午四時許，漁獲並不佳，正懊惱之際，就在鵝鑾鼻外海，船員們發現極為壯觀的景象——六尾抹香鯨正浮在水面噴水。「鯨魚！鯨魚！」每個船員彷彿發現金礦似的，一面尖叫，一面緊握鋒利的魚鏢。

「今年可要發財啦！」有個船員喜上眉梢地嚷著。

「擲魚鏢！要射準哪！」船長一聲令下，船員們使出吃奶的勁頭，選中一尾巨鯨，一鏢一鏢地朝烏黑的鯨背擲去。須臾之間，五隻魚鏢命中這尾大約七萬斤重的巨鯨，捱了魚鏢，只見鯨血迅速噴向空中，不多時拍上漁船的海水竟是紅色，但也惹怒了與世無爭的巨鯨。於是牠變得兇暴無比，開始在海中翻滾、奔撞，這一來，馬力不大，才十噸左右的漁船那經得起牠發脾氣？

「鬆開魚鏢！」船長決定保住漁船，只好下令放棄這頭生命力堅強的巨鯨，結果，牠帶著創傷潛入海中。

船員們決不可能白白放棄眼前的獵物，於是立刻把目標轉向另一尾反應較差、體型較小的鯨魚。不久，魚鏢立刻準確地射入牠的背脊。受到突來的攻擊，牠本能地掙扎、翻滾，海浪飛濺船員身上，他們並沒有放棄，雖然天色漸漸昏暗，心裡卻盤算著如何逮住這尾獵物。

「繼續擲鏢！繼續擲！」這回，船長決心和牠周旋到底了。船員們立即瘋狂地擲出魚鏢，一隻接一隻。

「射牠的腹部！」有人嚷著。

鯨魚的致命傷不是背脊，而是柔弱的魚腹。有人趁牠翻滾之時，奮力擲下一鏢，正中牠的腹部，剎那間，血水像火山爆發一樣，不斷地噴射。突來的重創令牠疼痛難耐，牠變得更加暴戾，只求掙脫人類的魔掌。

夕陽早已被大海吞噬了。船長默默清點船上繫得十分牢靠的繩索，他得意地笑了，顯然這尾巨鯨已經身中二十餘鏢，他有自信這回他贏定了。

坦白說，新福益號的馬力，根本不敵這尾巨鯨的蠻力，而船長也知道這個事實。驚慌的鯨魚只想四處流竄，那想到人類正使出「體力消耗戰」？牠漫無目標地奔游，新福益號只好任憑牠拖著走，在海中忽上忽下。

船員們只顧盯住巨鯨，都未察覺一輪寒月何時浮出海面。早已返航的友船這時才發現還有一艘尚未回港，難道機械故障？還是遇上菲律賓海盜？恒勇號就曾遇上，結果連身上的舊衣服都被海盜剝走。大家議論紛紛之後，立刻決定連夜派恒發號出港搜尋。

新福益號的船員仍然奮戰不懈，雖然好幾次差點被這尾徘徊生死邊緣的巨鯨拖下海底，但是船長指揮若定，終究保住這千載難逢的戰利品。冷冽的黑夜也在每個人神經緊繃之中緩緩化為白晝。

天亮時，船員們才知道這尾怪物竟把漁船拖到小琉球附近。經過一夜折騰，船員早已疲憊不堪，還好牠也累了，再也見不到蠻牛般的脾氣。六時許，恒發號發現友船的蹤影，立刻通知恆春方面的漁船，火速前來圍捕。

得到消息的後壁湖港一下子變得熱鬧非凡，六艘漁船早已升火待發，沒多久，也趕抵巨鯨掙扎的現場，把牠團團圍住。牠的傷口還在冒血，眼看四周盡是虎視眈眈的獵人，牠此刻已經欲振乏力了。

巨鯨龐大的身軀再也無力拍浪翻滾，八艘漁船的力量要拖動這尾垂死的巨鯨，當然綽綽有餘，不過漁船航行的速度緩慢多了。當漁船拖著戰利品航入漁港時，已是元月二日凌晨時分。

大家躍下漁船，合力把牠拖上南側沙灘，獨留頭部浸在水中。躺在陌生的沙灘上，巨鯨仍未斷氣，偶而還可以感覺到牠在抽搐。捱到上午五時，這尾和船員搏鬥了三十小時的抹香鯨終於嚥下最後一口氣，孤獨含冤地走了。牠絕對沒想到，後壁湖港的沙灘竟是葬身之地，牠以為牠永遠屬於大海。

興奮的漁民找來測量工具為牠量身長，結果有四十五尺之長，體重則估計約有五萬斤。恆春的漁販早就聞風而至，買下這尾巨鯨，並於十時許開始宰殺。鯨的全身都有經濟價值，鯨肉、鯨油、鯨牙、鯨骨……等，估計宰殺後可以賣得七十萬元。

我們還在聊天時，有位疲態畢露的船員湊了過來，劈頭就說：「我真不該射牠的腹部，那幾鏢射得牠血花四濺，恐怖極了。」他顯然後悔射殺巨鯨。「如果活捉牠，至少可以賣到百萬元以上。」江姓漁民接著解釋：「以前曾活捉過一尾，可惜只活了一星期。」

恆春原先是臺灣南部捕鯨重鎮，漁民擁有不少捕鯨船，只是如今早已沒落，人力投擲的魚鏢是捕鯨唯一利器，恆春的漁民是否知道國際間禁止濫捕鯨魚呢？「我們是有聽說過啦！」吳姓漁民微笑著：「不過，政府沒有明令禁止，何況鯨魚的身價的確可觀。」江姓漁民又接腔：「旗魚的收穫不理想，碰上鯨魚怎能放棄？」

放眼過去，漁販還在大聲叫賣鯨肉，往來圍觀的人潮依然絡繹不絕。鯨魚碩大的魚頭，仍然寂靜地躺在海水裡，我無法看到牠的雙眼，但不知牠是否瞑目。

去年十一月以來，這是恆春漁民第三次屠鯨，的確為他們帶來一筆可觀的財富，正如烏魚結隊南下時，各地的漁民笑口常開一樣。可是從保護自然生態的角度來看，世界各國主張保護這種日漸稀少的巨型哺乳動物，屠鯨的行為是否文明？是否該像當街屠虎一樣，受到各界的關切與重視？國人大多願意為老虎請命，何不也把愛心擴及鯨魚身上，讓我們的後代有緣目睹鯨群噴水的壯觀景象？

74.1.9 文心堂

8 我在美國擺地攤

七月下旬出國，高雄市長蘇南成正大力整頓街頭攤販，努力刷新市容，此舉誠屬市政建設的基本工作，值得徹底執行。

臺灣有攤販，世界各地也有，美國自不例外。美國政府對攤販的管理，頗值得國內借鏡。攤販通常集中在寬敞的露天電影院，每個月擺四次，有周三、周六、周日三種，每次攤販必須繳納十至十五美元的攤位費。至於那些進場購物的顧客，主辦單位則酌收五角的門票，擺設的時間由上午八點至下午四點，逾時不收攤則科以十元罰金。

這種類似高雄市六合夜市的市集，在美國東西兩岸的大都會各有名稱。譬如，東岸的紐約地區稱之為「跳蚤市場」（flea market），西岸的洛杉磯地區則名之為

「交易市集」（swap meet）。跳蚤市場原意是指家裡那些舊得長滿跳蚤的舊貨拿到市集出售，因而這種市集原係以舊貨為主。至於交易市集，原意是指以貨易貨，頗類似我國古代社會或者偏遠地區的以貨易貨。然而演變至今，不管是東岸的跳蚤市場，或者西岸的交易市集，都是新貨舊貨雜陳，而且絕對是現金美鈔交易，不收支票，雖然美國對現金的定義包括支票與美鈔。

來到愛荷華大學之前，我在洛杉磯待了近兩星期，有機會隨著大哥擺了兩次地攤，獲得寶貴有趣的生活體驗。擺地攤，究竟要擺些什麼貨？這就得先做一番市場調查。通常，只要抽空到市集裡逛一圈，留意一下別人賣些什麼東西，問一下價格，就可以理出頭緒，原則上儘量別賣相同的貨，否則穩賠不賺。看準那些貨物容易出售，即可向洛杉磯當地的華人進口商（大多來自臺灣）批貨。當然，貨物泰半是臺灣出口的，種類繁多，琳瑯滿目。

八月四日清晨五點半，鄰居正享受周日清眠時，我和大哥早已雙雙起床，開始把攤架、貨物搬上車。吃過早點，帶了兩個花捲、一壺茶、一壺果汁就上路了。車行約二十分鐘，我們來到阿如沙的 Foothill 露天電影院，也就是攤位集中的地方。

繳了門票，找到攤位（攤位均予以劃線編號），我們便卸貨，有黃種人、白人、墨西哥人，有年輕人也有年老的夫婦。至於黃種人則很複雜，有臺灣來的，大陸來的中國人，也有韓國人，更有來自香港的華僑，以及落難到美國的越南華僑。因此在市集裡，除了以美語買賣貨物之外，還可以聽到華人的閩南語、廣東話，標準的國語，以及墨西哥人操的西班牙語，真是一個語言文化大交流的地方。儘管各有各的文化語言背景，然而來到此地的攤販大家只有一個目標——賺錢；而逛市集的顧客也有共同的理想——買便宜貨。因為城裡店舖的稅金高，在市集裡交易對買者賣者雙方皆有利。

大哥賣的是臺灣製造的石英鐘與日本餐刀，石英鐘又分為孔雀、金扇、天鵝、玫瑰、圓鐘、水手鐘等。待我們擺設妥當，顧客早已陸續進場。大哥先前曾告訴我，顧客當中，白人比較會殺價，購買慾較低，通常看看貨，問一問價錢就走了。黑人與老墨（大哥和他的室友都這麼稱呼當地的美籍墨西哥人）則乾脆多了，甚少討價還價，甚至可以跟黑人嘻哈一陣，兩皆歡喜。

果然不出大哥所言，開張之後不久，一對白人老夫老妻上門時，我就領教了他們殺價的伎倆。他們很中意一座水手鐘，我們開價二十六元，他們搖搖頭就走了。過一會兒，他們再度登門，顯然非買不可，但諉稱手頭只剩二十三元，只能以這個價錢買鐘。大哥沉思一陣，立刻成交，因為我們還是賺了白人的錢。

十時許有個身材魁梧，蓄著鬍子的老墨上門來，他很喜歡一座裝飾著一萬元美鈔的掛鐘，大哥開價十二元，這位老兄立刻殺成十元，大哥改為十一元，他還是堅持十元，在薄利多銷的銷售策略之下，大哥爽口地答應十元賣給他。豈知這位老兄居然滿口歉意地問：「十元可以嗎？你會不高興嗎？」大哥笑著答道：「皆大歡喜！」聽了這句話，他付了十元，高興地把鐘抱走了。可是，妙的是，這位老兄一小時之後又繞回來，說是要再買一座鐘，話沒說完早掏出一張二十元美鈔，然後要我找他八元就夠了。也就是說他願意以二十二元買兩座鐘。我告訴他我可以一座鐘索價十元，可是他堅持要付十一元，還強調不這麼做的話，心理會不安。我在想大概他逛過其他賣鐘的攤位，察覺我們的鐘的確便宜，一時良心發現，趕快來付錢。哎！老墨就是這麼可愛，白人可就不這麼做了，一旦被他們撿到便宜，早就一溜煙跑了。

擺地攤時，我才了解並非每個美國佬皆能說一口流利的英語。譬如說，有個上了年紀的老墨買鐘時，一開口就是西班牙語，搞得我一頭霧水，這一來麻煩可大了，於是兩人只好扳手指討論價錢。待他了解價錢是十元時，他表示只能出價八元，因為他家裡窮。聽他如此一說，惻隱之心一時油然而生，立刻成交。接著溝通的問題又來了，他只會不停地重複：Let's go, Let's go，搞了老半天，我這才明白他的意思，原來他要我示範一下，如何操作鐘，讓鐘走動。看到鐘在動，他樂了，接著改口說：Let's no go, Let's no go，這回我馬上懂他的意思，他要我讓鐘停止走動，示範完畢，他高興地抱走鐘了。

在臺灣學的美語，來到美國還挺管用的，有時還會贏得老美的讚賞。大哥的室友杜大哥就有這樣的經驗。有一回他擺地攤時，有個老美用的字句充滿俚語，發音也不純正，和杜大哥交談之後，不得不豎起拇指，稱讚杜大哥的美語相當不錯，讓這老美頗感自卑。其實，這種現象在世界各地算是挺普遍。記得國內的專家曾指出學生的國文程度低落，前幾年《時代周刊》也曾感嘆美國學生美語程度大不如昔，或許，如何提高學生本國語文程度，已是世界各國教育上重要的課題。

一般而言，白人的家庭觀念早已日趨淡薄，然而墨西哥人卻仍保存這種農業社會優良的傳統。有一次，我們到洛杉磯附近的 Santa Monica 海灘，就看到三代的墨西哥人圍桌野餐。餐館裡只要有墨西哥人上門，八成都是祖孫共餐。這種濃厚的倫理親情，在逛市集的墨西哥人身上可以窺出端倪。大概是下午一點，一對年輕墨西哥夫婦帶小孩來買鐘，先生喜歡孔雀鐘，太太喜歡金扇鐘。我準備拿孔雀鐘給這位純樸的墨西哥先生，他卻推說：「慢點！還是讓我太太決定好了。」只見這位體貼的太太連忙謙讓道：「不，還是我先生決定。」眼看這對夫妻推讓不停，大哥只好向他們推薦天鵝鐘，並且解釋鐘裡的兩隻白天鵝，象徵著他們永恆的愛情將白首偕老。他們一聽，十分滿意，一致決定要買天鵝鐘。於是我老練地為他們示範如何操作鐘，證明這座鐘絕對沒問題，這位墨西哥先生很高興地豎起拇指說：「你們很誠實。」

做生意要「童叟無欺」，這當是我們的祖先留下來的信條，如此做才能贏得顧客的信賴。例如八月十一日那天，我們到橙縣（Orange County）擺地攤，一位老墨想買座花鐘，我們告訴他十七元，結果這老兄聽錯了，居然掏出七十元付帳，我先是楞了一會，旋即找給他五十三元。這下子他反而楞住了，經過我們的說明，他才恍然大悟，三人的臉龐頓時在陽光下綻放滿足的笑容。碰到這種情況，或許有人就會悶不吭聲地收下七十元，然後收起攤子跑了，不過，以後可別想在那個地方擺地攤了。

中午，我們只享受花捲和茶水，隔壁的攤販有的自備便當，有的買熱狗，都十分節儉。到了下午兩點，人潮漸退，攤販陸續開始拆攤架，我們把剩下的鐘搬上車，就打道回府。

車上大哥告訴我，擺地攤只賺些蠅頭小利，卻可以解決吃住的問題，重要的是靠自己的勞力賺錢，從擺地攤中獲得一些生活的樂趣。的確，大哥和他的室友都在船公司上班，除了固定工作之外，他們都肯犧牲周末，與現實的美國生活搏鬥。例如，他的室友何大哥就曾單槍匹馬，開車到西雅圖賣皮包，為了防止匪徒剪徑，身上還帶了一把四五手槍防身，其中的甘苦可想而知了。

聊著聊著，不覺已來到蒙特公園市的肯塔基炸雞店，大哥下車買回兩份炸雞，嚼著香甜肥嫩的玉米，我首次領悟以汗水栽培出來的果實格外芬芳甜美，擺地攤的勞累早已消逝無蹤。

寄自愛荷華州漢心軒

9 愛荷華尋屋記

早在出國前，我就決定不申請學校的宿舍。原因是，愛荷華大學中國同學會寄給我的資料，特別強調宿舍很吵又貴，另一方面自己想擁有清靜的房間，好唸些書，多寫些稿。但是，誰知道為了租個滿意的房子，我卻被折磨了八天。

猶記得八月十二日那天上午，大哥驅車送我至洛杉磯國際機場，準備搭聯美（UA）七四七，飛往芝加哥。行至登機處，揮別了大哥，心頭有些茫然，心想這一別，真是是奔向完全陌生的地方。愛荷華是啥模樣？一點概念都沒有，更甭說該地有熟人或朋友了。邁向不可捉摸的未來究竟是啥滋味，在寬敞的飛機上，我終於體驗出來了。

飛機滑向蒼穹之後，便朝東北方飛去。當我打開機窗，只見層層山巒迅速突現，永無止境似的。飛了四個多小時，橫越過大半個美國，飛機才緩緩降落在芝加哥。對於這座北美第一大城，我實在認識不多，倒還記得高中英文環球本第五冊有一課介紹過芝加哥，說它是美國摩天樓的誕生地。本想步出機場，欣賞芝城壯觀的街景，怎奈為了轉機就耗掉半個小時，只好打消這個念頭。

從芝加哥到西達瑞皮市（Cedar Rapids，此地距愛荷華市最近），我得改搭威斯康辛航空班機。好不容易捱到登機時刻，抬頭一望，我真不敢相信，眼前竟是一架高齡的螺旋槳飛機，只能容納四十八位旅客。幸好，我的座位是最後一排靠窗，又是吸煙座，距離艙門只有三、四步，我可以一邊吸煙讓自己鎮定下來，也可以盯住機翼下的螺旋槳，萬一有什麼差池，自己好立刻應變。在洛杉磯時，看到電視報導德州飛機失事的空難，死了近百人，輪到自己搭上這種小鳥似的飛機，怎能不戰戰兢兢，如履薄冰呢？

離開芝加哥之後，飛行的高度比七四七低多了，使我更清楚看到一望無際的玉米田，如果在南方，就該是像電影《心田深處》裡黑人忙碌的棉花田了。半小時的飛行，所幸一路平安無事，步出西達瑞皮機場，中國同學會派人來接我，把笨重的行李推上車，再過半個小時，我終於抵達愛荷華，時間已是當地下午六點。

不久，我被安頓在一棟中國同學合租的房子裡。天色已黑，中國同學都忙自己的事去了，我獨自在室內翻閱過期的《時報周刊》、《中央日報》。翻遍了所有能看的報章雜誌，仍然沒有出現半個人影。不知怎的，突然雷電交加，下起傾盆大雨，心情也隨之愈加孤寂。雨停了之後，才陸續有男女同學回來，一眼就看出他們至少小我六、七歲，其中有名女生為我下麵，解決我的晚餐（老天，真感謝她！至今我仍不知她的大名）。收拾好餐具，一時之間，滿屋竟都是中國同學，但我仍獨坐一角，煩惱著如何渡過這陌生的第一夜。想著想著，順手翻開中國同學會的通訊錄，其實我只是隨便翻翻而已，沒想到竟瞧見眼熟的名字，上面還有電話號碼。電話接通時，我告訴自己：「如果不是他，也沒關係，試試看而已。」由於這通電話，各位一定不相信，半個小時之後，我竟然遇到九年不曾謀面的王維綱——東海外文系低我一屆的學弟。他立刻載我到他的住處安頓了。

老兄弟九年後才在海外相遇，這是我們彼此都不曾幻想過的，也是我抵達愛荷華之後第一件令我訝異不已的事。臨睡前，當我向老王提起租房子的事，他告訴我先好好睡一覺，隔天開車帶我去找。

第二天上午，我們來到中國同學會新生接待組，服務人員從報紙上抄下一些房屋出租的廣告，提供新生參考。我告訴老王自己理想的房子應當是：第一、位於愛荷華西岸，因為戲劇系館在西岸。第二、自己擁有單人房，因為我抽菸、聽音樂、寫稿，生活當中如果缺乏這些，那將是多麼蒼白。這樣的尋屋條件，對年輕的留學生而言，實在有點偏高。據我所知，他們大多兩人住一間臥室，就像國內大學的宿舍。訂下目標之後，老王一直陪我四處尋找。

從小廣告裡，我終於了解此地的房東究竟出租那些種類的房子。有一種名為「住屋」。這種老舊的房子通常擁有好幾間臥室，大約四、五間之多，其中有些位於地下室，每間可住一至三人，至於衛浴設備則為一或二套，廚房當然只有一間。依這種情形來看，一棟住家大概可以容納十人以上。另外一種則為「公寓」，這種房子又可分為單人房、雙人房兩種，衛浴設備齊全。除了房子格局不同之外，租金也互異。有些房東訂出的價格已經包括水電瓦斯在內，有些則言明自付這些費用。至於租約，一般都得簽上一年，當然也有半年的。

了解這些狀況之後，顯然我理想的房子應當是單人房的公寓，但是奇怪的很，這種房子在市區裡租金都已提高至兩百元以上。第三天，我在新生接待組遇到四名找房子的女生，她們說已經在郊區的珊瑚莊市（Coralville）找到一棟公寓，剛好四人分租一間雙人房公寓。由於位於西岸郊區，她們希望有男生去當她們的鄰居。第四天，老王載我和她們前往她們找到的公寓，因為她們已決定和房東簽約，房租每月三百二十元，水電瓦斯另付。她們一再希望我能租她們的隔壁，以便有個照應。我告訴她們，我願意當她們的鄰居，以便有個照應。只是我租不起隔壁這間擁有兩個臥室的房子（月租二百九十元），除非找到另外一個人來分租。

當然，我已把珊瑚市的公寓列入考慮，然而，許多男生來看過房間之後，都表示距學校太遠（得搭公車），結果竟然沒有一個人願和我分租公寓。雖然我委託中國同學會幫我貼條子找人分租，幾天下來，仍然石沉大海。夜裡，我打電話給大哥，說明租房子的情形，他很驚奇為何愛大附近的房子如此難找，但也不忘安慰我一番。

到了第六天，許多比我晚來的新生都已有落腳處了，唯獨我一個人還在愛荷華街頭流浪。一些同學會的老生知道我還未找到房子，均深感驚訝，但也只能告訴我繼續努力，因為他們前夜已經舉行過慶功宴，這表示同學會對我這件個案已愛莫能助，服務告終了。當天下午，心情實在壞透了，只好請老王的朋友老孫（感謝他，他陪了我找了好幾天房子），乾脆陪我到戲院裡吹冷氣，看新片《龍年》，豈知這部辱華的鳥片氣得我差點拿墨汁潑銀幕，走出戲院，一肚子依然很鳥。

當天晚上，我們三人分析問題的癥結所在，歸納出為何我一連六天還找不到房子的原因：愛大學生激增，房東趁機提高房租，而我一開始就是單槍匹馬，沒有和其他新生一起找。老孫告訴我，我的租屋條件太高，但是我依然堅持原則——擁有自己的房間。老孫和老王雖然搖頭，但他們還是不停地打電話，幫我探聽租屋的消息。

到了第七天，我在超級市場裡碰到一位新生，她告訴我，她住在市區，離學校很近，那兒還有兩個單人房，一間月租兩百，一間兩百二十。老王和我立刻趕過去看房子，一到該處才知道原來我們早在第二天就看過其中那間兩百元的了。樓下住了一堆大學部的老美，瘋瘋癲癲的（搞不好吸大麻）。大門紗窗破了，盥洗室裡擱著一本*Penthouse*，廚房裡亂七八槽，沒人整理似的。樓上有四個房間，只剩下兩間空房。老王勸我別租這種房子：「樓下那些大學部的老美保證讓你永無寧日。」

當天下午，我探聽出市區這棟房子的房東，原是一家租屋公司，名為Goldies Rental，位於市區東南。大概是自己決心不再流浪街頭，所以撥電話向該公司的職員表示：「明天上午十點半去簽約。」夜裡，我把我的決定告訴老王，一連七天，我真希望找到落腳處，讓自己安定下來。老王一聽，不再反對我住在那群老美樓上，只要我安定下來就好。

第二天一大早，老王有事先出門，但希望我九點半以後打電話給他，他可以載我去簽約。八點多，我搭公車到學校辦些事，九點半撥電話給老王，老王不在，我只好手執地圖，循著地圖標示的街道朝租屋公司走去。十點半，我推門進去，一位中年婦女擺出職業笑臉，歡迎我去租房子。我告訴她，我看過兩百元的那間房子，但我考慮要租兩百二十元的房間，是否可以請人帶我過去看看。「那當然，這沒問題，我們公司可是顧客至上，哈，顧客至上。」當她叫出一位大胖子，要他開車送我去看房子時，我向她借電話，希望老王到市區跟我碰頭。只是，奇怪的很，老王依然還沒回家。好啦，這一來只好上，隨冒著汗開車的大胖子到房子所在處。當他旋轉房間門鎖時，才發現門打不開。我決不可能笨到沒看到房子就傻乎乎地跟公司簽約，所以要求大胖子回公司拿鑰匙來開門。我的要求絕對合理，他只好又冒著汗開車回公司了。

我坐在門口的前台階上，望著門前的一棵大樹，心裡想著：「就這麼決定了，將就一些，兩百二十元租下這間單人房吧！」想著想著，這胖子早已帶來一串鑰匙來開門。這事還真有點玄，大胖子帶來的鑰匙居然都打不開門。我只能再度堅持看過房間才能簽約，他也只好硬著頭皮再跑一趟，找別人來開門。我又坐回門階上，望著這棵大樹，不斷告訴自己：「別再折磨自己了，就租下來吧！」想著想著，這大胖子風也似地帶來一個鎖匠。這回他笑了，彷彿完成一件艱鉅任務似的。看了房子，我答應和他回公司去，就在樓梯口，我遇上了我現在的室友吳文奇。

「這有房子租嗎？」眼前的這位東方人操著英語問我，神色有點著急。

「噢！就剩下一間了，兩百元。」我指對面的小房間告訴他，好像深怕他看中我這間兩百二十元的單人房。

老吳眉頭深瑣，滿口訝異：「這就怪了，不是一百嘛？他們告訴我這間只有一百元啊？」

一百元？老天，都快開學了，到那兒找一百元的房子？我真想這樣告訴他。其實，話說回來，當然有這種價格的房子。前幾天，我和老王在市區東南隅看過一棟房子，出租的房間位於地下室，一片窗戶都沒有，一進到裡頭，伸手不見五指，顯然白天都得點燈，就好像法國大革命的巴士底監獄一樣。話再說回來，最觸霉頭的是，這棟房子的門口就停著一部陰沉沉的靈車，一踏出地下室，每天得瞧它一眼，甚至日夜都伴著你，你還敢租？

下了樓，跨出大門，急著上車去簽約，回頭一望，老吳也一路跟上來，顯然他也沒頭緒了。大胖子這回不冒汗，只顧哼著錄音帶播放的麥可傑克遜的名曲Beat It，但我仍可聽到後座上陣陣喃喃自語：「不對啊！他們告訴我月租才一百元哪！」我楞住了，豎起雙耳細聽，竟然是熟悉的國語！他不滿意這種價錢的房租，至於我，實在不甘心住在連三餐都成問題的房子。顯然，我們有志一同，於是，靈機一閃，我開口問他是否願意到別處看公寓，我的朋友可以載我們去。「好哇！」

沒想到他竟滿口答應。

車回租屋公司，大胖子吹著口哨，把我們交給剛才那位中年婦女，就去幹別的活了。看我們又上門，她滿嘴的金牙閃閃發光。不待我們坐定，兩份租約早遞到我們面前。其實我們早有準備，像唱雙簧似的，老吳一再強調房租太高，我則說研究研究再決定。唱著唱著，留下空白的租約，兩人頭也不回地步出大門。

還好，在附近草地上我找到公共電話，嘿，這事果真有點玄，這回老王的電話居然接通了。二十分鐘之後我們來到珊瑚莊，隔壁的女生們知道我已找到室友，決定當她們的芳鄰，個個莫不欣喜。隔天下午，我和老吳共同簽了一年的租約（老王戲稱為「賣身契」），這才結束八天尋屋的苦惱。

才住了不久，隔壁的女生便呼我為「乾爹」，一下子我竟收了四個乾女兒。她們邀我一同搭伙，輪做晚餐，彼此照應，一切尚稱滿意。每天我們搭公車上學，晚餐則闔家團聚開飯，至於老王則成了「乾叔」，經常開車送我們上市場。

如今回想我的尋屋歷程，這事果真有點玄：如果八月十二日沒遇上九年沒見面的老王，如果八月十九日老王有空載我去和租屋公司簽約，如果那幾通電話接通了，如果我沒有遇上老吳，真不知道自己已流落何方？說不定在愛荷華河畔露營度日了。儘管八天的折磨夠累的，但卻讓我領悟「有緣千里來相會」這句話。「這事果真有點玄！」記得李國修那一夜的相聲是這麼說的。

74.10.1 愛荷華大學漢心軒

10 愛荷華初雪

雪的概念

中國人喜歡雪，因為雪和雲一樣，在中國人心目中象徵著祥瑞，所以習慣用「祥雲瑞雪」來讚美這兩種大自然的產物；甚至為子女命名時，也忘不了雪，所以大專聯考放榜時，榜單上滿是「麗雪」、「雪芬」、「詠雪」，若遇上同姓，還真不知道究竟自己考上那一系呢。

對我而言，雪的概念最早得自唐詩：

千山鳥飛絕／萬徑人蹤滅／孤舟簑笠翁／獨釣寒江雪（柳宗元．〈江雪〉）

匹馬西來天外歸／揚鞭只共鳥爭飛／送君九月交河北／雪裡題詩淚滿衣（岑

參．〈送崔子還京〉）柳宗元的這首詩純寫雪景，岑參的這首詩則屬自傷淹滯。雖然〈江雪〉純描冬雪，每一句卻可分割成許多流動與寂靜兩相交錯的畫面，而「雪裡題詩淚滿衣」又是何等感傷、何等淒美。

我對雪的概念，其次是來自電影。今昌村平的《楢山節考》裡，辰平的母親獨坐先人骨堆，靜候死亡的來臨，辰平下山之時，雪花開始飄落。對日本人而言，能死在雪地，葬以白雪，是最祥瑞不過了。可是對俄羅斯民族而言，雪似乎又有不同的意義。電影《戰爭與和平》裡，拿破崙在冰天雪地中，領著敗陣的法軍棄甲而逃，雪埋葬了法蘭西皇帝的野心和美夢，卻拯救了俄羅斯。再看看柴可夫斯基的歌劇《尤金．奧尼也根》（*Eugene Onegin*），此劇係根據大詩人普希金（Alexander Pushkin）的同名小說譜成，第二幕最後一場決鬥戲裡，奧尼也根立於皚皚雪地，一槍擊斃與他爭風吃醋的詩人好友連斯基，自己卻悔恨終生。蒼茫的俄羅斯白雪，在這齣歌劇中，明顯地象徵悲愴的死亡，友誼的崩潰。

久居臺灣南部，冬天根本看不到細雪紛飛的景觀，要賞雪，只有上山去，最好是合歡山或者玉山。記得去年冬天，電視播出台北市民爭相湧上陽明山賞雪的鏡頭，其擁擠的情況，比陽明山花季的顛峰時節還要激烈，只見各式車輛與人潮，自山上一路排到山腳下的士林中山北路，卻是人車動彈不得，即令影視紅星也該自嘆弗如。

有了雪的概念，我是否有雪的經驗？是否曾經目睹過雪花自天而降的美景？有的，不過只有一次而已。那是民國七十一年冬天，我陪著道明高中的學生一同畢業旅行，抵達標高才一千七百餘公尺的武陵農場。萬萬沒想到，翌日清晨竟飄落雪花，興奮的歡呼聲中，男女生不免玩起雪戰。一時之間，雪彈四飛，笑聲搖撼著整座農場。才三個小時，雪花即堆滿屋頂、樹枝、田野，轉眼間農場成了銀白世界。當地的榮民伯伯告訴我們，那是武陵農場第一場瑞雪，卻意外被我們碰上。只可惜那場雪來得突然，去得也快。太陽一爬過山頭，陽光灑滿大地後不久，雪花也隨著消逝無蹤，倒是七家灣溪的溪水變得無比冰涼。武陵農場的雪景確實令人難以忘懷，也是我出國前唯一的賞雪經驗，不過真正體驗到冰天雪地的畫面，還是來到愛荷華才初次嚐到。

期待飄雪

初抵愛荷華，雖是仲夏八月天，卻和來自臺灣的留學生一樣，早已期盼下雪的日子。談起愛荷華的夏天，儘管它的緯度頗高，幾乎與芝加哥、紐約同位於北緯四十二度，依然炙熱無比，室內仍需要冷氣或電扇；即使到了九月初，學生還是身著T恤、短褲，穿著涼鞋上課。綠草如茵的愛荷華河畔，常見許多打赤膊或身著泳裝的男女，在懶懶的艷陽下享受日光浴。

九月下旬，蘋果與山楂子掉落滿地時，秋天的腳步聲即悄悄來到愛荷華，把整個大學城染成色彩繽紛的世界，最先變換色彩的，當然是楓葉。不過，它們可不是一夕之間全部變紅或轉黃，而是從樹梢逐漸向下變色，每天，都可以感覺到秋意漸濃。高聳的橡樹雖不及楓葉那般絢艷，深褐的葉片依然傳遞秋天的訊息。溫煦的十月天，陽光普照時，我和友人踩過愛荷華市立公園裡層疊的橡樹葉，沙沙的聲響，不正是韋瓦地〈四季〉交響曲的第三樂章嗎？最變換色彩的，是高貴的銀杏了。銀杏原本墨綠，秋風送爽時，慢慢轉為翠綠，再緩緩呈現金黃，速度不疾不徐，層次分明，當楓與橡褪去美麗的秋衣時，唯獨銀杏傲視著大地，綻放深秋最後的點點金黃。

愛荷華河西側的戲劇系館前，植有全校區最讓人迷戀的銀杏，每次步行至系館上課，金黃的銀杏彷彿展開雙臂迎迓似的。起初，金黃的銀杏葉不免讓我懷疑，應當以金杏來稱呼它。後來，剝開掉落青草上的銀杏子，知道他呈銀白，我這才恍然大悟，原來銀杏是以它的果實得名，一如紅棗的果實呈暗紅。據說，銀杏子還是一道美食，可以熬稀飯、燉雞湯，難怪有位東方老太太經常在銀杏樹下打轉，搜尋滿地的銀杏子。

比起楓葉，在臺灣銀杏顯然屬於稀有植物，平地根本罕見其芳蹤。望著銀杏隨風飄落，舞進輕波盪樣的愛荷華河，我遂撿拾無數金黃銀杏，寄與遠在太平洋西岸的朋友學生，好讓他們分享銀杏的美與愛荷華的深秋。說來也挺有意思的，某日下午正飄著細雨，我又忍不住去撿銀杏，尋覓之間，一位金髮的美籍同學好奇地走近，問我為何拾銀杏，她很驚訝銀杏可以傳遞對故鄉的懷念。聊著聊著，我們竟成了朋友，當她給我友誼的擁抱時，我們都忘了雨滴不停地自我們的髮絲滑落。

當銀杏樹只剩光禿的枝椏，也即是愛荷華深秋告終之時。河畔的青草與長青的蘇格蘭松，遂成為大學城飄雪前僅有的綠意，儘管遠在洛杉磯的朋友曾告訴我，愛荷華通常是在感恩節那天才飄第一場雪，然而日子才進入十一月初，我早已引頸翹盼白雪紛飛的景象。夜裡總會看看電視的氣象報告，注意何時才開始飄雪。坦白說，這種期待的心緒十分微妙，一方面盼著滿地雪白的美景，一方面卻思量美籍同學的告誡：「嘿，光呀！別讓愛荷華的冰天雪地把你凍壞了！」話雖這麼說，我情願日復一日癡癡地等待雪花的降臨。

銀白世界

或許愛荷華的白雪知道我來自亞熱帶的臺灣，怪得很，今年的第一場雪飄得比往年早，還不到十一月中旬，白雪即迫不及待地降臨。原先，下得很薄，很緩，雪花像舞姿悠雅的白衣舞者，成群結隊緩緩自天而降，若是冬風吹拂，雪花即改踩著波卡舞步，在空中旋轉飛舞。第一場雪飄落時，我熱情地奔向室外，讓雪花落滿大衣、圍巾，或者在雪地寫字做畫，然後靜立一旁，看著字畫被其他雪花淹沒。窗外的雪花，伴我夜讀俄羅斯戲劇，翌日醒來，它們早已化做一灘雪水。

雪不停地下著，沒幾天，門前一大片青草地早就變成雪白。雪下多了，走路可得特別提防滑跤。隔壁的小女兒永芬在她的語言系館附近，就曾經一連滑跤三次，彷彿卓別林或勞萊與哈台這類滑稽畫面重複出現似的。路面的雪花一經行人多次踩踏，凍結成冰片，雪本身倒不滑，冰才危險，即使久居此地的老美也難免滑得人仰馬翻，只是自己還不曾有滑跤的紀錄。

對汽車駕駛人來說，路面積雪是可怕的路況，雪花消除了路面的阻力，輪胎輾過，自然打滑，難以控制方向，一不小心，包準衝向別的車道，車禍就這樣發生了。通常，各地政府得負責清除路面積雪，如何清除，其實不難。先沿路灑鹽，因為鹽足以加速溶解雪，然後以除雪車把雪清到路旁。只是路面一積雪，就得立刻清掉，以便維持最佳路況，而愛荷華的雪季高達半年，想來這筆清雪的經費也夠可觀了。另外，駕駛人必須在車內準備雪刷，隨時清除玻璃上的積雪，查看電瓶水是否被冰凍了。還得準備毛毯、乾糧，以防半路野地上拋錨，才不會受凍捱餓。

像颱風一樣，下雪天也會迫使交通癱瘓，就以感恩節的那場雪來說，學校一連放了四天假，原訂十二月二日恢復上課，偏偏雪下得特別厚，許多返鄉渡假的學生、職員根本無法趕回學校，逼得全愛荷華州的機關學校，透過電視與電台，採取必要的緊急措施：十二月二日停課。這是校方十六年來對暴風雪的應變措施，可見這場雪下得多厚了。

十二月以來，白雪降低了大氣的溫度，通常都在攝氏零度以下，有時竟低達零下廿四度。別以為這種天氣豈不凍死人，其實沒那麼嚴重，室內有暖氣，公車上也有，怕什麼？只是根據自己痛苦的經驗，一個非常寶貴的結論：千萬別相信雪天的太陽是溫暖的。原來，好幾次被盈室的陽光喚醒，一出門上課時，就懶得戴手套或圍巾帽子，誰知下了公車才發覺氣溫沒有想像中那麼高，雙手、耳朵、鼻子幾乎不是自己的了。所以，下雪天即使出現陽光，務必穿戴齊全，否則會後悔的。

雪地鴨群

愛荷華河自校區的西北角朝東南斜切，把校園劃成東西兩岸。然後流竄數十哩，注入北美第一大河：密西西比河。每次上課時，我必須走過一座乳白鋼橋，然後沿著西岸路過美術系館，才能行至自己的戲劇系館。其實，再往北行，即是音樂系館，和專門演出高水準藝術節目的韓徹堂，而韓徹堂的北端即與市立公園為鄰。這些系館廳堂顯然使愛荷華河西岸，成為全校最富藝術氣息的地方。愛荷華河並不比高雄市的愛河寬，它的翠綠卻非愛河所能比擬，但仍比北橫的大漢溪略遜一籌。我曾經多次躺臥河畔柳樹下，懷念遠方的故鄉，潺潺河水竟也載不動我心中濃濃的鄉愁。

夏秋之際，河面可見往來穿梭的獨木舟，歡樂聲不絕於耳。只是，竟然有人從愛荷華河走上黃泉路。最近一次發生在十月，兩個大學部的男生，一時興起，竟比賽跳河，第一個噗通躍了下去，發覺河水太冰冷大聲呼救。第二個立刻跳下去伸援手，誰知道被救的人上岸，救人的卻上不了岸，一小時之後在醫院裡斷了氣。天哪，還是個大一新生呢！怎麼玩這種「黃泉路上你和我」的遊戲呢？

沿著河畔最惹我喜愛的動物，就是群居河畔的野鴨了。雪花飄落之前，這些無主的野鴨最喜歡聚集在河的東岸，靠近學生活動中心的青草地上，啃食著青草，一旦有人餵牠們爆米花，群鴨必定圍著他不放，非得吃飽了才甘心。這群鴨子實際分為兩種，一種類似北平鴨，另一種則是有名的野鴨（mallard）。前者有褐色條紋，後者頭部綠得發亮甚是美麗。吃飽了爆米花，牠們喜歡在河面上戲水，或者互相追逐，偶爾興起，會來一段特技表演：從東岸飛抵西岸，再從西岸飛回來。牠們的飛行特技與親近人類的習性，每次我總駐足觀賞個老半天。

雪逐漸掩沒愛荷華河，這群野鴨不得不遷居河的西側，因為這兒有個排水口，水溫較高，當河面結冰後，排水口附近成了一座小池塘，群鴨就聚集此處戲水。雪愈下愈大，野鴨們只能躲在枯樹下避寒，每次看到牠們縮頭縮腳的樣子，不禁會替牠們擔心如何渡過這麼長的雪季。為了弄清楚究竟有多少隻野鴨，有一次，我耐心的數著數著，哈，總共有九十七隻。

冬天，牠們會飛向溫暖的南方。等到春天雪停了，牠們還會飛回愛荷華河畔。

說不定屆時會有兩百隻鴨子在河上戲水，那將是一幅「春江水暖鴨先知」的畫面，群鴨的叫聲又將增添大學城的生活情趣。

雪夜懷遠

電影《基堡八勇士》一開始，敘述者就這麼說著：「雪天，啜飲咖啡，是寫作最佳時節。」的確，灰茫的天空，皚皚白雪的日子裡，我喜歡回想過去，追憶往事，讓墾丁的海濤，霧社的櫻花、阿里山的森林、花蓮的大理石、谷關的紅鱒、華岡的風雨、西子灣的夕照在我的杏燈下反覆出現。窗外盈尺的白雪，彷彿冷藏著逝去的歲月，一點一滴，歷歷在目。故鄉雖遠在千里之外，一旦到了明月當空的雪夜，往事全都溶入銀白月光，如此，故鄉也就宛如觸手可及似的。

尤其是滿月的夜晚，思鄉之情愈發濃烈，好像金門的大麴酒，但我只喜歡沖杯咖啡，聽著〈金大班大最一夜〉，寫這麼一首小詩：

白雪紛飛淚沾濕，萬縷惦念皆入詩，遙想佳人千里外，十五明月共相思。

鄉愁雖濃，卻也得回現實的生活中，雪夜，我咀嚼契訶夫的《海鷗》（*The Seagull*），奧士托夫斯基的《大雷雨》，翻譯自己的《后羿與嫦娥》，讓思緒翱翔在十九世紀的俄羅斯，更飛回中國古典神話的浪漫。雪夜雖孤寂，學生朋友寄來愛荷華的聖誕賀卡，卻帶來了故鄉的訊息與祝福。同樣的，故鄉的朋友學生們，如果仰望寒天明月，當可接到我這異鄉遊子的祝福。

一九八五年即將結束，歲末雪夜裡，自己明白還有很長的路等著我去走，也知道戲劇這條路既漫長又崎嶇，但我必堅持下去，正如詩人羅勃・佛洛斯特的名詩所言：

The Woods are lovely, dark and deep,
But I have promises to keep,
And miles to go before I sleep.
And miles to go before I sleep.

74.12.31 寄自愛荷華漢心軒

11 在美國考駕照

去年八月初抵洛杉磯，大哥即交待我，一到愛荷華，務必想辦法先考一張駕照，理由是，在美國駕照是有效的身份證明文件之一。

到了愛荷華大學，註冊完畢，領得兩份證明學生身份的文件：一是「社會安全卡」，卡上註明我的號碼，長達九位數字。另一張是愛荷華的學生證。學生證最常用以借書，或者辦理其他校方事務。至於開支票購物時，店家通常要求借看學生證，在支票背後抄下長長的社會安全號碼，以示謹慎。然而有些店家為了保險起見，會特別問顧客：「可不可以看一下您的駕照？」這時，如果有駕照，那當然不成問題，如果沒有，那就挺麻煩的。何以駕照比前兩項文件更有效力？原因是駕照上載著個人資料、身高、體重、社會安全號碼、出生年月日、住址，而最重要的是駕照上附有自己的彩色照片，這是前兩項文件所沒有的。

了解駕照的重要，於是我決定考張駕照，雖然沒車開，也值得持有它。朋友老王索得一本考照手冊，笑著告訴我：「當年我考駕照前，可是一頁一頁查字典，讀得滾瓜爛熟，才赴考的。」他這麼一說，倒叫我想起以前在臺灣上駕駛補習班，利用暑假，花了一個月的時間才考上駕照的經驗。那時我和妹婿同時參加筆試，雖然我只錯一題，得九十六分，卻輸給妹婿，至今談起往事，仍感臉上無光。

拿到愛荷華州交通部印行的考照手冊，當夜即放下所有課業，把手冊圈點眉註一番，也答完附錄的模擬試題。翌日，由朋友大吳載我到監理所筆試。此地考駕照的手續非常簡便，報個名，填妥表格，即坐在報名處的椅子上考將起來。按規定若答錯八題就算不及格，考試結果，當然我領到一張駕照。我只參加筆試，沒繼續路考，所以這種駕照屬於第六類的 Instruction Permit，只要車上乘客擁有第一類的 Operator，我即可開車，類似國內發的駕駛學習證。美國的駕照多達十種，分類嚴格，也養成駕駛人嚴守交通規則的習性。

擁有一張駕照，購物時就方便多了，辦起事也省去不必要的麻煩。寒假一來，發現不開車實在不方便，正好老王身邊有輛朋友託售的車，那是七六年「龐迪雅客」八缸的大車，黃色車身飾有黑色條紋，叫我甚感興趣。老王讓我試開好幾次，室友小吳也開上高速公路兜了幾圈，都覺得車況良好，值得八百元。老王這方面也決定陪我考上第一類駕照，才談付款過戶的手續。

後來，我又試開了幾趟，了解各種交通號誌與路況，直到老王認為我可以參加路考了，我才去報名。

在國內我有四年的駕駛經驗，連最驚險的蘇花公路都開過的人，萬萬沒想到在愛荷華路考，居然連考了四趟才過關。各位讀者且先別笑我，讓我細細道來，也算是個人寶貴的經驗。

第一次報名路考，我一看到主考官時，就打從心底知道這回過不了關了。事情是這樣的，填表格時，老王在旁為我解說，沒想到眼前這位承辦人員心頭不爽，或許前晚跟男友吵架分手，竟擺起臭臉。得理不饒人的老王本想發作，想到我要路考，也就忍了下來。過了好一陣子，這名矮胖的女承辦員，竟搖身一變，穿戴齊全，成了我的主考官。

按例檢查過基本車況（如大燈、方向燈、喇叭等）後，她即示意我起動。開車前我對她說：「為了安全，請繫上安全帶。」豈知她頭一甩，手一撇，回我一聲「謝了，不必！」那種傲慢與被男友「放鴿子」的怨氣，全都出到我身上，也不免惹得我滿肚鳥氣。但路考在即，我只好憋著鳥氣，小心地開上路。考前，我明明牢記老王的批評：「雙手一定要握住方向盤。」可是車子一上六號公路，我卻習慣性地放開右手，不料身旁這位主考官心頭大怒，立刻伸手抓我的方向盤，口中一直嘀咕不停，車子於是搖擺一陣，雖然高速，我還是成功地控制住車向。她分明已嚇出一把冷汗，因為萬一車禍，受重傷的準是她，誰叫她不繫安全帶，活該！

連轉了好幾個彎，來到了十字路口，她要我直行，穿過路口，大概自己已昏頭轉向，卻駛入左轉車道，想要變換車道也來不及了，只得將錯就錯，繼續前進。沒想到，她立刻要我轉入監理所，不待考完全程，就結束這次不愉快的路考。她在記錄上寫下「嚴重違規，危險駕駛」，要我兩星期後再見，就逕自步入辦公室。

在車上呆坐四、五分鐘，直到老王上了車，我才清醒過來。回到家裡，我打電話給好友梅琦，她以為我會順利考過，沒想到我會告訴她：「這是我來愛荷華最大的挫折。」隔壁的乾女兒知道我沒考取，也跟著愁眉不展。她們多盼望「老爹」考上駕照，全家人隨時愛到那兒就到那兒，用不著麻煩別人接送。

兩星期內，我的駕駛技術更加熟練了，還特別開到上回考過的路線，來回試開了幾趟。第二次上監理所，的確胸有成竹。這回是另一位主考官，態度比較和善，大概前幾天男友向她求婚吧！照理，一切都在勝算之內，不料一開出監理所，她卻要我開上另一條陌生的大路。儘管一直告訴自己雙手緊握方向盤，注意路況，留心號誌，結果，哎，我又犯錯，她的確告訴我直行，我卻走上右轉專用道，只好又將錯就錯，硬撐著開完全程。車回監理所，她很詳細地解釋我的錯誤：剛才的大錯不說，其他譬如變換車道沒有回頭張望，轉彎時方向燈指示太慢，轉彎過急……等。說完，便要我一星期後再見。

我的挫折感已經氾濫成災，只覺得亂沒面子，老王卻一直安慰我。回到家，乾女兒們拚命為我加菜，絕口不敢提路考的事，只希望我忘掉這份挫折感。

第三度赴考時，已經是兩星期後的事。填表格時，承辦人員笑咪咪笑地問我：「你還開那部『龐迪雅客』嗎？」顯然她已認識我，我只能答以苦笑。老王則在一旁低聲問我：「有沒有信心？」我拍拍胸脯：「這回絕對沒問題！」說完便悄悄輕揉胸脯：「阿彌陀佛，保佑小民啊！」

看到主考官仍是上回那位，也就安心多了。上路之後，發現路上仍有殘雪，也就特別注意路況，開上高速公路，我瞥見速限為四十五哩，於是猛加油，以保持車速，一路自己很滿意的開完全程。停下車子，主考官不做聲，我卻期待著她的宣佈。不意她開口問我：「你以前開過多少年車？」我很自信答道：「四年！經驗豐富。」「很抱歉。」她的臉色的確非常抱歉：「你必須再考一次。」聽得我滿天金星，差點失聲狂吼：「這不可能，這已經是第三次了？」這樣的打擊實在使我喪盡信心。不過，我還是耐心聽完她的指正：「路面有殘雪，雖是高速公路，也當減速前進。行駛小巷道得慢行，變換車道時，回頭的動作必須明顯，轉彎時不能貼近路旁積雪，車身會失控……。」我這才想起室友小吳表演過的回頭張望車況的快速動作，小吳還說：「愈誇張愈好。」這種回頭的動作，在臺灣根本不曾用過，只要看車內和兩旁的後照鏡就行了，美國的交通規則也真怪，偏偏要來這種什麼回頭觀察的鬼動作。

主考官笑著說：「兩天後你可以再來考。」老王知道我暫失信心，就主動開車送我回去，路上收音機傳出太空梭在佛羅里達上空爆炸的慘劇，老王主修新聞，便加速開回家看電視。「今天果真是個不幸的日子，一下子死了七個太空好漢，其中還是一位女教師呢！」想到他們的痛苦與不幸，自己的挫折也就太渺小了。

坐在電視機面前，太空梭自發射到意外爆炸，只不過是一分多鐘的事，難以想像太空人坐在艙內是如何面對死亡？大家都只顧觀看這則震驚全世界的消息，乾女兒們全然不知「老爹」路考再嚐敗績。當夜，雪花下得特別急。

一星期之內，我都沒有碰過車，待要四度赴考那天清晨醒來，始發現全車已覆滿厚重白雪。雖然前一天就已放晴，積雪卻未溶去，只好在冰凍的溫度下清除車上的積雪，耗去一小時。老王來了，加入我的工作，好不容易才清除乾淨。「積雪若不清除。主考官絕對不會准允你上路的。」老王一邊發動引擎，一邊告訴我：「這次要是再考不取！」我搶著答他：「你就另尋車主，永遠別跟我提開車的事！」我會這麼說，是不想再麻煩老王，幸好老王是東海大學的老學弟，換做別人，哼，早就不理我了。

蔚藍的天空和溫煦的冬陽，一路陪我考完全程。主考官很客氣地恭喜我：說聲：「請進來領取駕照。」

監理所內裝有一部拍立得相機，負責拍照的小姐大概也知道我第四次才考取駕照，特別在按快門時喊了一聲：Hey, big smile!

貼在我駕照上的這張照片，的確笑得很開心，連後排的不銹鋼牙都閃閃發光，清晰可辨哩！

三次路考失敗的經驗，讓我畢業離開愛荷華時，平穩地開過美北六州，在高速公路上奔馳一千一百五十哩，安全抵達哈德遜河左畔的新澤西州。更讓我在全世界最繁忙的紐約市區裡穿梭自如，如今回想起失敗的經驗，不免要感謝愛荷華那兩位主考官和老王。

75.2.20 凌晨完稿於新澤西州

12 紐約——夢幻之都

今年六月一日出版的《新聞周刊》，是紀念自由女神像百年大壽的專輯。其中一篇題為〈自由小姐的子民——熔爐之聲〉的專訪中，俄裔移民蘇菲亞克麗茲柏追憶當年她的父母遠渡重洋，移居美國的原因，她說：

「家父是個年輕小伙子，家母嫻淑端莊。他們都年屆二十一，並已海誓山盟。雖然他們想成家，可是在那種閉塞的舊時代，女人不准選擇自己的丈夫，全由長輩做主。外公明知家父年輕有為，卻不答應他娶家母，因為他身無分文。這就是家父移居美國的原因。到了美國，街道上盡是黃金，只消彎腰撿拾即可致富，把家人接來團聚。」

蘇菲亞的父母為了愛情，遠離俄羅斯祖國，千里迢迢來到美國，投入陌生的自由天地。這份勇氣倘若羅蜜歐與茱麗葉地下有知，也會歌頌不已。儘管蘇菲亞對美國的描述略嫌誇張，蓋紐約街頭並非遍地黃金。然而只要肯幹，在移民心目中，紐約的確是實現抱負的自由天地，也是發財致富的夢幻之都。

對飄洋過海負笈來美的外籍留學生而言，位於美洲大陸東岸的紐約，正是打工賺學費的夢幻之都。每到寒暑假，大批留學生不是到西岸的舊金山、洛杉磯，便是東部的紐約餐館打工，以勞力換取學費。「到紐約打工去！」更是大陸留學生拒回大陸的活路之一。一般說來，大陸自費生初抵美國時，手頭頂多只有四十美元，折合人民幣一百多元。這數字連付房租都成問題，甭說吃飯、繳學費。為了活在美國這片寬廣的自由世界，他們只好拚命打工，從校園裡的餐廳工，一路打到醫院清潔工，打得天昏地暗，晨昏顛倒，即使疲憊不堪，日子卻充滿希望，飽嚐自由的滋味，更體會「一分耕耘，一分收穫」的道理。

待在愛荷華那段期間，經常聽人聊起紐約的種種，自己雖不曾行腳紐約，早就想親臨這座夢幻之都。國人對紐約的印象不外是巍峨的摩天大樓，以及手執火炬的自由女神像，這種簡單的意義，正如國內民眾談到港都高雄，便聯想到大統公司與愛河一樣。

我對紐約早已印象深刻，許多著名影片都是以紐約為背景拍攝的，例如：瑪莉蓮夢露主演的《七年之癢》、金哈克曼主演的《霹靂神探》、羅勃迪尼洛主演的《紐約・紐約》、《四海兄弟》、亞瑟潘拍的《四個朋友》、柯波拉的經典作品《教父》，最近走紅的李察基爾主演的《棉花俱樂部》……等，多得難以細數。另外，我知道紐約的「百老匯」乃是美國戲劇中心，經常演出商業歌舞劇，「外百老匯」與「外外百老匯」都是實驗劇場大本營，而格林威治村與蘇活區，也是世界各地的藝術家夢想的天堂。此外，曼哈頓的中央公園，一百餘層高的帝國大廈、哈德遜河口的自由女神像，古老的哥倫比亞大學……都是早已如雷貫耳，令我神往不已的觀光點。

中西部鄉下的美國佬對紐約這座大都會有何觀感？愛荷華大學戲劇系同學比爾，曾在紐約唸過一陣戲劇，卻帶著家小轉移陣地，客居小城愛荷華。他說紐約生活昂貴，獎學金難爭取，治安不佳，交通紊亂，居住其間，小命恐怕朝不保夕，而愛荷華寧靜溫馨，生活容易，豈有不來之理？話說回來，紐約不愧是世界藝術中心之一，系上同學每逢長假，都趕往芝加哥與紐約，觀賞幾齣戲，以掌握當今戲劇潮流。

畢業前夕，我向指導教授 Judy 請教紐約戲劇現況，她毫不遲疑地說：「紐約的舞台劇近來困難重重，似有走下坡之勢，倒是芝加哥還挺盛的。」最有趣的意見，恐怕是來自西達瑞匹機場餐廳的女侍了。她一知道我計畫走訪紐約，一時臉色大變，用心良苦地勸我：「你可要身上帶把槍啊！」接著對鄰桌的客人說：「你們看，這位年輕人愛荷華這麼好的地方不待，居然敢上紐約，真不怕捱槍！」她那種驚慌的眼神，讓我還真想立刻到店鋪買一把火力強大的四五手槍防身哩！

我可以了解這位女侍的好意，也知道紐約市區偏高的犯罪率，然而，縱使她所言不虛，依然無法阻止我走訪紐約的決心。畢竟，予我而言，紐約是座夢幻之都，藝術的殿堂，既已來到美國，豈有不前往「朝聖」之理。

愛荷華大學畢業典禮翌日，我的紐約行終於展開。我和大哥駕車，沿著八十號公路東行，離開愛荷華，駛過密西西比河，穿過伊利諾、印地安那、俄亥俄、賓夕維尼亞，直抵新澤西州的New Milford，兩天內開過北美六州，行程共計一千一百五十哩；這期間還走訪了芝加哥的唐人街，目睹全世界最高建築物——芝加哥的Sears大樓。遠眺碧波萬頃的密西根湖，俄亥俄北部大城克里夫蘭。

New Milford位於紐約西北郊外，隔著南流的哈德遜河，與紐約遙遙相望。行腳紐約，我暫住表舅媽家，有時與住在紐約的朋友同行，有時由表妹們擔任嚮導，有時則單槍匹馬進城，半個月來，我終於揭開夢幻之都的神秘面紗。

歷史與地理

若想了解紐約，讀者諸君得先了解紐約的歷史與地理。話說一四九二年，偉大航海家哥倫布發現美洲新大陸，立即刺激歐洲各國航向美洲，開拓新殖民地。事隔三十二年，航海家維拉查諾（Verrazano）首先探勘紐約，翌年，高梅尾隨而至。儘管他們首先登陸紐約，卻未進一步開發，也不曾帶來大量移民，蓋當時的紐約仍是北美印地安人的地盤。嚴格說來，真正首度開發紐約的是荷蘭人。一六〇九年，荷蘭東印度公司的亨利．哈德遜——此河即以其姓氏命名——北溯至當今紐約州首府阿巴尼（Albany）。哈君一抵達阿巴尼，立即宣佈阿城乃是荷蘭的領土，建立貿易據點，闢田建屋，引進荷蘭移民。

極思佔領美洲的英、法兩國，終於按耐不住，也派出大批人員探勘新大陸。法國人動作較快，就在同年由張伯倫（Samuel de Champlain）領導的探勘隊，由紐約州的東北角沿著聖勞倫斯河向西推進，直抵北美五大湖之一的安大略湖，整個紐約州的東部與西部，旋即成為法國殖民地。因此，十七世紀初期，紐約州即為法荷兩國對峙的殖民地，法國在北，荷蘭在南。

由於佔盡地利，荷蘭人最早開拓紐約的曼哈頓島。那是一六二四年，新任總督彼德．米紐（Peter Minuit），以價值僅二十四美元的小飾物，從印地安人手中購得這座當今紐約市最富庶的島嶼。那位出讓曼哈頓的印地安人，早知道紐約會成為全美第一大城，想必不致於只索價二十四美元，他若保留整座曼哈頓島的所有權，他的子孫無疑正是世界首富了。荷蘭人買下曼哈頓島，旋即將之命名為「新阿姆斯特丹」，以紀念國都。九年之後，荷蘭人在島上蓋起第一座教堂，並興建阿姆斯特丹堡，以保衛這塊輕易騙來的殖民地。到了一六四三年，一位法籍傳教士曾做過一項有趣的調查；當年整個曼哈頓的居民僅有五百，卻操著十八種語言！常言道「美國是座大熔爐」其實，早在十七世紀，紐約即已是移民者的天堂。

英國人進軍紐約的時間雖然較晚，卻夾其雄厚海軍實力，易如反掌地取下曼哈頓。事情的經過是這樣的，話說十七世紀中葉，大英帝國宣稱哈德遜河隸屬英國，並於一六六四年由約克公爵出面，派遣一支艦隊，浩浩蕩蕩駛進哈德遜河口，迅速包圍曼哈頓島，島上的荷蘭總督好夢正酣，得知巨變，只好豎起白旗投降了。噩耗傳抵荷蘭，舉國震驚，從此曼哈頓即淪為戰場，雙方你來我往，打了十年，可憐曼哈頓的居民飽嚐戰火後，才開始懸掛英國旗幟。一六七四年，英國將這塊新殖民地易名為紐約，以紀念當年出兵的約克公爵。十二年之後，英國正式詔告全世界，宣佈自一六八八年四月二十七日起，紐約市納入大英版圖。

英國人在紐約的勢力延續了九十年，到了一七七六年七月四日，華盛頓於費城發表獨立宣言，公然反抗大英帝國的殖民統治。獨立戰爭的戰火，約有三分之一在紐約州境蔓延。戰爭之初，英艦自紐約市東方的長島登陸，在威廉・豪威爵士

（Sir William Howe）的指揮下，猛攻華盛頓所屬各部。華盛頓眼看英軍火力強大倘硬拚必難取勝，即下令沿著當今紐約市的皇后區（Queens），渡過東河，轉進至白原（White Plains）——此地即屬紐約市的布朗克斯區（Bronx）。豈料豪威窮追不捨，逼得華盛頓在白原吃了一場敗仗，繼而退至新澤西州。不久，華盛頓重整旗鼓，一七八一年將革命總部設在紐約州南方的新堡，繼續領導美國人民爭取獨立自由，只可惜紐約市仍在大英帝國統治下，直到一七八三年才真正脫離英國控制，成為美國領土。

一七八五年至一七九〇年間，美國國會均假紐約召開會議，而最值得紐約人引以自豪的是，華盛頓當選美國第一任總統後，即於一七八九年四月三十日，在紐約宣誓就職。

紐約市位於紐約州的東南角，雖擁有五個行政區——布朗克斯、曼哈頓、皇后、布魯克林（Booklyn）與理查蒙（Richmond，又稱史坦島）——但其中卻僅有布朗克斯區與美洲大陸相接壤，其餘四區分散於島嶼。五區當中，曼哈頓幅員最小卻最早開發，紐約的摩天樓即麕集於此，為全市文化、經濟、政治中心。布朗士區到一八九五年才完全併入紐約市，其名得自喬納・布朗克（Jonas Bronck）——他於一六三九年開拓該區。至於皇后區與布魯克林區則位於同座島嶼上。皇后區右側為長島，西南則為布魯克林區。該區早於一六八三年自成一郡，直到一八九八年，法拉盛四周的地區才併入紐約。而布魯克林區也是在一八九八年，經由統一法案，始列入紐約市，位於紐約最南端的理查蒙區，實為紐約開發最晚的一區。

大橋奇觀

上述特殊的地理環境，造成紐約的陸上交通必須仰賴大橋。整個紐約市複雜的交通網中，可見十二座大橋，另有四座河底隧道。最重要的一座大橋，恐怕是溝通曼哈頓與新澤西州，橫跨哈德遜河的喬治華盛頓橋了。該橋為配合擁擠的交通流量，不僅擁有八線車道，且分上下兩層，極為壯觀。每次我從新澤西州進曼哈頓，即先駛過這座大橋，再通過白石橋（White Stone），進入皇后區的法拉盛，然後換搭地下鐵進曼哈頓。初臨紐約，白天駕車通過喬治華盛頓橋倒難不倒我，奇怪的是，夜間從法拉盛開回新澤西州，一過了白石橋不久，竟有兩次差點沒找到喬治華盛頓橋。第一次是意外地轉進往北方新英格蘭的公路，幸好及時發現，立刻在第一個出口下公路，來個大迴轉，朝反方向前進，摸索了好久才看見這座超級跨河大橋。第二次駛出白石橋時，我特別告訴自己別開進右轉車道，因此車向一直偏左，等到發現錯誤時，已經走到不知名的小路。來到陌生地，只好向加油站的黑人問路，豈料他也弄不清楚怎麼開上橋，還好一位正在加油的白人老先生，要我跟著他走，我才得以開上喬治華盛頓橋。曼哈頓與布魯克林之間，雖有三座大橋，名氣最響的要算布魯克林橋了。它是由約翰羅布林設計，其子華盛頓督工，橋造了一半，老羅布林病故，兒子患染重病，整座橋瀕臨廢棄，幸得子媳艾美莉挑起督工重任，始於一八八三年竣工，也促使布魯克林區日趨繁榮，成為美國對外貿易重地。三年前，居民才為這座名橋祝賀百歲大壽，熱鬧非凡。

如果來到布魯克林橋，別忘駕臨橋畔的「河」餐館喝杯咖啡，對岸曼哈頓摩天樓的夜景確實令人陶醉不已。某夜，我和表妹與幾位朋友，來到這家雅緻的餐店進餐。它的特點很多，例如餐店大部分飄浮在東河河面上，遇有巨船航過，波浪湧至，餐店也隨之輕盪，趣味無窮。另外，這家餐店的服務是我所見過最親切的。服務人員有老美也有老中，個個舉止儒雅，無比親切。有位男侍為我們服務，他的英語乃正宗紐約腔，聽來叫人不得不胃口大開，讓我一連點了鱒魚和鮭魚。他的外表瀟灑，像極了主演《紐約．紐約》的羅勃迪尼洛。一到結帳時，我特別走近他，讚美一句：「說實話，在我看來，您正如羅勃迪尼洛那麼英俊！」他一聽簡直樂壞了，不禁開懷大笑，連呼感謝，我又補上一句：「今晚你一定睡得很香。」他連忙點頭，頻頻祝我晚安。

如果有機會，不妨試著徒步過橋。表妹的朋友茄子來自新加坡，晚餐後雖已午夜，卻很想上橋欣賞紐約夜景，但基於安全理由——橋上治安不佳——眾人決議不上橋，茄子只好打消此一雅興了。

除了上述這三座橋，還有一座大橋也值得一提，那就是橫跨維拉查諾海峽，連接布魯克林區與里查蒙區的大橋，它乃是全世界最長的單架徑橋。連接里查蒙與新澤西州的貝揚尼橋（Bayonne Bridge），則是全世界最長的鋼製拱橋。四座河底隧道中，布魯克林隧道號稱全球第二長。

公園綠地

猶記得離開愛荷華前，曾在電視上觀賞過一部描述紐約的影片《公園是我的》，故事的地點即是現今紐約的中央公園。乾女兒曾打趣地提醒我：「到了紐約可別忘了到中央公園，體會一下影片中的情節。」

紐約佔地三百一十四平方哩，人口高達七百〇七萬，平均每平方哩住滿兩萬六千三百〇三人，再加上大批湧至的非法移民與觀光客，其擁擠程度不難想像，然而在寸土寸金的紐約市區，公園綠地竟佔了整個市區的百分之十七強，市政府重視公共休憩場所，大量開闢公園綠地的政策值得國內借鏡。

皇后區法拉盛北端的學院點公園，雖屬社區小公園，卻是景色非凡。從公園南側入口處，沿著環河步道北行，曼哈頓摩天樓的剪影清晰可辨，寬闊的東河一望無際，我彷彿回到西子灣，臨堤聽濤。在愛荷華住了九個月，頂多只欣賞過密西西比河夕照，而眼前的東河卻瀰漫海的回憶：臺灣東部的太平洋，澎湖四周的臺灣海峽，全都閃現腦海，波光粼粼。公園左側不遠處，即是拉瓜地機場，不及一分鐘即有一架客機起降，空中交通繁忙，也是紐約的特色之一。除了拉瓜地，皇后區南端海濱有座甘迺迪國際機場，哈德遜河左側，新澤西州境內的紐瓦克國際機場，也是繁忙無比。

我和朋友在這座寧靜的公園內晚餐，落日餘暉染紅西天，雖無「晚霞滿漁船」的詩境，霞光映照的白石橋與曼哈頓早已令我們陶醉其間，忘了夜幕悄悄升起。

赫赫有名的中央公園，位於曼哈頓中城，佔地八百四十畝，橫跨四條大道，縱越五十一條街，是曼哈頓塵囂中最美的綠地，也是紐約人最自豪的「後院」。究竟中央公園是何時規劃的？這就得把歷史推回一八四〇年代了。當時紐約市僅侷限於曼哈頓島南端，即現今的曼哈頓下城，北端只開發至第四十二街，越過此街，盡是沼澤、小溪、岩塊和少數新移民的違建構成的荒地。然而紐約市區日益成長，差不多每十年即往北推進半哩，有遠見的市民便想到如何在曼哈頓島保留一塊綠地的問題。

最先提出闢荒地為公園此一構想的人，即是美國名詩人威廉布萊恩（William C. Bryant）。他聯合名作家華盛頓艾文（Washington Irving）與喬治班克福（George

Bancroft），發動市民向市政府爭取公園。果然，市政府從善如流，於一八五七年開始整地，清除公園預定地內的違建，並公開徵求公園設計圖，酬勞兩千美元，結果由恩斯泰與霍克斯兩位奪標，從一八五九年至一八六七年間，市政府僱用了三千名愛爾蘭工人和四百匹馬，從預定地運出數十萬車的岩石，運進數十萬立方碼的表土，栽上四、五百萬株花木，紐約人的「後院」終於成為紐約人的休閒勝地。不管是大公司總裁或是街頭乞丐，任何人都可以盡情享受這片自由的綠地。

一進中央公園，每個人自然會忘卻公園外的工商世界。綿羊草地上可見放風箏的大人小孩，拉斯克溜冰場裡擠滿溜冰人群，園中小湖可享受划船之樂。德拉寇露天劇場於七月至九月間舉行「紐約莎士比亞節慶」，演出莎翁經典名劇，附近的「莎翁花園」裡，更栽植了莎劇中提到的珍貴植物。

公園裡最吸引我的兩處勝地，就是大草坪和草莓園了。大草坪白天是紐約人的運動場，或打棒球或踢足球，夜裡即成了露天表演場所，許多劇團、交響樂團、搖滾樂團都在此免費娛樂市民，超級歌手賽門和葛芬柯，一曲〈惡水之橋〉唱得數萬聽眾心扉大開。佔地二．五畝的草莓園，是紀念一九八〇年遭人放冷槍的名歌手約翰藍儂，藍儂崛起於六〇年代的「披頭四」，拆夥後仍有新作問世，一生崇尚自由和平，代表名曲〈幻想〉（Imagine）即揭示他的大同理想。如今，每逢其忌日（十二月八日），仍有大批歌迷來此追悼，盛況不輸給美國貓王的忌日。

走在蔭涼的人行步道，技頭飛竄的北美紅雀，不忘為遊客高歌一曲。走累了，坐在綠椅上小憩，別忘了餵一下滿地蹦跳的野鴿，招呼一下路過的遊客。草地上多的是享受日光浴的紐約人，把無垠綠地當成邁阿密海灘，顯然紐約人和愛荷華人果真有志一同。公園裡另個特色是搭乘馬車逛公園，馬車式樣典雅，為公園增添不少古趣。

世界上幾個大都會都以地下鐵為捷運系統，譬如東京、倫敦，而美國則以紐約的地下鐵最稱便捷。每回進曼哈頓，我都先開四十分鐘的車，來到皇后區法拉盛，然後換搭七號地下鐵，票價一元，只要不出車站，隨時都可換車，無需另外購票。大部分的旅客相當守法，逐一購票進站，就有一些惡形惡狀的黑人專坐霸王車，進站不買票已經說不過去，要是售票員多看他們幾眼，他們即露出凶惡面目，口出穢言，「伐」一聲連連。

月台上的燈光亮度不夠，最好不要獨自候車，以免遇上搶徒。紐約的地下鐵列車髒亂不堪，而車廂裡外全是烏七八黑的「噴漆畫」。記得出國前，台北市街頭曾遭人塗鴉，題材取自日本，讓環保單位頭疼不已。儘管洛杉磯、芝加哥，甚至愛荷華市均可窺見噴漆畫，但情況均不及紐約那麼嚴重。紐約地下鐵所見的塗鴉世界，堪稱全國之冠，集各名家之精粹於此。有些列車塗得色彩紛亂，恰似地道中爬行的大花蟒，不知者還誤以為巨花蟒來襲呢！我曾用心研究這些噴漆畫，有些簡單的構圖一眼即窺出畫面的意義，有些看了老半天，實在看不出這些手癢的「準畫家」究竟想傳遞啥訊息。

站在車廂裡，我詢問一位義裔中年婦人，為何沒有人清除這些「嘔心之作」，她無奈地搖頭說：「有關單位曾設法拭去這些鬼畫符般的玩意，怎奈道高一尺，魔高一丈，也就任其亂畫一通了。」話雖如此，地下鐵仍有幾列新車，坐在其間，感覺舒暢多了。聊著聊著，這位婦人開口問我：「你們日本的地下鐵也這般鬼畫符嗎？」哈！她竟把我誤為日本人，難道只因我曾在愛荷華大學演過日本人的角色？

地下鐵裡的紐約人各個表情冷淡，一坐下來，不是翻閱厚厚的紐約時報，就是目不轉睛地瞪著正前方，大都會繁忙的生活，使得人際之間變得疏離冷漠，愛荷華溫馨的人情味，在紐約早已不復可尋，車廂的噴漆畫不正反映了這種冷漠與無奈？

步出車廂，沿著階梯走出車站。噴漆畫的鬼影依然陰魂不散，一路跟出車站，於是街道的路牌、停車場、垃圾桶、櫥窗、路燈……都留下它的蹤影，就連高速公路上的路標、潔白美觀的郵車、環保局的垃圾車，也都難逃它的魔掌，整座紐約市儼然是一片塗鴉世界。

街頭乞丐

走在紐約街頭，尤其是曼哈頓摩天樓的人行道上，只要仔細觀察，即可發現許多新鮮的事物。就在四十街與第八大道的路口，我目睹一群黑人的賺錢新招。四、五名黑人在街旁排排坐，一名同伴自對街購回一瓶老酒，大伙們旋即灌將起來，其中一名還特地過來伸手向我討菸。紅燈一亮，路上停滿等候綠燈的車輛，黑人悄悄走近擋風玻璃，一語不發，逕自擦起玻璃，然後索價五毛，車主若不給錢，除了一陣咒罵，還狠狠地在玻璃上吐下一口濃痰，另一名黑人趁機湊上，車主還是得付五毛。這種賺錢方式，叫我這位旁觀者啼笑皆非。

紐約街頭上多得是遊手好閒的地痞，尤其是最熱鬧的四十二街。他們看到警察走近，總是擠出笑臉，猛打哈哈。有一回在地下鐵車站向兩名瘦小的東方人問路，萬沒想到對方以閩南語說：「哈，牛尤古（即紐約）臺灣話卡流行。」看那副模樣，不是「竹聯幫」小嘍囉，即是高雄「西北」或「七賢幫」的「兄弟」。倒讓我誤以為已置身高雄火車站，遇上拉客黃牛呢？

走在紐約街頭，特別是人車擁擠的曼哈頓街道，遇上精神病患與乞丐的機率非常大。第一次踏上第四十二街—此乃紐約有名的風化街，成人電影院滿街林立—便被我碰上腦袋瓜出毛病的傢伙。我和大哥進麥當勞吃炸雞，一名戴著深黑色鴨舌帽，衣衫襤褸的中年人走近我們，立刻攤開一張支票，告訴我們：「我不是沒錢，你看，這是一千多元的支票，可是我需要現金，跟你兌換如何？」這番鬼話有誰會相信？另一次經驗更絕，我站在第四十街與第八大道十字路口，一名戴草帽，不修邊幅的男子走到我身旁，低聲地說：「我不是強盜，我沒有毛病，但我需要五毛錢。」接過我給他的銅板，他快步追趕才路過的一名中年婦人，在她背後重複同樣的話，嚇得這位婦人奔向正在街角巡邏的警員求援。通常精神病患也會出現地下鐵車廂。有個白癡醉漢，口袋裡還裝著半瓶伏特加酒，一進車廂便任意對人擠眉弄眼，酒話連篇，不僅把小孩嚇哭，還使一些膽小的女客花容失色，失聲尖叫。這種情況還不算嚴重，有一回也是一名醉鬼，壯碩無比，一進車時，已是額頭淌血，卻狂吼大叫，想找人幹架，旅客只好紛紛走避，閃到別的車廂，免遭池魚之殃。

搭乘地下鐵，千萬別太靠近月台邊緣，出沒無常的瘋子經常恣意傷人。據報導，不久前，一對上海來的年輕夫婦，一時大意，被人推下月台，雙雙冤死車輪，悲哉！最近一則地下鐵凶案是，一大群女生擠著進車廂，一名正欲下車的旅客動彈不得，火大之餘，拔槍亂射，兩名女生當場嗚呼哀哉。

談起紐約街頭的乞丐，那當然比台北市地下道還要多。最常見的是手執紙杯（從垃圾桶撿來的），向路人乞錢。乞丐當中，有年輕力壯的黑人，有流落街角的落魄移民，更有風燭殘年的老婦。

有一回，我步出哥倫比亞大學大門，就在對街轉角處遇上一名老乞丐，手執紙杯，頭繫紅巾。眼看我邊趕路邊伸手摸錢，他立即快步跟上，還說：「我可以等，我可以等，」我止住腳步，把銅板投進紙杯，順道問他大名。

「噢！我叫米蓋亞！」

米蓋亞！好熟的名字？這不正是俄酋戈巴契夫的大名？他接著反問我：「您的大名？」他的眼神露出感激。

「我叫光，臺灣來的。」我伸出手握住他。

「啊！光！我愛你！你是我的好朋友，我要到臺灣去！」說著，整個人展臂抱個我滿懷。他的話雖略嫌誇張，卻是紐約街頭不可多得的樂趣。

街頭藝術家的當街表演，使得紐約和巴黎一樣，充滿藝術氣息。格林威治村與蘇活，更是藝術家的廣大天地。我曾獨自造訪蘇活，夜探格林威治村，走在其間，只見藝術，不見他物。一位來自上海的張姓畫家，告訴我他在格林威治村為人畫肖像的經驗。每季都得先繳個五十元的保護費，才能擠入街角，佔一席之地。每天中午兩點畫到午夜兩點才收工，每張肖像索價十五元，生意好的話，一天可賺兩百元，運氣差的話，連一個客人都沒有。在大陸時，他搞過電影，來到紐約，語言能力不足，本行不保，只好轉行作畫。「能活下來已經不錯了。」他感慨萬分。我問他何不把家小接來美國？他兩眼蒼茫答道：「談何容易？大陸豈會輕易放過每個人？」

某夜，我在百老匯與四十六街口，觀賞一場感人的街頭表演，四名黑人在路口擺上樂器，立即演奏起流行樂曲。黑人就像原住民一樣，對音符特別敏感，演奏起來，韻味十足。眼看他們汗流浹背，輕快的節奏，美妙的旋律使圍觀的路人不禁舞興大發，當街跳將起來。一曲奏罷，即刻換來熱烈掌聲，觀眾也爭相掏錢送給他們。桶子裡的美鈔愈堆愈高，演奏者更加賣力，聽得觀眾各個如癡如狂，即使騎馬巡邏而過的警察，也不忍心干涉他們製造噪音，或者阻礙交通。不過，在格林威治村，兩名黑人樂手深夜當街演唱時，隔壁住家不滿，偷偷從頂樓朝聽眾連砸三枚雞蛋，朋友茄子小腿中「蛋」，蛋黃飛濺，沾染我的牛仔褲。

有一回走在繁華的第五大道上，一名少女正開始擺攤賣畫，一看就知道她沒有執照，於是趨前問她：「警察不趕妳？」

「當然趕囉！」說著，銳利的雙眼不斷掃視遠處。聊了一陣，才知道她賣的是她母親的作品，母親患病，她只好當街賣賣畫，籌些醫藥費。我突然想起「賣火柴的女孩」的童話，於是我先幫她擺畫，更為她招徠顧客，沒兩下竟也賣出好幾幅。

黃昏時刻，走在曼哈頓街頭，人潮最為擁擠，上班族趕搭地下鐵的盛況，較諸東京有過之而無不及，身漆黃色的計程車在街道橫衝直撞，紐約人早已習以為常。入夜之後的曼哈頓，和台北的西門町、高雄的五福路一樣，盡是過夜生活的人群。摩天樓的燈光，把曼哈頓襯托成千百顆璀燦的夜明珠。即使警笛突然響起，只有初抵紐約的觀光客才會駐足觀看，以印證警匪片中的情節。

藝術殿堂

位於美東海岸，紐約可說是僅次於波士頓的古老城市，它不僅延續歐洲文化藝術風格，也不斷吸收吹自世界各地的流行風。以建築為例，一代宗師胡適先生的母校哥倫比亞大學，其校舍即散發著濃郁希臘古味。哥大創校於一七五四年，正值英王喬治二世在位期間，原名為國王學院（King's College），初期校址位於曼哈頓南方華爾街三一教堂附近，後來才遷至中央公園以北的現址，紐約擁有數十家大學與學院，除了哥大，較有名氣的當屬紐約大學（NYU）、紐約市立大學（CUNY）和茱麗亞音樂學院，尤以哥大堪稱其中翹楚。一般而言，紐約的大學因地處鬧區，不易擁有寬敞校園。以紐約市立大學研究院而言，它位於西十二街內的一棟大樓中，看來倒有些像文化大學城區部，怎麼看也不像大肚山上的東海大學，更比不上河水悠悠、綠草如茵的愛荷華大學。

紐約的古建築當中，比較吸引我的，乃是歌德式教堂。建於第五大道與五十街口的聖派崔克教堂，是全美最知名的大教堂，雙塔尖直入天際，高三百三十呎，結構宏偉，雕工精細，蘊含著十三世紀歌德式建築特有莊嚴肅穆。若想重溫英國維多利亞時代的街景，格林威治村則是最佳去處。自從一八八〇年以來，這一帶的建築被完整保留下來，成為紐約保護古建築的示範區。

客臨紐約，若想了解究竟紐約有多少藝術活動，何以紐約不愧是世界藝術中心？《紐約客》（*The New Yorker*）雜誌將可為您解答。這份紐約人最引以自豪的周刊，每期均介紹評論各藝術節目。一日之內，紐約就有近千場藝術活動展開，世界大都會中，還有那一座能與紐約匹敵？

就我看來，紐約的藝術殿堂當中，更以「林肯表演藝術中心」（Lincoln Center for the Performing Arts）、卡內基廳（Carnegie Hall）與大都會美術館（Metropolitan Museum of Art）最為突出。「林肯表演藝術中心」位於六十二街至六十六街，哥倫布大道至阿姆斯特丹大道之間，佔地十四畝，造價高達一億八千五百萬美元。必須提醒讀者諸君的是，此中心並非紀念解放黑奴的林肯，而是提供這塊建地的農夫林肯先生。中心內包括多幢廳堂，計有大都會歌劇院（Metropolitan Opera House）、費沙堂（Avery Fisher Hall）、紐約州立劇院（New York State Theatre）、杜麗堂（Alice Tully Hall）、茱麗亞音樂學院，與紐約市立圖書館演藝廳。

大都會歌劇院每年均排滿名歌劇，演出約翰史特勞斯、華格納、莫札特、浦契尼、比才、維爾第等名歌劇家的經典名作，譬如：浦契尼的《蝴蝶夫人》、《托斯卡》、《波希米亞人》、古諾的《羅密歐與茱麗葉》、比才的《卡門》……等。美國當今紅透半邊天的年輕指揮家詹姆士李文（James Levine），在今年度排定的二十二齣歌劇中，即負責指揮七齣，功力深厚，由此可知。另外，全美最負盛名的美國芭蕾舞團（American Ballet Theatre）春季舞碼裡包括了《唐吉訶德》、《吉賽爾》、《胡桃鉗》等名劇。至於國外知名的舞團，例如加拿大國家芭蕾舞團、法國巴黎歌劇芭蕾舞團，都預計在大都會歌劇院演出。

若想聆賞室內樂，杜麗廳將讓你一飽耳福。費沙堂係紐約愛樂管絃樂團固定的演出場所，而紐約州立劇院則推出紐約市立芭蕾舞團與紐約市立歌劇團的節目。至於紐約市立圖書館演藝廳，則綜合演出室內樂、舞蹈、詩歌朗誦、戲劇等活動，即使茱麗亞音樂學院亦有四座大廳以供音樂團體演出。

提起卡內基廳，國人似乎比較熟悉，世界級的大提琴家馬友友經常在此廳表演其登峰造極之琴藝。卡內基廳建於九十餘年前，開幕啟用之日，特別邀請樂聖柴可夫斯基前來指揮一場空前盛大的音樂會，從此，該廳即成為世界一流音樂家，夢寐以求的最佳表演場所。走進廳內，樂壇大師托斯卡尼尼、魯賓斯坦、史托考斯基、曼紐文、祖賓梅塔，以至中國男低音斯義桂……等人的卓越豐姿，不覺浮現眼前。只有這座超級的藝術殿堂，才有這麼高超的魅力。

旗幟飄揚

紐約擁有數百家畫廊與美術館，活動力大得驚人。我曾走訪位於中央公園的大都會美術館，一到館前，巨幅的布幕說明了展出的內容。曼哈頓街頭常見巨幅文化布幕，設計新穎美觀，很能吸引路人。各個畫廊、劇場、美術館，均懸掛巧思設計的旗幟，蔚成市區特殊景觀，既達到宣傳目的，亦美化了市容。望著隨風飄揚的旗幟，不免令我想起中國社會裡的的市招，只是眼前的旗幟並非杏花村，而是一流的藝術殿堂。

大都會美術館展出的項目相當精彩，計有乾隆時代的中國繪畫，林肯柯斯坦收集的十九世紀後期的日本畫，印象派與早期的現代畫，羅丹雕塑，文藝復興時代的宗教雕塑，以及十九世紀印度的服飾……等，一日之內，保證無法悉數觀畢。

對臺灣現代舞影響深遠的瑪莎葛蘭姆，最近正舉行六十周年回顧展，為期三周，推出許多代表作：一九一六年她的第一場獨舞 Serenata Morisca，一九二九年使她聲名鶴起的 Heretic，歷年的舞作精粹與今年剛出爐的新作……等。瑪莎葛蘭姆堪稱現代舞壇的長青樹，雖已高齡，仍舊新作不斷，她所領導的舞團依然光芒四射，難怪紐約時報將之評為：「理想中的舞團……當代最重要的藝術團體。」

長期的蟄伏，觀眾並未忘卻瑪莎葛蘭姆的舞藝，此番再度與觀眾見面，波濤洶湧，聲勢浩大。廣播電台不斷播出名歌手東尼奧南多與老牌紅星李莉安姬曦的推薦。如果讀者不健忘，當猶記得東尼奧南多的成名曲（老橡樹上繫黃絲帶），曾風靡臺灣，是大學生舞會上必備的吉特巴舞曲。至於姬曦女士，則是與瑪莎葛蘭姆同一時代的默片巨星。

除了繪畫，音樂與舞蹈，紐約的攝影、電影和戲劇更是讓人目不暇接，多如仲夏繁星，百餘家的電影院，除了最新拍攝的商業電影如Top Gun，還可以看到經典名片《大國民》、黑澤明的《亂》、畢京柏的《日落黃沙》、庫布力克的《二〇〇一太空漫遊》、巴伯弗西的《酒店》、波蘭斯基的《唐人街》、田納西威廉斯的《紋身玫瑰》……等，以及世界各國的名片。

百老匯

談起紐約的戲劇，一般總聯想到「百老匯」，其實「百老匯」（Broadway）原係街名，意為寬闊大道，貫縱曼哈頓島，是全區最重要的商業街，由於商業劇場林立，特別是五十三街至四十二街中城一帶，商業劇場即多達三十四家，其中僅四十五街，時代廣場附近，即聚集了九家，戲劇活動蓬勃，由此即可窺出。

「百老匯」上演的節目，大抵以歌舞劇為主，喜劇為輔，這乃是「百老匯」的商業傳統，以歌舞劇而言，皆係歷年東尼獎（Tony Award）的得獎作品。例如根據艾略特的詩作改編而成的《群貓》（*Cats*），根據馬克吐溫小說改編的《大河》（*Big River: The Adventures of Huckleberry Finn*），以及《第四十二街》，而六月初才剛贏得今年東尼獎的《我不是拉巴伯》（*I'm Not Rapaport*），正在四十五街的布斯劇場演得紅透半邊天。

令我訝異的是，美國劇作家尤金奧尼爾的自傳性作品《長夜漫漫路迢迢》（*Long Day's Journey Into Night*），竟也在商業氣氛濃厚的「百老匯」演出，而擔綱者竟是奧斯卡超級喜劇巨星傑克李蒙。美國電影界的巨星，經常重返舞台，回味成名前舞台生活的溫馨。例如，去年達斯汀霍夫曼就曾主演亞瑟米勒的《推銷員之死》。天王巨星羅勃迪尼洛目前正粉墨登場，在《走私古巴》一劇中，飾演毒販，洗鍊的演技，深獲紐約劇評家垂青。

「百老匯」外圍，有所謂的「外百老匯」（Off-Broadway）與「外外百老匯」（Off-Off-Broadway）劇場。這兩種劇場，原先看不慣「百老匯」的商業心態，於是在它的外圍地帶另起爐灶，小劇場低門票，專演較具實驗性質的舞台劇，多年衍變下來，「外百老匯」也難免推出歌舞劇與喜劇，以維持營運。只有「外外百老匯」仍秉持實驗精神，演出言之有物的劇作。

翻開「外外百老匯」的劇碼，我赫然發現其中三齣竟是愛荷華大學戲劇系公演過的名劇：百絲韓莉（Beth Henley）的《心之罪》（*Crimes of the Heart*）贏過一九八〇年普利茲獎最佳喜劇，查爾斯福勒（Charlers Fuller）的《士兵的故事》（*A Soldier's Play*），曾贏得一九八一年普利茲獎，以及以茲列霍洛維茲（Israel Horoviz）的前衛劇《線》（*Line*）。其中我最偏愛《線》，由一群人爭先排隊候車，推衍出令人深省的情節，諷刺當代人性的多變。

另外，法國喜劇大師莫里哀的《塔圖夫》（*Tartuffe*）、俄國劇作家果戈爾的《結婚》（*Marriage*）尼爾賽門的喜劇《第二章》（*Chapter Two*）都正在外外百老匯的小劇場裡演出。

我曾站在百老匯街「宮廷」劇場大門外，觀看散戲時的情況。觀眾尚未步出戲院大門，街道上早已排演各式大轎車、以及裝飾典雅的馬車，有一名馬車伕還特地頭載禮帽、打領結。本來，我以為紐約富賈真有藝術修養，每夜都上劇場，後來，表妹告訴我，那些車輛都來自大飯店，就像高雄火車站排班的計程車，他們是來招攬生意的。其實，若想在紐約觀賞上好的舞台劇，應該到「外外百老匯」去才對！

摩天大樓

行腳過全美三大都會——紐約、芝加哥與洛杉磯——儘管它們都擁有摩天大樓，卻以紐約的最為壯觀。洛杉磯的市區中心雖有巍峨大樓，但因地震頻繁，也就無法形成奇特景觀。至於芝加哥，由於它是摩天大樓的證生地，各式大樓綿延數里，頗為壯觀。

何以芝加哥率先蓋起摩天樓？可靠的傳說是這麼傳頌的：一八七一年某夜，芝加哥居民歐莉麗太太（Mrs O'Leary）飼養的母牛蠻性突發，踢翻牛欄裡的燈籠，一時火光沖天，幾乎將整座城夷為平地。重建家園之初，基於商業與安全的理由，第一座僅十一層高的大樓率先矗立芝加哥，由於經濟效益甚高，許多大樓便雨後春筍般地出現。如今芝加哥世界知名的大樓還真不少，譬如，位於傑克遜街與富蘭克林街的西爾斯塔（Sears Tower），設於第一百〇三層的展望台，已距離地面一千三百五十呎，患有懼高症的朋友，恐怕望而怯步了。另外還有兩座超級大樓值得一提：一是位於密西根大道的約翰韓考克中心，高一百層，距地一千一百二十五呎；另一是湖尖塔，雖僅高七十層，卻是全世界最高的公寓建築。

紐約的摩天大樓遍佈整座曼哈頓島，因此，走在曼哈頓街頭，宛若行經峽谷一般，仰望山壁似的大樓，新舊並列，櫛比鱗次，光是欣賞大樓時空交錯的美感，就足以令人浩歎再三。大樓當中不乏知名者，像四十二東端東河河畔的聯合國總部大廈、公園大道與四十二至四十六街的泛美大樓，高七十餘層的洛克斐洛中心，都各具特色。芝加哥的西爾斯塔與紐約的世界貿易中心大樓尚未興建之前，帝國大廈的確風光一時，最足以象徵紐約大都會。這座位於三十三街與第五大道交叉口的摩天樓，高一千四百七十二呎，擁有兩百萬平方呎的辦公空間，遊客可前往設在第一百〇二層的展望台欣賞市區景緻。和市區裡的舊大樓一樣，帝國大廈已逐漸褪色，取而代之的，卻是新建的世界貿易中心大樓。它位於教堂街維西街與自由街之間，學生大樓佇立曼哈頓大樓群的最南端，彷彿守護者曼哈頓的兩大門神，格外引人注目。

一個風和日麗的下午，紐約的朋友陪我登上這座全世界第二高樓——世界貿易中心。我們先至二樓的噴水池廣場，仰望這兩座透明亮麗的大樓，即使換上24mm的廣角鏡頭，仍然無法在此拍下它的全貌。購妥參觀券，我們被引導至電梯口，電梯大門一關，立刻往上爬升，沒想到五十八秒之內，即已升至第一百〇七層的展望台，速度之快，確實驚人。展望台四周盡是落地窗，布魯克林橋、橋畔的「河」餐店、東河、對岸的皇后區、帝國大廈、哈德遜河、河對岸的新澤西州、河口的自由女神像……等無不盡收眼底，而曼哈頓街道上的車輛，此時看來猶似忙碌的小螞蟻。由於天候良好，我們有幸「更上一層樓」，登上位於頂層（第一百一十層）的陽台，沒有玻璃阻擋，視野更加寬遠，微風輕徐，令人有遠離塵囂之感。由陽台遠眺河口的自由女神和鄰近的哀麗思島（Ellis Island）我決心一探紐約的移民血淚。

移民血淚

或許是因為看過影片《龍年》，我在《臺灣新聞報》「西子灣」副刊寫過該片的評論，位於蘇活區南方的唐人街，也就特別吸引我。當表妹和一群朋友湧進「百老滙」觀看歌劇時，我獨自搭乘南下的地下鐵，一睹紐約唐人街的廬山真面目。

當地下鐵列車行抵我的目的地時，站牌出現紐約地下鐵唯一的中文站牌，斗大的「華埠」，看來格外親切。踏上華埠，已是薄暮時分。大街旁有位賣長褲的年輕人，利用下班後的時間，來此擺地攤，倒讓我想起去年剛到洛杉磯時，擺地攤賣鐘給墨西哥佬的有趣經驗。這位年輕人忽而操國語，忽而說廣東話，以應付愈來愈多的顧客。今年的紐約華埠已能通行國語，不似早年只說廣東話。華埠裡還有不少外國居民在此營生，街角上就有不少義裔移民賣菜。走近一座燈火通明的夜市裡，賣主多是洋人，而非當地華人。街頭巷尾，不乏往來巡邏的警察，街角暗處仍可見無所事事的年輕小伙子。比起芝加哥唐人街，紐約華埠的確比較繁華，到處是餐館、珠寶店與製衣廠，也比較髒亂。華埠領袖有鑑於此，目前正大聲疾呼，要求華人全力清掃市街，美化市容。

提起全美各地的華埠，較具歷史意義的是是舊金山與紐約華埠。根據記載，早在一七八五年，即有三名華人海員抵達馬利蘭州的巴爾的摩。到了十九世紀中葉，加州出現淘金熱，來自珠江三角洲的華人陸續離鄉背景，投入淘金美夢，於是乃有舊金山華埠出現。

至於華人何時抵達紐約？根據史實記載，那是一八四七年七月十日，三十名中國人駕著耆英號大帆船抵達紐約，當時，哈德遜河口還未見自由女神像。到了一八六五年，不少華工投入興建鐵路的工作，餐風宿露，備嚐艱辛，一八七〇年，紐約街頭的中國人僅有二十九名，直到一九〇〇年，已增至七千一百七十人，後因排華政策，十年後減至五千二百六十六人。

細觀紐約華埠史，最讓華人津津樂道的大事，不外是一八九六年李鴻章走訪華埠。該年李鴻章奉命前往俄羅斯，祝賀尼古拉二世加冕大典，回途順道訪問美國，首站即是紐約。華埠的華人欣喜之情付諸行動，立即張燈結彩，原本幽暗的街道頓時喜氣洋溢，大放光明。李鴻章在此會見華埠領袖與李氏鄉親。據說當年最大的一座燈，目前仍高懸於勿街五號。

當今的華埠已呈飽和，新近的華籍移民，依我多日的觀察，大抵聚居於皇后區的法拉盛。嚴格地說，法拉盛幾乎已發展成紐約市的東方移民區，走在法拉盛最大的緬街可以看到來自臺灣、大陸與香港的華人，頭包布巾的印度人，以及中南美、韓國、越南、南洋等地的移民。街上商店的中文招牌比比皆是，緬街上的花園餐館與金山食品行，我都曾上過門。

如果仔細觀察紐約的店舖，即可知道韓國政府對其移民乃有計畫地輸出，並資助移民創業。走在紐約街頭，你將發現設在街角的水果店，百分之八、九十都是韓國人經營的，只有最近在法拉盛開張的梨山水果行，老闆來自臺灣。法拉盛的華籍移民，大多憑藉勞力，一周七天不停地工作，流血流汗地為更美好的下一代努力。這種現象與洛杉磯新興的蒙特利公園市大異其趣。國內逃亡的經濟犯把拐來的鈔票送往蒙特利公園市銀行，用以投資其他投機事業，完全不費一滴血汗，大做寓公。早年華僑胼手胝足勤奮精神，在他們身上已消失無蹤，因此蒙市銀行裡的職員會操流利的台語，如果你了解其中奧妙，也就不足為奇了。

法拉盛一帶種族繁雜，環境紛亂，犯罪率偏高，街頭騎警忙於奔波。有一回駕車經過緬街，就遇上火警，煙霧瀰漫，火光沖天。前些日子，紐瓦克的湘亭外賣餐廳夜半祝融肆虐，數名利用暑假前來打工的華人學生，竟這樣葬身異地。讀了這段報導，沉痛之餘，我猛然想起三位來自愛荷華大學的朋友目前正客居紐約，不禁為他們祈福，保佑他們平安無事。

紐約移民的心酸多得不勝枚舉，為了生存在這塊自由土地上，為了美好的明天，他們得付出加倍的血汗，不幸淪至魂不歸鄉，聞者能不鼻酸嗎？

自由女神百歲

猶記得電影《教父》裡，主角年幼時逃離西西里島仇家的追殺，搭上航向紐約的一艘移民船。航至哈德遜河口，主角被高舉火炬的自由女神像鎮懾住，激動之餘，不禁高呼「美國！」

這座高一百五十一呎的自由女神像，矗立在哈德遜河口上紐約灣的自由島，不僅守著紐約，在千萬移民心目中，她象徵著不朽的自由天地——美國。她早已被列為國家古蹟，地位正和愛荷華州東北角密西西比河畔的印地安古塚同等重要。然而，話說回來，她卻不是美國人的傑作，而是法國人民贈給美國人民的賀禮。

構思自由女神像的，正是法國國民議會的議員拉波拉葉。拉君十分仰慕美國的自由制度，極力改革尚未步入正軌的法國政府。一八六五年的某次晚宴上，他向朋友提出他多年來的構想：建一座自由女神像，贈給自由的美國人民。這個意義重大的構想，立即獲得好友們熱烈支持，正好在座當中有位名雕塑家巴索地（Frederic Auguste Bartholdi, 1834-1904），立即允諾設計自由女神像的造型。

一八七一年間，巴索地曾親赴美國，尋找適當的地點，擺設他的神像。他先到舊金山，發現當地人對他的構想相當冷漠，於是轉往紐約，就在哈德遜河口，他發現貝多島（即自由島之原名）才是他理想中的地點。當時，儘管美法兩國間的關係並不友好，內戰時，法國支持南方的李將軍，普法戰爭時，美國聲援普魯士，但是到了一八七五年法國成立第三共和時，拉波拉葉的政治理想終於受到重視，而巴索地也開始著手塑造自由女神像。

巴索地心目中的自由女神該是什麼長相？這個問題正如達文西的〈蒙娜麗莎的微笑〉以誰為模特兒那般有趣。比較可靠的傳說是，巴索地以他母親的容貌，塑造了自由女神。人子思母乃人間常情啊！巴索地先塑出僅四呎高的塑模，然後予以放大，直到她身高一百五十一呎，至於支撐神像的骨架，則是出自名建築師艾飛爾的巧思，當時艾飛爾正準備設計巴黎鐵塔吧！

為了自由女神像，拉波拉葉發動募捐，籌集了一百萬法郎，解決了龐大的工程費。美國方面則負責興建安置自由女神像的基座（高一百五十六呎）。一八七六年，自由女神像的手臂與火炬移至費城與紐約，與美國人民見面。紐約人聚集在麥迪遜廣場圍觀法國人的傑作，卻對捐款興建基座的事興趣缺缺。大家認為，真要這座自由女神像，富裕的紐約人出得起這筆錢的。幸好當時的報界名人約瑟夫利茲挺身大聲疾呼：美國人民豈能挫傷法國人民的美意！這才敲開紐約人的心扉，滴涓成流，募集了三十萬美元，完成了基座，時間是一八八六年春天。

自由女神像運抵紐約時，美國人民派出一百艘船隻在河口迎接，盛大的接風禮延續了一周，嵌入基座的大釘多達三十萬根，最先打入基座的四根大釘上刻著四位名人的大名：巴索地、普利茲、艾飛爾與韓特。工人組合神像時，遠遠望去，恰似蚊群咬人一般，到了十月二十三日，組合的工程始告完工，五天之後，巴索地主持揭幕儀式，當他從神像頭部擲下一面法國國旗後，自由女神即開始守衛這片自由天地，熊熊的自由之火永不熄滅。經過百年的風雨沖刷，自由女神像已開始老化，首先發現這個危機的，是法國名工匠傑克莫塔，他立刻通知美國內政部，而內政部立刻反映給雷根總統。四年前，雷根宣佈重修自由女神像的龐大計畫，工程費用高達三千九百萬美元，由美法工匠聯手進行重建工作。

從世界貿易中心大樓遠眺這位曾祖母級的自由女神，如今已恢復昔日的青春容顏，準備歡度她的百年大壽。從一八九二年到一九二四年之間，就有一千六百萬移民投進她的懷抱，套句中國俗話，自由女神還真是「百子千孫」呢！七月上旬，全美將舉行「自由女神周」的盛大慶典，屆時，軍艦「愛荷華號」將通過自由女神像，在我這位來自愛荷華的旅客而言，自己沾染些許光彩。

六月六日凌晨一時半，我自新澤西州的紐瓦克國際機場登機，準備橫越整個北美洲，飛向西岸的洛杉磯。我的行囊塞滿半個月來行腳紐約的寶貴收穫。巨型七四七收起巨輪，飛進黑夜，地面街燈宛若點點繁星，彷彿列隊歡送我這位浪跡天涯的旅客。紐約之美，在於潛藏在它深處的文化命脈與藝術根基，也正因為這種無以匹敵的藝術活力，只要有機會，我願意重遊紐約。

飛機愈飛愈高，我遙望哈德遜河口，雖不見百年自由女神，但我仍由衷地說了一聲：「祝妳生日快樂！」

75.6.16 完稿於洛杉磯

13 死谷獨行記

八月一日上午，我頂著火辣的仲夏溽暑，探訪西半球最奇特的神秘山谷——死谷（Death Valley）。

或許，走訪過死谷的旅客會笑我：「神經病，八月仲夏天去死谷？」或者：「想被死谷烤焦？你真有病！」說我神經病也好，有病也好，我不在意，反正只想嚐嚐死谷盛夏的滋味，看看究竟它有多熱，更想瞧瞧這個舉世聞名的加州地理奇觀。

死谷在洛杉磯以北二百卅哩之處。離開洛杉磯，我沿著十五號公路北行，沿途盡是山脈與荒漠交錯綿延的景象，公路起伏曲折山巒間，最高點則逾四千呎，藍天白雲和輕快的音樂，把眼前的高山峻嶺襯托得十分夏天。越往北行，怪異的地名越來越多，最恐怖的，大概就是「鬼城」。遙望此城，屋宇盡漆白色，似乎人煙稀少，即使大白天，仍感氣氛陰森，或許這座城鎮真的鬧鬼，否則不會直呼為鬼城了。另一個地方名為Zxyzx，如此怪異的地名，當初不知是怎麼命名的？看了，不免叫人想打瞌睡。

離開十五號公路，我轉向一二七號公路，兩側可見乾涸的鹹水湖，湖底覆著雪白的鹽層，景象奇特。這種鹹水湖分佈於北美西部，是冰河時期特有的遺跡，最著名且尚未乾者，當屬猶他州的大鹽湖，以及加州的索爾頓湖。

沿著荒涼一二七公路北行約一小時，行抵小村瘦冈（Shoshone）。此村位於死谷南端入口處，距離洛杉磯正好是二三二哩，村口有一座木造小教堂，村裡僅見一家食堂，一座加油站和一家客棧，食堂旁有棟塵封多年的小博物館，多年未開放，早已破舊不堪。從館外仍可見百年前來到死谷採礦的工人，遺留下來的工具與服飾。這座名為「沙漠」的博物館，在午后艷陽照射下，愈發孤寂與蒼老，與炙熱的空氣一樣沉悶。

走進食堂，涼爽的冷氣迎面吹拂，老闆娘端來一杯冰水，頓時消解長途駕車的乾渴。我點了一杯咖啡和一客墨西哥沙拉脆餅，當做我的午餐。鄰桌有兩對年輕夫婦，一看就知道是歐洲來的遊客，蓋死谷乃是老美的避寒勝地，只有傻瓜如我者，才會炙夏跑到死谷來冒汗。「生意還好嗎？」我問老闆娘。

「馬馬虎虎啦，還撐得過去。」

她的子女都到賭城拉斯維加斯工作，她只好獨守著這家傳自祖父的老店。

「一個人出來旅行？」

「是啊！臺灣看不到像死谷這種地方。」

「臺灣？你從臺灣來的？」她忙著為我加冰水。

「是啊，妳去過？」

原來她先生曾經在台中清泉崗待過好幾年，目前早已退休，解甲歸田。食堂四壁，懸有古老的黑白照片，張張訴說著老店的悠久歷史，也道出死谷的漫長歲月。

死谷是何時形成的？究竟是啥模樣，這是我獨行死谷的目的之一。可以這麼說，當地球進入前寒武紀時，死谷就已出現於北美。據調查，死谷右側的黑山與左側的巴納明山，依然可見屬於前寒武紀這麼久遠年代的岩石。到了兩億年前的古生代，洶湧的海水淹沒整座死谷，帶來了豐富的海生動植物，死谷成了孕育萬物的海溝。

經過長期而又緩慢的地質變遷，死谷的容顏也隨之不斷改變。直到大約五百萬年至三千五百萬年之間的新生代，死谷遭到空前的變動，地殼的斷層與摺疊作用，加上火山爆發，迫使死谷兩側山巒向上隆起，降低谷底的位置。夏季的雷雨和冬季山巒的白雪，沖刷山上的石礫，將之沉積於谷底，日積月累，谷中的石礫竟堆得高達八千餘呎。後來，冰河覆蓋此谷，留下許多湖泊，遇熱蒸發之後，谷中到處覆滿無垠的白鹽。

死谷的原始居民乃是北美印地安人。最早居住在死谷的印地安人，屬於內瓦斯泉族，大約九千年前就在死谷以狩獵、耕種為生，當時谷中盡是碧綠的鹹水湖，氣候溫暖，獵物遍地。四千年之後，該族被同一文化根基的梅斯奇平底族所取代。到了兩千年前，薩拉托加泉族進住死谷，當時死谷已淪為一片乾熱荒漠。然而，這一族印地安人擁有更精進的狩獵技巧，製造許多日常器皿，更在谷中遺下無數神秘難解的石模。最後一支死谷的原始居民，則是沙漠瘦大族，他們於一千年前遊牧至此，一邊狩獵，一邊種植梅斯奇豆與矮松為生。冬天，他們紮營於谷中水源旁，夏天則遷入較為涼爽的山區，生活悠悠自得。

離開瘦囟村，高溫逼得我不得不打赤膊駕車，左轉進入一七八號公路前，山壁上刻著巨大的DV兩字，彷彿告訴我，我已進入氣溫高達華氏一百三十度的死谷。眼前的公路沿山谷而建，忽而曲折蜿蜒，忽而上下起伏，顯然這條公路經過特殊處理，若是一般的柏油路面，怎能抵擋如此高溫？

車外的熱氣陣陣逼進車內，山谷四周絕美的景色，卻映現百餘年前，加州拓荒者行經死谷的艱難畫面。話說一八四九年，一群移民打算以死谷為捷徑，前往北部礦區淘金，卻被困在死谷，等到逃出這片一百二十哩長的荒地時，數名隊員已不幸葬身死谷，而死谷惡名也就從此遠播全美。

幸運重生的移民，意外發現谷裡蘊藏金、銀、銅、鉛，於是引來不少追求財富的礦工，白人的勢力隨之首度伸入死谷。原來逐水草而居的印地安人，弓箭不敵白人的槍砲，終被逐出荒漠中的綠洲，隱居山區。白人瘋狂地掘礦，迅速建立了八座小村莊，但因礦產蘊藏不豐，百年不到，這些小村莊逐一廢棄，至今山麓仍有當年採礦的建築殘跡，幾為荒漠掩埋。值得一提的是，早在一八七三年，柯爾曼（W. T. Coleman）首度開發此地的硼砂，並設計出一種由二十匹騾子拉動的篷車，用以搬運數噸重硼砂，穿越沙漠，送至一百六十五哩外的莫佳維火車站。數輛這種巨型篷車，如今仍完整地保存下來，以供世人憑悼前人的血汗。

車子不知不覺地以八十哩高速前進，好不容易才瞧見來車愈來愈清晰，我興奮地向來車揮手，果然換來對方友善的招呼，定睛一看，原是一名獨行的少女，想來她大概也和我一樣瘋狂，八月天獨闖死谷。

公路兩側沙漠中，生長著各式矮小的沙漠植物，據調查，竟多達一千多種，其中有二十種沙漠植物乃是死谷的特產，望之有如萬花筒那般美麗，這是中西部鄉村與紐約大都會見不到的天然美景。

行至惡水（Badwater）附近，一望無際的鹽層佈滿公路左側的山谷，綿延數哩，氣勢非凡。沿途但見許多恐怖的地名，字眼皆相當駭人，如「棺材」、「葬禮」、「魔鬼」、「鬼鎮」、「孤立」……等。穿過黃金峽，我轉入一九〇號公路，下榻位於死谷中段綠洲上的「火爐溪飯店」。死谷建有三座客棧，夏天淡季，其餘兩家乾脆關起大門不營業。

火爐溪乃是死谷最大的綠洲，四處草木扶疏，一片賞心悅目的翠綠，綠洲上除了飯店，還建有一座博物館，一座小型機場，一座加油站和一片露營地。飯店裡更闢出一塊高爾夫球場，一座游泳池。空氣中的溫度高達一百三十度，而地面的溫度更高，幾達一百八十度。難怪一進房間，立刻找來一大堆冰塊，窩在房間裡沖涼，吹冷氣。

黃昏時刻，我來到死谷中最美的黃金峽，靜靜享受日落死谷的美景。

黃金峽位於火爐溪綠洲南方五哩處，聳立公路右側，由入口步行前進，兩側山壁十分狹窄，奇妙的是，山壁的色彩變化萬千，炫麗奪目，美不勝收，並隨著夕陽不同的光度而變化。山壁係由各式岩石構成，其中有一種呈暗紅的陶土，乃是印地安人用以塗臉的材料，瀏覽過峽中奇妙景緻，我登上山壁頂端、靜觀夕陽西沉。

山壁的陰影在峽谷緩緩移動，萬物寂然無聲，亦不見風的蹤影，只有鬱悶的熱氣。奇怪的是，我的心境卻是無比清涼，彷彿與四周的景物溶為一體似的。放眼前瞻，平整的公路，公路外的沙漠，沙漠中的植物，沙漠盡頭的高山峻嶺，由近而遠地排列，層次鮮明，自然而生動。偶爾可見巨大的烏鴉，成群飛向綠洲樹叢裡，等待黑夜降臨。

夕陽被高山吞沒之後，殘暈染紅西邊蒼穹，也染遍整座死谷，而黃金峽又呈現另一種絕世風貌，極像八分醉意的少婦，酣熱紅透的臉頰。夕陽殘暉緩緩降低光度，矇矓中，我彷彿瞥見一位印地安酋長，騎著一匹駿馬，向我微笑招手，要我隨他上山去，遠離塵囂的七情六慾，共享印地安的清淨自然，定睛一看，哈，原來是一株仙人掌。

滿天星斗，一路伴我回到飯店，許多旅客特別為自己的座車罩上厚重的帆布防熱，氣溫一直高居不下，有如蒸籠一般。餐館裡泰半為歐洲遊客，一名歐洲年輕人過來和我同桌。互報國籍後，原來他來自俄羅斯，觀其白皙膚色，必然是白俄人，而非驍勇善戰的韃靼人。

「我叫阿力克斯，」他取出伏特加酒，為我斟了一小杯。

我馬上想到俄羅斯民族詩人普希金，還告訴他，我喜歡俄羅斯的戲劇、音樂和文學。於是我們邊喝伏特加，邊聊俄羅斯的一切，從柴可夫斯基聊到索忍尼辛，再從史丹尼斯拉夫斯基聊到愛森斯坦，聊到兩人都有三分醉意，我突然問他：

「你讀過普希金的短詩〈我曾愛過妳〉？」

只見他先用俄語背誦這首詩，然後餐館裡就有一個中國人，一個俄國人，兩個白痴加傻瓜，齊聲用英語不停地唸著：

我曾愛過妳，我的心卻無法安寧。
因為這份愛依然游走於此，
可是它再也不會招惹妳；
哎，親愛的，我怎忍心傷害妳？……

萬萬沒想到，死谷的夜晚竟是如此地俄羅斯，如此地普希金，連滿天星斗都浪漫無限，銀河成了潺潺的窩瓦河。

翌日清晨，我特地來到惡水。眼前的惡水雖只剩一小池水，一點也不兇惡，不過可別小看它，它可是西半球陸地上最低的地面，低於海平面二百八十二呎，其地位正如新疆的吐魯番窪地一樣尊貴。公路右側山壁上寫著「海平面」，顯然整座死谷確實位於海平面之下。

走近惡水，池邊盡是結晶鹽，潔白可愛。池水清澈，池底小石間，有不少不知名的海生動物存活其中。大自然果真奧妙無比，連這池鹽水裡，也有數不盡的小生命。

從惡水可遙望山谷左側的最高峰——望遠鏡峰，海拔一萬一千四十九呎，山姿雄偉，像個不屈的硬漢。如果登上望遠鏡峰，山坡可見世界最古老的樹 Bristlecone 松；更精彩的是，全美最低窪地與最高峰惠特尼山，皆可同時盡收眼底，難怪老美呼之為「望遠鏡山」了。

望著惡水，我察覺整座死谷最美之處在於它的寂靜無聲。來到此地的旅客，也都保持沉默，默然不語，各個都陶醉在這百萬年來的靜謐，以洗滌塵世之心。

兩名來自俄亥俄州的青年，風塵僕僕地騎機車來到惡水。我問他們何不到歐洲旅遊？

「別開玩笑了，利比亞那隻瘋狗『狗大吠』（即格達費）準把我們射死在歐洲機場。」其中一名青年忙著解釋。

這樣也好，格達費炸機場，美國青年比較有機會了解自己國家的地理與歷史。換個角度來說，格達費還真替老美上了一課。

揮別死谷前，我特地在惡水與黃金峽拾了好幾塊石頭。或許旁人看來這些石頭根本毫無價值，然而在我而言，它們不但是我個人獨行死谷的見證，更是百萬年大自然的寶貴證物。

頂著溽暑，我駛出美麗的死谷，回到洛杉磯已是落日時分，多麼煩人的塵世啊！夜裡，我玩賞滿桌的石頭，夢中，顆顆石頭都化成美麗的翠玉了。

73.8.7 寄自洛杉磯石頭齋

14 髮

白髮三千丈，
緣似愁箇長，
不知明鏡裡，
何處得秋霜。
——李白〈秋蒲歌〉

理髮的滋味

印象中，待在愛荷華的那段歲月裡，竟也不曾上過理髮廳。這並不表示九個月之內不曾修剪頭髮，事實是，和大多數留學生一樣，我都是和同學互相操剪完成的。譬如當時的室友老吳，有一回夜裡返家，一進門便哀聲嘆氣，大呼：「完啦！見不得人啦！」原來他的同學幫他剪髮，怎奈技術不佳，功力不足，剪得活像狗啃似的。如果讀者諸君看過法國已故大導演楚浮的《零用錢》（Pocket Money），大概可以想像出老吳被剪成什麼模樣了。隔壁的乾女兒們紛紛登門安慰，並允諾下回為老吳理髮。為了證明技術不差，小女兒永芬立刻當場表演高超技巧，不幸我遂成了她的實驗品。所幸永芬確實有兩把刷子，剛好讓我理個髮好過年。

來到洛杉磯正是去年六月大伏天，才安頓妥當，遂被大哥「請」至蒙特利公園市理髮，因為UCLA裡並沒有教官，也沒有人管頭髮的問題。

理髮廳裡，可以聽到多種語言：閩南語、北平話、粵語、英語和西班牙語。這正是洛杉磯，甚至整個美國的特色之一——多族裔組成的多文化社會。為我服務的是個越南華裔，她以流利的國語（漢語）問我：「先生，要剪什麼髮型？」還有什麼髮型可選擇？就照原有的髮式吧。

看她揮剪的架式，我就知道她的技術不過爾爾，大概只有半把刷子而已。話匣子一開，她劈頭便評論起我的頭髮：「看來您的頭髮日漸稀少，想必掉得很厲害吧？」我只能「嗯」一聲，雖然這問題叫人難免心頭有些不爽。

「您一定還在唸書。」她可真會猜。

我試著點頭，卻被她善意阻止。豈知她的勁道不小，差點扭傷我的脖子。雖然我不想發作，一股無名火早已竄升至胸膛。從鏡子裡，我瞧見她整排參差不齊的金牙。

「您一定是唸工、醫，或者商科吧？」她突然拉高嗓門，硬要理髮廳內的人都贊同她的猜測似的，接著氣也不喘地妄自解說：「據我所知，臺灣來的留學生，大都唸這些科系，只有傻瓜白痴才會去唸什麼文學、藝術。唸工、醫、商，以後才有出路。我的朋友都唸這些科系，呵，現在他們都發啦！年薪好幾萬不說，房子、汽車、家電都有啦！噢！對了，我打算讓我兒子將來學電腦、好賺錢，也吃香。」

她顯然不知道加大北嶺分校（CSUN）前幾天才發生槍擊案。一名電腦系的學生為了成績和年輕的電腦教授口角，繼而連開三槍，擊斃教授，然後飲彈自戈。電腦怎能叫人潛移默化呢？愈想愈鳥，於是我再也彆不住，遂大聲抗議：

「我唸戲劇。」

她手中的梳、剪差點震落地上，理髮廳裡突然寂聊無聲，老闆娘想化解氣氛，匆匆去播放音樂，傳出的歌曲是我熟悉的閩南歌〈心事啥人知〉。

我悶不吭聲，讓她完成理髮這件差事。閉起雙眼，我想起美國當今最流行的兩句成語之一，雖略粗俗，卻是寫真中的寫真：

Fuck'em if they can't take a joke.

至於另一句是什麼，暫且容我按下不表。

回到家裡，跨進浴室，鏡中瞧見數根白髮，撥弄幾下，忽覺白髮愈來愈多。起初，動手拔去三、四根，後來也就放棄，任其自然。我不認為頭髮是「三千煩惱絲」，也不贊成買頂假髮來偽裝自己。何苦呢？突然，我想起幾年前在高雄大統百貨公司目睹的一樁趣事。一名短髮的高中生決定買頂假髮，店員正欲包裝時，這名大男生的母親突然擠近櫃台，阻止這場買賣，聲音頗大，惹得人群側目，原本興沖沖的大男生只得默然離去。

想著，想著，不禁自個兒哈哈大笑。笑聲裡，我的白髮似乎消逝無蹤，怪哉！

我把理髮的滋味告訴同學 Laurie，她撥弄披肩金髮，苦笑道：「我也有同樣的煩惱。」不過，她每天清晨必定梳洗秀髮後才上學或上班，數十年如一日，愛髮者莫過於此。

對於那位理髮師的謬論，Laurie 當然大力批駁，聽了她的批判，英國浪漫詩人華斯華茲的名詩立即閃現腦海：

當我看見天空的彩虹，
我的心不禁跳躍。

美國人不盡然全是功利主義者，至少，Laurie 讓我看見璀燦的彩虹。

髮的聯想

傳統觀念裡，中國人對頭髮有份特殊的情感。《孝經》早就教導我們：「身體髮膚，受之父母，不敢毀傷，孝之始也。」愛惜自己的身體，乃是孝敬父母的第一步驟。另外，現代社會裡，仍有「七七」不理髮的習俗，說明了中國人對長輩先人的追思之情。

歷代詩人對髮的描述頗為可觀。李太白的「君不見高堂明鏡悲白髮，朝成青絲暮成雪」悲嘆生命何其短暫，主張沒事多喝酒，「與爾同銷萬古愁」。看來聰明的菸酒公賣局應以太白的詩句製成廣告詞，對抗來勢洶洶的大批洋酒。

夙昔青雲志，蹉跎白髮年；
誰知明鏡裡，形影自相憐。
——張九齡〈照鏡見白髮〉

明鏡不須生白髮，風沙自解老紅顏。
——王烈〈塞上曲〉

我總覺得白髮象徵著無限智慧與藝術。據說國畫大師張大千居士生前旅居美國時，他的白髮白鬚十分吸引當地的白人，甚至有一群長髮嬉皮尊其為師。英國幽默大師蕭伯納，美國的馬克吐溫，愛爾蘭的葉慈，晚年之際，皆已滿頭白髮，益顯其超凡的智慧與氣質。

國內的現代詩裡，亦不乏描述髮者。詩人梅新的〈家鄉的女人〉，即以簡練文句，刻劃舊時代女人的家庭觀，讀之，韻味十足：

天還未醒／我們家的／屋頂先醒／一縷縷的炊煙／自我們家的屋頂／升起／乳白色的／還有女人的髮焦。

最後一行「還有女人的髮焦」，反映舊時代（大約三、四十年前）的艱苦生活，這恐怕是七十年代現代婦女不太容易體會的生活經驗，時代的變換彷彿只是眨眼間的功夫，快得讓人難以捉摸。

或許我們不妨了解一下西方人對頭髮有何聯想。根據希臘神話，有個名叫美毒殺（Medusa）的妖女，魔法高超，頭上盤滿各式毒蛇，狀極恐怖。任何人只要看她一眼，無不立即喪命的。當時的大英雄波修斯（Perseus）決心為民除害，即向傳訊神賀米士借得一口寶劍，繼向女戰神雅典娜借來寶盾，逼近妖女住處。美毒殺雖狠毒，卻因瞧見盾中自己恐怖的形象，而一命嗚呼。把滿頭毛髮幻想成毒蛇，希臘人的想像力果真不差。

古希臘人以毛髮祭拜先人，可以從希臘悲劇裡尋得印證。悲劇大師阿士奇勒斯曾寫過一部三聯劇《奧瑞斯提亞》，第一齣戲題為《阿格曼儂》，敘述阿果斯國王阿格曼儂蹂躪特洛依城後，班師還朝，不料竟遭王后克麗坦妮絲崔與姦夫亞吉薩斯謀害。第二齣戲題為《祭奠者》，描述王子奧瑞斯提士悄悄自放逐地返國，與姊姊伊蕾崔聯手為亡父報仇。戲一開始奧瑞斯提士即請求賀米士主持公道：

賀米士，幽魂之主，守護
先祖們的力量。我祈求您，當我的救世主，我的伙伴。
我返回
我的國土，終於回到這放逐的家。
在這座塋塚前，我呼喚父親。

聽啊——我呼喚您……

同時，奧瑞斯提士剪下兩束頭髮，獻於墓前，向亡父祭拜：

這一束獻給伊維科斯，報答撫育之恩，另一束獻給亡父。

追悼亡父之後，奧瑞斯提士旋即與友人離去。伊蕾崔不久也前來阿格曼儂墳前追思亡父，意外發現奧瑞斯提士留下的兩束頭髮，透過它，失散多年的姊弟才得以重逢，更得以為父雪恥。以頭髮祭祖，藉著頭髮辨認親人，希臘人是頭一遭。

在希臘悲劇裡，頭髮也是希臘人表達情感的媒介。希臘女人每逢悲劇發生後，即拉扯自己的頭髮，表達內心的哀痛。頭髮成了渲洩情感的工具，希臘人不愧是感情豐富的民族。

有關於頭髮的趣事，得先談談英國女王伊麗莎白一世（Elizabeth I, 1558-1603）。她係風流國王亨利八世的掌上明珠，繼位後，致力建設英國，成為十六世紀海上強權。她決心終生不嫁，總是穿著黑白對比強烈的服飾。據說她把頭髮染紅，一時蔚成風尚，舉國群起模仿。難怪二十世紀的倫敦，竟是現代龐克族的誕生地，這多少和這位老處女的紅髮有些關連吧。

也許是伊麗莎白的紅髮的確迷人，艷名遠播，惹得當時歐洲各國強人莫不力圖一親芳澤。膽大如西班牙的菲利二世（Philip II），率先衝鋒陷陣。首於一五五九年正式向女王求婚，卻遭女王婉拒。菲利浦面子掛不住，三十年後亟欲以「無敵艦隊」扳回顏面，不幸敗北。遠在東方的俄羅斯，正是沙皇恐怖伊凡（Tsar Ivan the Terrible, 1533-1584）在位期間。這位被尊為「現代尼祿」的暴君，也曾對女王有過美麗幻想，只是他的英文底子差，情書寫得不浪漫，女王當然不屑一顧。我想，要是俄羅斯大詩人普希金（Alexander Pushkin）早誕生兩個世紀，或許他可以替沙皇捉刀，寫下如「我的心再度焚化狂愛／因它克制不住情愛」之類的激情詩句，紅髮女王豈有不「小鹿亂撞」之理？

言歸正傳，紅髮佳人迷倒歐洲眾小生，伊麗莎白一世首開實例，另外，若將她喻為龐克族的老曾祖母，恐怕也不為過。

另外，頭髮經常與政治改革有關。國人盡知國父孫中山推翻滿清之前，早已剪去象徵腐敗政治的辮子。類似的情形，可於俄羅斯史實找到例證。話說十八世紀初葉，俄皇彼得大帝（Peter the Great）微服遊歐歸來，即大力改革國事，全力歐化。其中一項便是禁止蓄留長髮長鬚。適時，俄羅斯有一派舊教徒（Old Believers），留髮蓄鬚，並維持自己的一套宗教信仰。儘管他們強烈反對彼得大帝的剪髮運動，卻也莫可奈何，不得不修理門面。

二十世紀的六〇年代，長髮成了西方人歌頌的對象。英國冒出披頭四合唱團，美國吹起嬉痞風。一九六八年百老匯演出傑洛米・雷格尼與詹姆士・雷多合作的實驗劇《毛髮》，透過綜合藝術，詮釋當時頗為熱門的嬉痞哲學。雖然龐克族的怪異髮式仍四處可見，然而雅痞的興起，以及愛死病的陰影，依我看，長髮似乎曾於八〇年代末期消聲匿跡。

髮的經驗

最近，就讀於高雄中山大學的學生寫信告訴我，國內已於今年元月中旬消除「髮禁」。值得與「髮禁」消除並提的，不外是「舞禁」開放了。這兩件事，從某個角度來說，證明了校園正急速邁向民主。我不難想像出，蘇市長領著高中男女生手舞足蹈的歡欣場面。不過，某些「明星」在報上大談當年頭髮的往事，以及和教官玩躲迷藏的經驗，談得口沫四濺，理直氣壯，讀之，似無可取之處。

我的經驗大概異於他們。猶記得小學一畢業，我和弟弟跑到村裡的小理髮廳，各自理回一顆大光頭。當時，初中生必須理光頭，在我看來，光頭象徵著另一個學習階段，我可以學英語、數學、生物、理化……等。我總覺得重要的是學習本身，這與頭髮長短無涉。或許是個人經驗吧，當時外婆落髮為尼，光頭竟成了我對外婆的記憶之一。

唸省鳳高中時，我倒不曾因頭髮問題與教官爭吵。一般學生對教官敬而遠之，其實這是錯誤的觀念，似該糾正。我的高中生活，是在聯考壓力下度過，那有時間去搞「護髮」？接受聯考的考驗顯然比「護髮」重要，這是我當年的想法。

不過，我必須承認，當我成了大學的「新鮮人」時，長髮（當然不是披頭散髮，如某些歌手影星）確實讓自己察覺自己的成長，這也是所有剛接受過成功嶺的軍事洗禮後的大男生，同感驕傲的。其實換個角度來看，頭髮長短並不重要，問題是必須時常清洗，以維衛生與健康。

最近，國內傳來兩則新聞：一是反娼妓運動，一是愛河恢復清澈原貌。讀之，不免把它們聯想在一起。反娼妓運動旨在消滅淫媒，保護年幼婦女，然而暗藏春色如高雄的三多路，九如路的「馬殺雞專門店」，似也該列為清除對象。至於愛河，歷屆市長整治愛河，確實動用不少人力與財力，如今愛河已見成群魚蹤，又有市議員下河游水，盼望市府能以整治愛河的大禹精神，擴及掃除社會上其他依然存在的毒瘤，則海外遊子必然更欣見國內的進步與和諧。

走筆至此，真希望能像孫悟空一樣，拔根猴毛，吆喝一聲：「變！」飛回千哩外的高雄，躍入愛河，游他一程呢！

76.3.22 寄自洛杉磯石頭齋

15 我燒中國菜

生活在美國的中國留學生，不論男女，多少該懂得燒幾道中國菜，姑且不談手藝如何，自己燒出來的中國菜，不僅可以增添生活樂趣，往往也搏得老美的友誼，贏得老美的讚賞。

記得兩年前初抵愛荷華，一時還不適應異地生活，卻不得不開始強迫自己吃美式食品：肯塔基炸雞、麥當勞漢堡、比薩屋比薩、牛排、生菜沙拉。一個月下來，還是沒辦法讓自己改變口味。幸好當時和隔壁的留學生搭伙，大家輪流做飯，吃的問題也就解決。

不過我的室友老吳可就沒有我幸運。經常看他打工回來，胡亂弄點生菜沙拉或者一大鍋豬肚、牛胃，就這樣打發一餐。有一回，一位大陸留學生來找他，事先沒說好來吃晚飯，老吳只顧看《三人行》影集，兩人大概心裡都這麼想著：他怎麼不燒菜，難道不餓？熬到最後，這位朋友終於開口：「老吳，你不請我吃飯？」老吳一臉疑惑地回道：「燒飯？」然後硬著頭皮走進廚房。一陣劈啪聲之後，只聽到老吳痛苦的吶喊：「毛主席，你怎麼變不出一頓飯來？」最後，還是我下廚，解決他們的難題。

搬到房東梅琦家住時，她簡直樂歪了。晚餐大都由我掌廚，紅燒魚、開陽白菜就夠叫她多吃幾碗飯，甚至有一天她神秘兮兮地告訴我說：「有人計畫綁架你！」心驚之餘，我還知道問她：「誰？」她繃著臉說：「我的頂頭上司。」「為什麼？」我從未招惹過她的上司啊？她笑著說：「因為她也想嚐一嚐你燒的中國菜。」原來如此。好吧！某個周末，我特地燒了一餐請她的上司。其中一道雞心紅棗燉蹄膀，吃得那位上司臨走時，還帶走一塊。

來到洛杉磯，「小台北」（蒙特利公園市）就在公寓附近，我和大哥每逢周末必定上超級市場買菜。原先，我們一直是香港超級市場的顧客，後來我們發現光華超級市場比較便宜，只好向香港超級市場說聲：「價格這麼貴！別以為老中都是冤大頭，對不起，再見！」當然偶爾美式超級市場也得逛逛，買些牛奶、果汁、水果，通常比較新鮮、便宜。

剛進 UCLA 時，由於沒申請到校園停車證，每天得大清早出門，開二十三哩的路程，碰上塞車時（常有的事），往往得在高速公路上耗去一小時。午餐有時吃自己做的三明治，多半是校內餐廳的生菜沙拉，一年下來，實在吃膩了。幸好晚餐多半是大哥下廚，吳郭魚、空心菜炒大蒜、白菇雪豆都好下飯。

談起中國菜，總該介紹一下此地就中國餐廳。「小台北」附近有四川餐館、三和燒臘、利苑、彭園、福星、多得就像置身高雄家鄉。一般而言，美國人（除了喜歡吃比薩的老墨）對中國菜評價甚高，若向他們提起中國菜，大多會說：My mouth is watering（流口水啦！）譬如說，七月間，系上同學聚餐，來自西班牙的 Olga 提議吃印度菜，我一想起黃黃可怕的咖哩，還得用手指抓食，立刻建議中國餐館。原來我打算上福星餐館，誰知道臨時整修內部。同學們餓得有些發昏，只好到對街的中國海鮮店，有人點大蟹，有人點烤鴨，吃得大呼過癮。飯後，我私下對 Laurie 說，這家餐館的菜大概只有六十分，差點不及格。

七月下旬，母親想見見系上教授，於是我請了英國戲劇的古德曼教授（Henry Goodman）和教非洲戲劇的魯賓遜教授（Beverly Robinson），到蒙市的彭園午餐。古教授唸研究所時，曾有位中國室友，而魯教授曾住過日本，對中國菜自然不陌生。古教授特別中意「宮保雞丁」，魯教授則大啖「樟茶鴨」，吃得他們差點走不動，還好，魯教授有先見之明，穿了一件寬鬆的洋裝，撐得再飽，旁人也看不出來。

Laurie 大概是同學中比較懂中國菜者。我曾教她包水餃和煎蔥油餅，她說大概是住在南加州的關係，從小她就喜歡吃中國菜，甚至同學每逢生日宴會，她都提議到中國餐館打牙祭。逐漸地，她也懂得品嚐中國菜，分辨菜的好壞。有一回我們在北嶺加大附近餐館吃晚餐，上菜之後，我們都知道這家館子並不出色。暑假裡，她興沖沖地告訴我，北嶺附近有家中國菜餐館，既經濟又可口，大力向我推薦一番。沒幾天，碰巧她妹妹 Donna 來訪，於是三人開車到她所說的長城餐館，慶賀她妹妹高中畢業。果然，這家餐館的菜十分道地，算是北嶺一帶首屈一指。Laurie 聽了我的評語，對自己的品味能力更具信心了。

有許多老美拿起筷子，就像老中一樣順手。那一次同學聚餐時，Laurie 就教來自西班牙的 Olga 怎樣用筷子，惹得在座的老美同學說：「住在洛杉磯不懂得用筷子，實在趕不上時代。」有一回，我和 Laurie 上一家北平館，女侍問她要不要刀叉，她禮貌地婉謝。女侍甚感懷疑，於是再問一遍，她只好當場露一手，夾起一粒花生米請女侍吃，女侍這才信服無比。

話說回來，真正讓我大顯身手，還是九月廿日在古教授家裡舉行的一場返校前的派對。這種派對名曰「便餐」（potluck），也就是主客都攜帶餐點參加。那場派對十分有趣，且讓我慢慢道來。

當天下午四時前，我就抵達古教授家。他忙著為我準備炊具，很得意地向我炫耀他有一把中國大湯匙。為了配合我的中國菜，我特地穿了白唐裝、白長褲、白鞋。一位去年才退休的老教授，立刻和我聊起前幾天校內演出的北京傀儡戲，他認為那場表演太華而不實，又聊到月初到美國首演的印度史詩 The Mahabharata，該劇長達九個小時，係由世界級導演彼德・布魯克（Peter Brook）執導，英國皇家莎士比亞劇團與法國國際創作劇坊中心聯合演出。

正開始洗菜時，來自英國的 Batya 帶來一大盤鮮奶油蛋糕，誰知道古教授一大早就烘製了一盤類似的蛋糕，為了不讓她的作品失色，古教授就將自己的作品擱進冰箱。我開始燒第一道菜香菇雪豆時 Laurie 捧進了三道食品：咖哩雞絲沙拉、乳酪餅與義大利奶油蛋糕。她悄悄告訴我，她大清早就開始做了。Olga 帶來一盤馬鈴薯煎蛋捲，而她的男伴則做了一份相當別緻的綜合拼盤，深具西班牙口味。不久，陸續來到的同學都帶來不同的沙拉，雖不具特色，卻多得使古教授說：「看來我得把我的三明治收起來，食物夠多了。」

當我忙著做芥蘭牛肉時，系主任 Michael Heakett 走近我，說聲：「看！這兒有個中國大廚！」顯然他是聞香而來。沒多久，我的作品全部上桌，除了前兩道，我還燒了開陽白菜、腰果蝦仁和木須肉，在場的教授同學莫不刀叉齊下。看他們吃在嘴裡，卻樂在我心頭。不一會，連串的讚美接踵而至。希臘悲劇教授 Peter Hay 說腰果蝦仁太爽口了。古教授的妹妹認真地問我木須肉怎麼做，她想以後介紹給親朋好友。來自德國的約翰也問我怎麼做香菇雪豆。顯然，在這場「國際美食競賽」中，來自東方的中國菜大放異彩，勇奪冠軍。

雖然中國菜色味香俱佳，但是老美對食物有某些禁忌，值得在此說明一下，譬如說動物肉臟、什麼豬肝、豬肚、雞腸、牛尾，通常他們都敬而遠之。有一回，我還住在愛荷華時，一位老中送來一大盤豬耳朵，我正吃得津津有味，美藉室友連看都不敢看。還有，燒魚時，最好去頭去尾，只留魚身就好。美式超級市場裡出售的魚蝦早都處理得一乾二淨，不見骨刺。例如，蝦子必定剝皮，鯰魚、鮭魚必定只剩魚肉。難怪有一回，我為 Laurie 燒了一道清蒸鱒魚，白珠似的魚眼嚇了她一大跳。另外，中國人最講求活鮮的食物，譬如海鮮店裡多得是活生生的魚、蝦、蟹、鱉，山產店裡多得是小猴、毒蛇、野兔、山雞，而且最好是現宰現煮。這在老美看來，保證翻胃三天，大呼上帝保佑。有一次，我從大華超級市場挑了兩隻青花蟹，誰知牠們在袋子裡做最後掙扎，Laurie 便問我：「它們還活著？」說完即躲得遠遠的，緊閉雙眼，摒住呼吸。當然蟹兒下鍋時的「恐怖鏡頭」被我巧妙地剪掉，否則她怎敢吃。於是，我猛然聯想到，其實老美很適合成為佛教的忠實信徒，因為他們不敢殺生呀！

話說回來，這場派對的高潮還在後頭。我帶來了一本中國月曆，其中介紹中國的十二生肖。每個生肖都附有一段精彩的英文解說，說明每個生肖特殊的性格和一些名人。譬如屬鼠的人是：聰明、殷勤、慷慨、好玩、誘惑、智慧敏銳、喜歡賭博，具有商業頭腦，和屬龍、牛、猴的人最和得來。屬鼠的名人有：莎士比亞、莫札特、馬龍白蘭度……等。同學們好奇之下，紛紛打聽自己的生肖。嗓門最大、音調誇張的 Batya，以其抑揚頓挫的牛津腔，朗讀每個生肖的特色。結果，班上六個同學中，有三位屬狗，兩位屬馬，一位屬雞。接著，大家開始探聽教授們的生肖。教心理批評的 Carl Mueller 和古教授都屬羊，當古教授聽完 Batya 的敘述後，竟也哈哈大笑，連呼有道理。我仰望蒼穹，瞧見今夏最後的星兒，也圍著我們歡笑。

派對中，希臘悲劇教授展示了他的新書，同學們也談論暑假生活和新課程。八時許，客人陸續離去。只有我和 Laurie 留下來幫獨居的古教授清理殘局。我們都認為這是一場成功的派對。為了答謝我們的幫忙，古教授送我們他親手做的蛋糕和三明治。上車前，Laurie 把她的義大利奶油蛋糕（還剩四分之三盤）送給我，希望我胖些。說得也是，出國前原有七十二公斤，兩年下來只剩五十九公斤，再不養胖些，恐怕後天開學後，沒本錢進圖書館K書了。當然，只有中國菜才能不讓我如此苗條啦。

76.9.26深夜・洛杉磯

16 我愛刮刮樂

我曾演出一些舞台劇，卻不曾夢想過為美國電視廣告演出。幾星期前，曾經和我主演一部實驗電影的華裔女演員Patty Toy打電話告訴我，說是某家演員公司正尋找國語靈光的男演員，為加州彩券局拍攝華語版的廣告，我聯絡上該公司的卡爾森，他約我前去試鏡。

試鏡的前一晚，母親為我燙襯衫，好奇地問我：「明天究竟要見什麼大人物？神秘兮兮的。」我只推說明晚就知道，便匆匆就寢。

試鏡的地點就在環球影城附近的一家電視電影製作公司。卡爾森要我填寫資歷，一看到我是戲劇博士候選人，驚愕好一陣，然後把廣告台詞遞給我，原來只有六句台詞。他好奇地問我：「你來自臺灣，你的華語標準嗎？」我得承認我的國語絕不是京片子，但不至於滿口臺灣國語。「放心啦！我的華語不差的。」

在試鏡室裡，我碰到導演 Saunders Spooner。他簡單地說明動作後，就要我面對攝影機表演，當場錄下，前後不過五分鐘。拍了一張十吋黑白大照片，我就打道回府，因為第二天我得到學校參加論文題綱口試。

口試的結果令我十分滿意，我正式成為博士候選人，從今以後再也沒有考試，只有撰寫論文。晚上回到家裡，母親做好豐盛的晚餐為我祝賀。十時許卡爾森打來電話，向我道賀，說是廣告公司非常喜歡我的表演，要我主演這部廣告片，預計十二日在華人聚居的小台北開拍。

十日下午，負責服裝的女士通知我，開拍當天帶三套西裝，好讓他們挑選。我只有一套西裝，是多年前在臺灣訂做的，實在沒錢臨時購買兩套，怎麼辦？靈機一動，便打電話給北美事務協調會的陳南雄秘書，向他借西裝。陳南雄是我東海外文系的學長，執導《鵲橋仙》時，他幫了不少忙。一聽我要借西裝拍廣告，立刻答應，因為我們倆的身材相差無幾。

十二日中午，匆匆趕到蒙特利市政府後側的布茵洛公園。只見草地上早已擺好自助餐，所有工作人員正進餐。一名交通警察前來指揮交通，群眾得知拍片，逐漸駐足觀看。午餐後，《少年中國晨報》的記者林珊前來採訪，也夾在人群裡獵取鏡頭。

不一會功夫，導演Saunders已架起攝影機，化粧師則拉我上旅行車上粧。我的頭髮從未抹過油，為了扮演商人，只好犧牲一下，她為我找來一副黑框眼鏡，由於是平光鏡，十分不舒服，兩眼遂失去神采。沒辦法，在這個節骨眼，只好任由她安排。上完粧，兩位服裝師決定西裝式樣，還幫我修改襯衫的鈕扣。接著，一名工作人員，把一具麥克風藏在我的西裝口袋，還要我試試音量。

拍攝的地點是公車站牌（當然是假的），我和其他演員正候車，然後我開始玩「刮刮樂」彩券，台詞是：「我喜歡玩『刮刮樂』，因為可以立刻中獎。並且還可以直接參加——」如此而已，其他的台詞則留到十四日，前往搖獎的地點，位於加州中部的首府沙加緬度拍攝。

戴著平光鏡，坦白說，對街的工作人員都模糊了，我只隱約抓住鏡頭的位置。剛開始拍時，我的表情十分僵硬，導演不厭其煩地告訴我他的要求，試了好幾次，他才滿意。我身旁的六位演員都是跑龍套的，其中只有一位會說國語。無所謂啦！反正他們不開口說話。

導演不斷修改其他演員的位置與動作，可以看出他的工作熱忱與藝術修養。演了一遍又一遍，說真的，我有些煩躁。第一，跟別的演員之間似乎缺乏溝通，第二，對著鏡頭表演，失去舞台劇的臨場感。話說回來，想到這是加州第一個華語版的電視廣告，只好全力以赴。直到五點左右，導演和廣告商才點頭表示滿意，我這才得以換上自己的眼鏡，恢復正常視線。我算了一下，乖乖，六秒鐘的廣告足足拍了三小時。回家時，工作人員給我一份契約，上面註明這是我的電視廣告處女作。

十四日那天，清晨五點我就起床。五點半開車至洛城北邊的柏便克機場，準備搭八點四十分的飛機到沙加緬度。我所以這麼早就抵達機場，主要是我不曾來過這個小機場，早點到可以避開擁擠的路況。在機場用過早點，喝了杯咖啡，廣告公司的 Rita 陶才出現。我們遂一道喝咖啡，等候導演和助理。大家到齊時，卻發現飛機誤點，原因是沙加緬度機場雲層太低。熬過半個鐘頭，我們才登上飛機。

洛城住了快三年，只去過舊金山、聖荷西和聖地牙哥這三個城市，飛往沙加緬度倒帶來一些新鮮感。鳥瞰雲層下的景色頗為有趣。田園規劃齊整，色彩變化繁複，證實加州不愧物產饒富。在飛機上，Rita 告訴我，她們公司也拍些香港的武打影片，市場放在港台和東南亞，當然也需要亞裔演員。

沙加緬度最大的特色，恐怕是沒有洛杉磯的空氣污染，然而，由於不見高山環繞，風特別大。此地盛產蕃茄，因此人稱此城為「大蕃茄市」，以和紐約的「大蘋果」互別苗頭。

到了拍片現場，另一組工作人員早已等候多時。Saunders 立刻要我站在搖獎的輪盤旁，好讓他決定拍攝的角度。午餐後，化粧師蘇珊為我上粧。好奇怪，明明今早才刮過鬍子，怎麼又長出來了。蘇珊打趣地告訴我：「我得每隔幾個小時剃腿毛，它們長得真快，有時別人還以為我沒剃呢！」因此電視廣告上經常看到女仕專用的剃毛工具。蘇珊不愧是職業化粧師，擺在眼前的化粧品和工具，多得叫我眼花撩亂。

下午一時半，我們終於開拍。這回可沒有別的演員在旁跑龍套，只有我的獨腳戲。我只有三句台詞：「大搖獎！並贏得五萬、十萬、一百萬的獎金。只要你覺得運氣好，請玩『刮刮樂』。」導演還是跟以前一樣，細心地告訴我他的要求。好不容易才拍妥「大搖獎！」這句台詞，工作突然中斷。我還以為是製作人不滿意我的表演，詢問之下，才知道隔壁攝影棚在拍電視連續劇，我們被迫中斷。導演對此深感不滿，但也莫可奈何，我則乘機小憩。拍最後一句台詞時，顯然我有些倦意。化粧師不時為我整裝、倒茶水、按摩，還一再為我加油：You will make it！真感謝她。

由於下午的耽擱，直到廣告拍完時，原訂的班機早已起飛。我們只好改搭下班飛回洛杉磯。改好機票，我們四人就近在機場餐廳進餐。我們聊起洛杉磯亞裔市場的重要性。導演和助理都希望能深入亞裔市場，因為潛力雄厚，不容忽視。導演還說他蠻喜歡小台北，印象很好。當我告訴他們，此地的華文報紙曾報導這次拍攝廣告的消息時，他們都很興奮，很想看看這則消息。

我看過英語版和粵語版的加州彩券廣告。加州彩券局這次拍攝國語版，顯然已了解國語才是生活在美國社會裡的華人共通的語言。不論來自海峽兩岸或者香港，人人都聽懂國語。另一方面，顯然華人的經濟能力已受到重視，不比其他族裔差。

這是我的電視廣告處女作，也是加州政府第一個國語廣告，但願個人的表演多少能樹立華人新形象。

77.12.18寫於洛杉磯

17 去勢經驗

如果沒參與過電影拍攝工作和舞台劇演出，也就難以了解這兩種藝術媒體的差別。

兩個禮拜前，大陸劇作家田芬打電話找我，邀我參加她的實驗電影《山連山》（Mountain After Mountain）的演出。雖然我得忙著準備月底的考試，一聽到她亟需我跨刀相助，也就一口答應下來。

今年四月下旬，我認識田芬。當時我在UCLA國際學生活動中心，執導自己的劇作《鵲橋仙》，她聞訊趕來觀賞。一星期之後，她在富勒頓加大戲劇系執導一場戲，臨時拉我去演叛黨的工作，和她同台演出。系上的教授們看完之後，甚感滿意。七月間，她回了一趟北京，這學期開學後，一直沒有她的消息。沒想這回接到電話，她已轉到美國電影學院學電影導演。《山連山》就是她的作業之一。

雖然只是三十分鐘的實驗短片，《山連山》卻包含著濃厚的鄉土味，以及感人的震撼力。故事敘述六〇年代大陸某一偏僻山區，村民以耕種為業，物質生活相當貧苦。村裡的年輕女子多半夢想嫁給平地郎，以改善生活，逃離不毛之地。正因為如此，山村裡的男子多半年逾四十而未成家，性壓抑遂成為嚴重的問題。劇中的主角老王就是個老處男，和其他男子一樣，也憧憬著圓滿的性生活。眼看著女人一個個嫁到平地，男人也想到平地闖天下，只是這種夢想不可能實現，畢竟他們毫無一技之長。老年人見此情景，只能搖頭嘆息。

某日，地質研究所教授與女助教，搭車前來山村採樣調查，驚動原本寧靜的山區。他們搭乘的吉普車故障，停靠路旁。老王豢養多年的母狗追逐陌生的女助教，導致老王與女助教的第一次接觸，也幫他們發動吉普車。美麗的女助教為山村男子帶來騷動。當夜，老王潛至地質教授與女助教的營地，帳蓬內的燈光映出女助教迷人胴體，她的歌聲令他沉醉、幻想。

次日，老王又出現營地，藉口在附近勞動，實則窺探女助教。她聞聲而出，對他微笑，遂即對鏡梳髮。老王見狀，主動搬來石塊讓她梳髮。須臾，她離開營地，老王拾起她殘留地上的髮絲匆匆離去。當夜，老王躲在雜草中，搓著偷來的髮絲，摸黑自慰，卻被母狗打斷。激情未退，忽見女助教提水而過，即上前寒暄，並趁她不備之際，大伸祿山之爪。女助教掙脫他的攻擊，以階級歧視的口吻怒斥他。羞愧之餘，老王狂奔至山洞，舉起石塊砸碎情慾之「根」跌落山坡。

數日之後，去勢的老王，平靜地和村民在山間工作。一名醜村女被平地郎載出山區。眾口談論之際，老王眼一瞥，淡淡地說：「生活就是這樣。」一旋又揮鋤翻土。

簡單的故事，在我看來，卻散發著十八世紀末至十九世紀盛行的浪漫主義餘風。整個情節都發生在山間，不見屋舍，和大自然緊密相連。文革期間，一切均由黨與國家決定，個人思想並不容許存在。山村女人至少還能獲得某種限度的自由，而男人則毫無選擇。無法追求個人的自由，性慾無從正常渲洩，人為的環境和嚴峻無情的制度，迫使老王步上絕路。他決心去勢，象徵著個人對制度的絕望，同時彌補自己道德上過錯。從另一個角度來看，老王獲得某種形式的自由與超脫，但那是違反人性的。西洋劇本裡，描寫去勢情結的，可見於德國浪漫劇作家連茲（J.M.R.Lenz）的《家庭教師》（The Tutor）。劇中的男主角羅弗逃離飽受歧視的中產家庭，隱居小村，去勢度日。

如果根據佛洛伊德的心理分析來看這部影片，性的象徵俯拾即是。女助教的草帽、水桶、帳蓬入口、山洞都明顯地象徵女性生殖器。山間岩石綿延不絕，根據佛洛伊德的理論，則是男性生殖器的象徵。老王狂奔至山洞，倒地喘息，心理上已獲得性愛渲洩，緊接著他以石塊去勢，則充滿無限嘲弄與抗議。

開拍前，田芬帶我去洛城北側的布朗遜山勘察場地，她預計五天拍完，要我全心投入老王這個角色。從山區可以看見附近山壁上高懸的 HOLLYWOOD 白色字體，十分醒目。

十二日清晨六時，我來到片場。韓裔的金宋亞立刻為我上粧，連手腳都不例外，負責服裝道具的 Dora 遞來戲服，定睛一看，顯然是田芬從北京青年劇院借來的農民服裝，寬鬆的長褲還得用黑布帶繫上。至於鞋子，只有我和一名老者穿草鞋。望著這雙新草鞋，我難以想像當年的國軍就是穿這種草鞋打日本鬼子。生平第一次穿上它，倒覺得十分冰冷，還好工作人員備有早點，我只能猛灌咖啡，抵抗攝氏八度的低溫。

上午先拍村民勞動後休息時，男人玩牌打架的場景。四個玩牌的男子，都是此地的亞裔演員扮演，其中兩位正參加東西劇場的歌舞劇演出。其他的角色包括老人、老婦、醜女人和小女孩。飾演老人的，正是田芬的父親，而扮演醜女人的女演員拍過一些電視廣告和影片，她自己動手進行臉部化粧，看來果真奇醜無比。只是休息喝飲料時，得借助吸管，頗為不便。

拍電影得把鏡頭分開來拍。田芬先解釋演員的表演，攝影師 Eddie Lui 則忙著找角度。電影演員的表演顯然不同於舞台劇演員的表演，你得迅速符合導演的要求，背熟台詞。即使一個鏡頭拍下來，同樣的場景有時得重複數次，以便拍取特寫鏡頭。這時候，你或許會厭煩，但也不得不逼迫自己進入角色。拍特寫鏡頭時，臉部表情得掌握得體，要不然準吃 NG 的。由於是同步錄音，有時候工作人員和演員雖已就緒，負責錄音的亞瑟卻嚷著：「等一等，有飛機的噪音。」這時，大家只好耐心等待，然而演員的情緒也就跟著鬆弛。

或許是第一天拍片的關係，演員和工作人員初次見面，彼此之間仍不熟悉。即使演員們，彼此也有待相互了解。這大概又是電影不同舞台劇之處。

第二天出門時，天色仍黑，只見寒星自車窗滑過。抵達片場時，田芬簡略說明當天的工作進度，便要我上粧。穿上草鞋，已不似昨天那麼不舒服。

上午拍老王和他的母狗。工作人員從狗公司租來一隻狗明星，喚做 Robin。馴狗師 Bill 告訴我怎麼招呼她。觸摸她頭髮時，我就知道她很聽話。等她一出現鏡頭，大家不禁讚歎：Good dog! 為了適合劇情，Bill 必須利用狗食、玩具骨頭，配合他的手勢與聲響，引導 Robin 進入狀況。說也奇怪，這隻明星狗果真按照馴狗師的指示，做出各種動作，乖巧極了。

拍片時，田芬總是把某些人的名字叫錯。例如，把 Bill 叫成 Bob，Bill 馬上更正她，可是她還是叫他 Bob，一整天改不過來。負責錄音的 Arthur 聽不過去，便接腔：Wiliam. He's William。另外，田芬老把副導演 Margret 喊成「馬瓜拉」，她早聽慣了，也就不在意。

今天兩點多就收工，回到家裡，累得翻身大睡。大概平常缺乏運動，揮動十字鎬之後，不免腰酸背疼。晚上醒來，決定不洗頭不刮鬍子，想著如何詮釋老王這個角色，竟也差點失眠。

第三天出門時還落著毛毛雨，也難怪田芬擔心了一整夜。說來真玄，六點半之後，天色轉晴，一見到田芬，便把這一期的聯合文學拿給她看。顯然她很興奮，一直告訴我，《山連山》是電影劇本。

其實我可以中午才來的，因為上午要拍兩場平地郎娶山姑的戲。田芬臨時找來一位姓楚的朋友來演新郎，新娘則由醜女人扮演。楚先生大概不曾有演劇的經驗，上場時相當緊張，一點新婚的氣氛都沒有。他不只老繃著臉，還可以清楚看到面頰上肌肉與神經抽動的緊張情緒。

閒來沒事，晃到山腳下停車場喝咖啡，一輛汽車出現眼前，竟也繞了好幾圈，正狐疑之際，駕駛人下車朝我走來，定睛一看，呵！原來是周腓力。他說田芬找他來演戲。他還解釋說，剛才看我一身落魄模樣，誤以為我是 homeless 的流浪漢，才遲遲不敢停車。不錯，這證明我的裝扮頗真實的。

領著周腓力來到片場，田芬馬上要他上粧。說來真有趣，飾演新娘的，竟是他女兒。周夫人也陪著他們前來觀賞，化粧師忙著為周小姐梳粧，我則為周腓力上粧。他特地帶來好幾套衣服，田芬看了直搖頭，說是太華麗，質料太好，要Dora幫他們找戲服。周腓力不解地說，結婚大事，新娘怎麼穿這麼寒酸。我說這已經不錯了，總比你筆下的「殘花敗柳」好多了；而且，你又沒有光頭呀！聽了，他才哈哈大笑。

周腓力的戲是推著腳踏車，載著新娘走過小徑。看來他既緊張又新奇，加上周夫人一直在旁提意見，竟也連吃了幾個NG。最大的問題是，接近攝影機時，他就不自在地瞧鏡頭，新手都有這樣的困擾。比楚先生好太多的是，周腓力知道流露笑臉，有些新婚氣氛。不過，田芬還不滿意，一再說：「笑大一點，我要看到你的牙齒！牙齒！」周腓力應該想到美國前總統吉米卡特的招牌笑容。

拍完戲，周腓力匆匆趕回店鋪做生意。這次經驗，大概給了他不少靈感。

午餐時，《世界日報》記者何廉之趕來採訪。田芬特地指導我和女助教的那場戲，讓何先生拍照。下午拍全片的高潮戲：老王狂奔進洞，自毀「命根子」。我得繞著山洞跑兩圈、然後倒在大石塊上喘息、接下來自我閹割。由於不戴眼鏡，奔跑時我得格外小心，以免撞上岩壁或遭石塊絆倒。腳下的草鞋，我已穿得習慣，就只擔心半途摔倒。

就緒後先拍繞山洞奔跑的鏡頭。從畫面上看去，山洞的光影十分迷人，真虧攝影師選對角度。拍攝「自我了斷」之前，不知怎的，大家突然緊張起來，彷彿擔心我一不小心，把自己給「做」了。Dora 一再為我噴水，猛往我身上撒滿雜草。副導一再要求安靜，讓我培養情緒。田芬則不停地敘述我的動作。整個過程，拍了三次才拍妥。其實，自己很清醒怎麼「做」，只是旁人都被震懾住了。好不容易拍完高潮戲，脫下戲服，伸手一「探」，沒事，回家吧！

第四天上午的重點是某些角色的特寫鏡頭。田芬突然要我做各種表情與動作。喜怒哀樂無所不包。沒想到這竟是長達二十分鐘的獨腳戲。田芬喊「CUT」時，大家都楞住了，接著爆出如雷掌聲。製片人 Toy 把我從地上扶起，遞上一杯熱咖啡，副導也過來擁抱我，說著：You are professional. 這當是最貼切的鼓勵吧。

午餐時，飾演女助教的 Ratty 和我聊了很多，談到此地的劇場，建議我參加演員公會。我想，等口試通過再說吧。

下午，我們拍老王和女主角的戲。我發覺工作人員和我之間已建立默契，Patty 的反應也很快，因而拍得很順利。最後一場戲是老王企圖玷辱女助教。本來田芬要她穿件短上衣。一想到她得掙扎反抗，還得跌入刺人的雜草堆，於是我建議她改穿長袖上衣。田芬覺得頗有道理，也就同意。Patty 一直在我耳畔說謝謝。

收工時，夕陽斜照著遠處的 HOLLYWOOD 白字，愈來愈模糊。

最後一天，我還得活在老王的角色之中。今天上午拍的戲可以列入 X 級：老王躲在草叢裡自慰。沒有 Playboy 或者 Penthouse 裸體照，而是他自女助教那兒偷來的髮絲。躺在草地裡，我得取出髮絲，然後 play myself。開拍前，田芬一再敘述動作，攝影師說「這是男人的事，他知道怎麼做。」田芬這才不再說下去。這場表演只是象徵性的動作，卻也十分真實，但絕對雅俗共賞。我忽然想到一則爭議的新聞：臺灣一名女「舞者」堅持最後一分鐘全裸，否則要死給大家看。想來真好笑，藝術真得裸體才真實嗎？不見得吧？該舞者還說臺灣存有「藝術迫害」，簡直胡說八道！依我看，她真不懂什麼是藝術。

下午，我們拍最後一場戲：老王閹割後，從山上滾下山坡。工作人員先把山坡上的雜石清除，不願讓我碰上意外。田芬堅持要示範兩遍，我不想讓她滾落，她一再堅持自己是運動員出身，勞改過三年，經得起摔。穿上大外套，身子一翻，她果真滾了下去。哎！她就是這麼好強。

第一次滾下去時，只覺得有點頭昏，不礙事。爬上山坡，即翻過身子，讓自己又滾下山坡。

脫下草鞋，我才發現鞋底磨出一個大窟窿。把戲服交還給Dora時，她說不曾見過這麼用心的演員。換上便服，我又回到現實世界，老王的角色正式結束，都記錄在鏡頭裡。回家途中我想起該做的事；好好洗個熱水澡！

一個月之後，我應邀前去美國電影學院觀看試片，盧燕也列席。看著銀幕上的老王，自己竟被感動得涕下。討論會上，許多觀眾都驚訝這是我第一次拍電影。盧燕則在我耳畔說：「演得很自然，好極了，不妨發展你的演藝事業。」散會後，許多美國觀眾圍著我道賀，想起那五天拍片的辛勞，如今則有了些許收穫，好開心！

77.12.24 寫於洛杉磯

18 導演日記——洛杉磯公演《鵲橋仙》前後

元月十日

今天駕車到北美事務協調會，向秘書陳南雄先生提出我要執導《鵲橋仙》的構想。去年夏天，我為了留學生健康保險的事，曾打電話向協調會請教，很快就收到申請表。

在陳秘書的辦公室裡聊了一陣，我才知道他是東海外文系的學長，大我好幾屆。能在海外遇到外文系學長，確實叫人驚喜。他還提到《世界日報》的包美美，我忽然想起她只大我兩屆。

我把公演計劃詳細解說之後，陳學長連連點頭同意，答應呈報上級，設法支援演出經費和服裝。他打算撥電話給《世界日報》的記者尹祧，請她過來共進午餐，順道採訪我的劇本在校內得獎的消息。由於下午兩點和校醫有約，我告訴學長改天好了。

在協調會對面的美式餐廳裡，學長請我吃午餐。說真的，來到美國兩年半，還不曾光臨如此氣派的餐館。學長一直垂詢我的生活和課業。我告訴他，我在一家出版社打工，而執導《鵲橋仙》正是必須的課之一。上個月，我已經把演出計畫呈給系上的委員會審查，原則上會通過的。我的計畫是由校內的國際學生活動中心和我們的駐外單位來主辦這活動，目標是讓美國觀眾了解中國古老的傳說。

夜裡返家後，才從電話錄音知道尹祧來過電話。學長夠熱心的，連這樣細微的事都設想周到。

元月十四日

大清早就趕路上學。車子才上六十號公路不久，收音機卻傳來叫人不敢相信的噩耗：蔣總統經國先生辭世，李登輝先生依照憲法就任總統。

我已經忘了自己怎麼開完這二十三哩路，走到校園裡，我有點茫茫然。買了一杯咖啡，獨坐一桌，竟也連抽了好幾根菸。熄掉最後一根菸時，我做了一個重大的決定：把《鵲橋仙》獻給蔣經國先生，雖然他根本不認識我。

在指導教授 Henry Goodman 的辦公室裡，他告訴我委員會已通過我的公演計畫，不過，他建議我只演一場就夠了，別把自己搞得太累。另外，他擔心我籌不到公演經費。對於他的建議我由衷感謝，至於經費我會想辦法。

沒錯，我可以像同學 Olga 一樣，參加一齣戲的公演，擔任舞台監督；或者像 Michael 一樣，導一齣短劇，沒有必要花這麼多精神在自己的戲上。不行，如果這樣，似乎在洛杉磯就看不到英語演出的中國戲。我要讓美國人知道，中國在數千年前，就有牛郎織女那麼美麗的神話，更要他們知道，東方戲劇不是以日本能劇為典型，日本文化源自古老的中國。

下午，我到國際學生活動中心開會，來自牙買加的導演 Marie 正為她的戲忙得昏頭轉向。一看到我來幫忙，便給我一個大擁抱，還說：「等你導你的戲時，你就知有多累人。當然，到時候我會幫忙的。」中心的主任 Mia 女士很贊成我們互相幫忙，也提醒我早日策劃《鵲橋仙》。

二月十日

六點下課後，和同學 Laurie,Olga,Antony 到圖書館旁的餐廳吃飯，順道討論德國浪漫主義劇作家。我得先離去，七點鐘趕到活動中心主持 audition。

來參加甄選的有白人、黑人和亞裔，大多經驗豐富，其中還有幾位職業演員，目前正在排別的戲。臺灣來的丁偉華曾演過伶倫劇坊公演的《藍與黑》和《星條旗下的獨白》，由她來演織女該是最恰當。

我扼要地說明神話的來龍去脈，和他們討論劇情，得到的反應是，他們蠻喜歡這齣甚有現代感的喜劇。最後，我宣佈一周後開始按排演表排戲。

二月二十三日

八五年到八六年之間，我演過兩齣戲，一是《桃花扇》，另一是Magic Kingdom Tokyo Ride。在前一齣戲裡我扮演蘇崑生，在第二齣戲裡我演一個日本人，跟老美同學演戲，讓我學到敬業精神。輪到自己當導演，可就沒想像中那麼容易。

現在橫在眼前最大的困擾當屬經費。雖然尹祧為我發布募款消息，幾天下來都沒反映。系上早已明白告訴我不可能在經費上贊助我。怎麼辦？寫信給臺灣的朋友，請他們幫忙，打電話給協調會舊金山辦事處文化組吧？

說真的，我這一輩子可從未向陌生人伸手要錢，總覺得那是極端不可思議的事。話說回來，這也是相當現實的問題：沒經費，戲就砸鍋。思量了好幾天，我寫信給住在士林的好友王勝煌，他去年暑假來洛杉磯看過我，很清楚我的狀況。

信一寄出，我就趕到中國城的僑教中心，請許引經主任支持這次公演。許主任建議由國際學生活動中心邀請僑教中心合辦，他願意向國內專案申請經費。

排完戲回到家，都已經十一點多。我和大哥已經好幾天沒一道吃晚餐。有時回來，他已睡了。書桌上有張紙條寫著：「別把自己忙壞了，得按時吃飯，身體最重要。」一想到這幾天沒好好跟大哥聊聊，實在十分歉疚。八五年來到美國，要不是大哥在經濟和精神上的支持，我早垮掉了。

三月四日

下午一進活動中心，我才知道我申請的演出地點未獲校方通過，搞得我心急如焚。Mia 安慰我說：「就在活動中心公演，省力省事，整個活動中心免費提供排演和公演場所。」Mia 也勸我別借那個劇場，她攤開一堆帳單，憤憤地說：「莫名其妙，他們要我付這麼多場租！」為了這件事，我思量了一整晚，終於想通了。活動中心的建築呈長方型，中間空出一片中庭，佔地夠寬敞。節目室的對面，正是二樓的陽台，陽台懸著四盞圓燈，附近栽了一棵樹。如果在樹附近搭起一座舞台，二樓的陽台變成表演區之一，喜鵲可以上下飛舞，再把樹和燈都利用上，最重要的是露天演出，不但符合中國民間舞台的傳統，滿天星斗正是《鵲橋仙》最需要的氣氛。妙！妙極了！就在活動中心露天演出吧！

三月七日

不知道為什麼消息傳得那麼快，而且傳得有些離譜，系裡的教授和同學一看到我，就紛紛問起演出場所的問題。我只能告訴他們，決定在活動中心演出。指導教授 Henry Goodman 二話不說，便拉著我去察看系上的兩個小劇場，詢問是否可以在四月下旬借用。「你確定活動中心的場地沒問題？」他一再問我。「我盡力申請就是了。」我握住他的手，謝謝他。坦白說，那兩個小劇場也夠小的，不比活動中心理想。

才走出系館，碰巧教過我非洲戲劇的比弗莉教授剛停妥車。她拿出一張紙條向我招手，過去一看，原來她也知道我正面臨公演場所的問題，特地為我申請到Royce Hall裡的一個表演場所。記得以前和她聊天時，她曾說：「我雖是黑人，我的想法可是非常中國的。」我謝謝她的美意，她告訴我，如果我用不上那個場地，她可接手使用，她正在排一齣南非的戲。

晚上排戲時，兩位朋友前來幫忙。陳艾蓮曾經幫伶倫擔任舞台監督，黃永禎曾是蘭陵劇坊的演員。他們有興趣為《鵲橋仙》擔任副導，於是我把一些場景交給他們去排。活動中心裡，只見兩群演員各自排戲，熱鬧非凡。

說真的，他們來幫忙，紓解我心頭的部分壓力。另一方面也啟發我一些構想。我們一同鑽研劇本，一再修改、嚐試各種位置，甚至為讓老美觀眾了解這齣戲，我特別增添不少台詞，製造更多的喜劇效果，戲的長度也增為九十分鐘。

演員都很賣力排戲。飾演天神的巴比金和扮演天兵的薩薇亞七點不到就出現，乖乖地在旁猛背台詞。丁偉華必須下班後開一個半小時的車，趕過來排戲。飾演牛郎的王佐治正在州立加大北嶺分校攻電腦碩士，忙著他的碩士學位考試。扮演喜鵲隊長的丹尼爾用心的程度，令我折服。他帶來一本百科全書，向演員解說喜鵲的特性。自己在家裡還特別租回有關喜鵲的卡通片，揣摩他的角色。私底下，他甚至跟我討論史丹尼拉夫斯基的表演方法。像丹尼爾這麼用心的演員，不支酬勞，到哪兒找？

晚上開車回家時，差點在高速公路上睡著了。菩薩保佑，可別讓我闔上眼。怎麼辦，自摑嘴巴並不怎麼有效，換個方法。對，大聲唱歌，唱哪首？〈小毛驢〉吧？我使盡全力吼著：「我有一隻小毛驢，我從來也不騎……」還好，公路上車子不多，車窗緊閉，否則警車恐怕要攔我。

三月十九日

經費的問題還是懸而未決。

前天上午撥電話到舊金山，文化組的劉復生秘書希望我把公演計畫寄給他，他認為我的戲很難得，會盡力為我爭取經費。

昨天，我寫信給華盛頓特區的錢復博士，向他報告《鵲橋仙》演出的動機和排演狀況，盼望能獲得經費支持。

陳南雄學長一再提供我可能贊助的演出單位。今天泛亞演藝中心召開董事會議，陳學長鼓勵我去找該中心的徐經梅女士，向該中心申請贊助經費。

開了四十五分的車，來到位於橙郡的一家中國餐館，徐女士熱心地招待我和其他幾位藝術團體負責人。餐桌上擺出豐盛的餐點，我卻半點胃口都沒。徐女士和該中心的鄧雲燕女士說明了她們在橙郡為亞裔藝術活動所做的服務，更鼓勵亞裔藝術家不斷發揚本身的文化。徐女士更強調說：「亞裔藝術家太沉默、保守，不敢開口向有關單位申請經費，這想法是落伍的。」她的一席話叫我茅塞頓開。在美國這種地方，只要是藝術活動，只要你有辦法說服非營利基金會或大公司，他們通常都樂意贊助的。

該中心並沒有當場決定贊助金額，徐女士樂觀地告訴我們等候回音。

今晚排戲時，丁偉華介紹她的好友林安澧代替她的角色，由於長途開車，十分勞累，只得放棄這次演出機會。看來，我得另外撥時間，讓織女儘快入戲。

三月廿三日

中午郵差來敲門，是士林寄來的掛號信，急急拆開閱讀，只見勝煌清秀的字跡：

得悉你之戲劇獲獎及即將公演，誠可喜可賀也！

預祝演出成功——委婉細緻或波瀾壯闊。

信中夾著一張支票，讓我驚愣良久。勝煌是我服役時的摯友，全營裡只有他唸外文系，喜歡那段金門碉堡裡喝咖啡談文學的日子。他的生活並不寬裕，卻寄來支票。朋友，就是如此吧！

下午到活動中心找Marie，剛好飾演喜鵲乙的女演員掛來電話，大意是說她已接了一齣有酬勞的戲，無法參加我的戲。想想也對，演員也有家庭，也要生活，我沒有理由留難她。Marie立刻通知她的朋友來接這個角色。

晚上我見到新來的佛妮塔，自從演完Marie的劇就沒事幹，一再向我保證全心投入演出。排戲時，自己有點低潮，快結束前，丹尼爾和飾演喜鵲丁的戲劇系小男生有些爭辯，我才察覺演員之間潛伏著危機。按照排演表，我宣佈停止排戲一星期，我得忙兩門課的期末報告。

三月廿四日

夜裡接到兩通讓我震驚的電話。丹尼爾的母親告訴我，他必須住院動手術，不能參加演出。飾演喜鵲丁的演員說他不想演，語焉不詳。

我整夜失眠。

三月廿五日

趕到學校找飾演喜鵲丁的演員，弄清楚他罷演的原因。第一，露天演出缺乏安全感。第二，喜鵲得穿緊身褲上台，他不習慣。第三，他和丹尼爾、扮演喜鵲丙的演員處不來。由於是華裔，他在系上不曾被導演挑上。同學 Laurie 和 Olga 都擔任過他的助教。當初，找他來演喜鵲時，她們都認為這是他發揮的好機會。萬萬沒想到，這時候他竟以這三個幼稚的理由罷演。我只肯定他這種態度以後不太可能上舞台。一個沒有團隊觀念的演員，罷了。

四月二日

新學期來臨，我卻已精疲力竭。一連好幾天沒睡好覺。清晨醒來，就為演員而憂心忡忡。怎麼辦？只剩三個星期不到。或許冥冥中自有安排，也或許我該相信「山窮水盡疑無路，柳暗花明又一村」這句話。

就在系館裡，我遇到北京人民藝術劇院女演員王姬。我們共進午餐時，談起我的戲急需演員的事。她一聽到演戲，杏眼立刻轉亮，精神振奮起來。交談一陣，她答應上台，以北方人爽快的語氣說：「石導，一句話！」她還答應幫我找位男同學來演喜鵲丁。

王姬曾演過曹禺的《北京人》，得過好幾次最佳女演員獎，也在香港拍過電影，主持過北京中央電視台的節目，有幸找到她，我知道眼前的困厄即將雲消霧散。

今天是愚人節嗎？不，昨天才是愚人節，早過了！我將有五隻全新的喜鵲！

四月六日

今晚人員到齊後，兩個副導一齊湊到我身邊，紛紛問我：「你那兒弄來的演員，這五隻喜鵲都是新面孔。」時間寶貴，我們立刻討論公演日期，決定在四月廿、廿二和廿四三天。一位副導問我：「萬一下雨，該怎麼辦？洛杉磯的四月可是細雨紛飛的。」

「我說不會下就不會下！」嘴巴這麼說，心頭卻掠過一陣憂愁。

牛郎織女，天神天兵早已把戲磨得差不多。新喜鵲隊長馬克曾在紐約百老匯演過戲，喜鵲丙喬剛從斯里蘭卡和吳漢拍完片回來，喜鵲丁大衛是物理博士候選人，再加上王姬，呵！今夜是我導戲以來，第一次建立信心，第一次滿意演員的表現。

整個氣氛就這麼奧妙地改變了。扮演天神的巴比金大概晚餐吃得太豐盛，竟然把台詞「Before duty, love is nothing」說溜嘴，變成「Before dinner, love is nothing」，惹得大家笑成一團。幾隻新喜鵲也夠天才，很快就掌握喜劇氣氛。

今夜，我該放鬆心情，好好睡一覺。

四月九日

才七點多，電話就響起。握起聽筒，我不敢相信自己的耳朵，這電話是從華盛頓特區打來的。紐行強先生轉達了錢代表的關懷，嘉勉我的努力，同意贊助這次演出，怕我憂心，先打電話通我，支票隨後寄上。

我放下聽筒，望著窗外的陽光發楞。錢代表日理萬機，竟也關心一位沒沒無聞的留學生的事。我知道，這兩個月來的折磨會有代價的。

除了排戲，白天我得設計節目單，跑印刷，找適當的配樂。在助教辦公室裡，我找同學 Eric，請他四月廿二日為我的戲錄影。一切都已納入掌握之中。

上個月底，我辭去出版社的工作，只為了導好這齣戲。這幾天經常跑中國城，購買演員的小道具，雖忙碌，腳步卻輕快如飛。

四月十一日

演員彼此間的默契愈來愈好。

王佐治展示他帶來的新鞋和牧笛，一些老美圍成一團，瞧個老半天。我把從僑教中心借來的鑼和鈸交給馬克和喬。接過中國樂器，兩人沒頭沒腦地亂敲一通。副導趨前教他們正確敲打方法，這才稍微入耳。

大衛自從參加演出以來，一直興奮無比。他告訴我，他曾在我系上選過表演課，如今成天窩在實驗室裡，若不演演戲，他會發瘋。他發覺舞台劇非常迷人，尤其，他從未演過中國喜鵲。薩薇亞剛拍完與艾迪墨菲合作的新片，也軋另一齣戲，她說：「我們時間有限，我跟另一齣戲的導演談妥，這兩星期都給你啦！」馬克平日在餐館當男侍，周末擺地攤。為了演喜鵲隊長，餐廳辭了，地攤也不擺，他說：「演完戲再找工作！」

國際學生活動中心也極力配合，儘量撥出時間和場地供我排演，服務人員拉得米一再問我，需要任何協助儘管告訴他。活動中心只開放到星期五下午，最近常利用周末排戲，他就趕來坐鎮服務台。他和米亞一樣，都來自捷克。問他最近幾年回過祖國嗎？他長嘆一聲：「想拿到簽證都不容易了！」

四月十二日

佛妮塔和馬克分別買回喜鵲的服裝：黑上衣和緊身褲。五隻喜鵲試穿後都很合身。我得記得打電話給系上唸碩士班的陳靜媚，請她為喜鵲縫上白色羽毛。

一個月前，我利用空盒子做了舞臺的模型，和演員討論位置時，就捧著它說明。譬如喜鵲丙和丁飛行競賽時的路線就不同，丙必須飛上陽台，衝進觀眾席。這樣一解說，他們就很清楚了。前天找木工到活動中心實地勘察尺寸、估價，答應後天來裝舞台。

睡夢裡，我看見一座中國式舞臺。

四月十三日

整排一遍後，我和兩位副導分別指出優缺點。休息的時候，丁偉華悄然出現，帶來了她製作的小道具：鬧鐘和超級情人卡，還帶了玩具太空梭，雖然她不參加演出，卻一直關心排戲的情形，也盡力幫忙了。我決定下次導戲時，一定找她來演。

我把宣傳單發給演員，請他們散發。Mia 下午安排一些人員到校園裡廣為宣傳。

大夥離開活動中心時，我告訴天神和天兵，明晚我安排指導教授七點半來看她們排演。

Okay, we will do our best. 她們齊聲回答。

四月十四日

中午一點我就到活動中心等木工。

他們按時把半成品運到中心，立刻動手搭舞台。時間一分一分地流逝，舞台在敲打聲中逐漸成形。六時許，木工問我要不要上漆，我說不用了，就保持木頭原色吧。

我啃著漢堡，靜靜地望著嶄新的舞台，心頭一陣雜亂，沒有臺灣的朋友和駐外單位的幫忙，這座舞台不可能搭建在眼前，王姬什麼時候站立身邊，我竟沒察覺。

「跟舞台照張像吧？」

「我們的舞台！」我大聲嚷著！這一嚷，把滿天的星斗都喚出來了。

指導教授來到活動中心時，兩個副導早在另一頭磨戲。看過天兵天神的表演，他給我一些建議，要我轉告她們。臨走前，他笑著說：「活動中心都被你們佔領了。」他決定來看彩排。

排完戲，和往常一樣地送王姬回住處。她告訴我明天下午搭機到加拿大面談。

「非去不可？」我的心涼了半截。

「機票不能改，而且這次面談關係到我下學年的生活費，不能取消。」

她答應我十八日中午回來，當晚參加彩排。

「放心啦！明兒中午來載我，我們一道參加記者會。」

再六天，戲就要開鑼。今晚我又失眠了。

四月十五日

天還未亮就飄起雨。該死！怎麼這個時候下雨？

在中國文化服務中心，我見到黃主任。演員到齊後，記者也陸續趕到。《世界日報》的尹衹、《國際日報》的王艾倫，《中報》的羅美英、《少年中國晨報》的林珊、《中華之聲》的范玲、以及世華電視台都來探訪。

演員們逐一談談感受，也當場表演兩段戲給記者看。她們手中的鎂光燈閃個不停，一時笑聲四起。

大衛把王姬送去機場。不久，王姬打電話來，原來她把行李遺忘在我車上。我要她先到機場，我立刻趕去。

雨愈下愈大，我則拚命趕路。

就在旅客開始登機時，我衝進機場。遠遠望著王姬又喜又急地呼嚷。

「謝謝你，」她為我拭去雨水。

「一路小心了。」我又冒著雨趕回活動中心。

新舞台浸在雨水裡，感覺自己彷彿跌落大海，四周圍著一群大白鯊。

晚上，大家問我，若是二十號下雨，我們該怎麼辦？我隨口哼起那首歌：

Rain, rain, go away. Come again some other day...

巴比金接著建議：Let's pray from now on!

四月十七日

趕到協調會借服裝。協調會裡排滿好多辦理護照的人。

「我們週六也得上班，跟國內一樣。」陳學長一邊清點服裝，一邊說：「洛杉磯是兵家必爭之地，為僑胞留學生服務理所當然。」

我拿出戲票，交給學長：「謝謝您的幫忙，這齣戲能公演，完全從您這兒開始的。務必請大嫂和女兒一同來觀賞。」學長的女兒唸小學五年級，活潑可愛，還參加合唱團，歌聲甜美。陳大嫂為了加強她的學習，經常親自教導她。從學長的生活，我了解駐外人員的辛勞。大嫂每天早上為學長帶便當。我已經好幾年不知帶便當的滋味。

學長幫我把服裝搬上車，就回去繼續辦公。

我決定寫信給錢代表，告訴他，我以陳學長為榮。

四月十八日

還好，今天沒下雨。

拉得米碰到我就說：「氣象預測二十日下雨，怎麼辦？」中心裡的義工瑪莉也擔心得很。Mia 說她已經為我祈禱幾天，希望奇蹟出現。

中午到鄰近的中國餐館吃飯，上海來的男侍一看見我就跟另一個男侍說：「他就是《鵲橋仙》的導演。」飯後，我為演員和工作人員訂了晚餐。

Mia 看到我借來的服裝，一直讚歎不停。我說首演之夜，讓她穿著龍袍亮相致詞。她樂歪嘴了。下午，我把自己搬來的那套音響裝妥。前幾天我到同學 Laurie 那兒把配樂錄好，其中有幾段是好友吳麗暉的作品。

演員都比往常提早到達，有些人主動幫 Mia 把燈架好，化粧師艾莉絲也適時趕來為演員上粧。晚餐送來時，我特地拿一份給拉得米，他說：「我最喜歡吃中國菜。」巴比金問我何處買得到包子、饅頭。自從她在戲裡必須嚐包子饅頭以來，她就迷上它們。我說只有老中超級市場才找得到，我答應為她帶一堆來。

一切就緒時，指導教授和 Eric 都來看彩排。

星兒和月亮同時露臉時，鑼聲就響起。我不時仰望蒼穹，我知道：今夜不可能微雨！

看到最後，指導教授看了五隻喜鵲為愛而亡，嘆了一聲：「哦！不！悲劇的結尾。」他真看出喜劇背後的哀傷。

他指出很多優點，特別讚賞王姬的才氣，也特別喜歡音樂和整個氣氛。也擔心地問我，萬一公演時下雨，該怎麼辦。我說不會下雨的。

四月十九日

今晚應該彩排的，誰知道下午就開始落雨。

看著淋雨的舞台，我想到契訶夫的《海鷗》裡，那座飽受風雨吹打的破舞台，更想到一群大白鯊朝我游來。

演員都來了，副導帶著他們磨台詞，走位。

雨還落個不停，整顆心就像徐志摩的〈珊瑚〉所說的：「早已沉入海底」。薩薇亞看出我的心情，便過來安慰我，我還是難掩憂慮。王姬順手抓起搭橋用的紅布，隨著音樂，在大廳獨舞。我瞥見她的舞步、姿態和眼神，她一語不發，卻表達了她的關懷：別難過，我們支持你。

最後，我們決定，如果下雨，就改在大廳公演。

四月二十日

上午，指導教授從家裡打來電話，我瞧見窗外烏雲密佈。我也知道如果老天要下雨，我也阻擋不了。我不停地告訴自己，要是下雨，就改在大廳，昨天不就決定了？

開車到印刷廠拿節目單，老闆好意地問我：「看樣子不能露天演野台戲了？」開往學校途中，烏雲一直追趕著我，我得想辦法擺脫它們。車子穿過市區中心，快接近四〇五公路時，陽光竟然衝破烏雲，眼前一片蔚藍，像極了墾丁的大海。

一進活動中心，拉得米嚷著：Miracle, miracle! 整個活動中心的中庭陽光普照，而我的舞台像是黃金打造似的，澄黃發亮。

幾小時之後，烏雲朝海邊飄來，我的心又沉到海底。Mia 幫我佈置大廳。我還不願放棄原先的構想，頻頻仰望天空。五時正，我告訴 Mia，讓演員在我的舞台上演出這齣需要天河與星光的中國戲。

拉得米通知我，有人送來兩盆花。一盆是飾演織女的林安澧的男友送她的。另一盆卻是比弗莉教授送我的。小卡片還寫著：「我得到紐約開會，不能來看戲，祝你成功！」

大夥兒共進晚餐時，馬克大聲嚷著：「沒有導演像你這樣對待演員，我在百老匯演戲時還得自己解決晚餐。」巴比金連吃了好多個包子，大呼過癮。這樣的情景讓我回想起數年前在高雄市中正文化中心，帶師院生演戲的情形。

演員上粧時，我瞧見Mia早已換上龍袍，獨自踱著方步。大哥適巧趕來幫忙，看見Mia寸步難行，便教她如何踩步伐，看起來才像「末代皇帝」。

正在售票處幫忙，舞台監督田布拉著我往後台走，說是後台出了小毛病。待我一看，後台漆黑一片，正想問田布出了什麼差池，大廳燈光突然全亮，薩薇亞領著大家一陣呼叫，送我一瓶香檳和一束鮮花，謝謝我的辛勞。感動之餘，我逐一擁抱演職員。原來昨夜薩薇亞和大夥見我愁眉不展，便提議合資送我這份禮物。

開鑼的時刻將來臨，我在後台做最後一次檢視。Mia當著大家談起與我共事的經驗。隨後大家圍成一圈，燈光轉弱，全體低頭祈禱，最後高呼：Break the leg!

戲就這樣開鑼，我站在節目室窗口，居高臨下，遙望演員賣力敘述這一則中國古老的神話，觀眾的笑聲隨著情節起伏。蒼穹裡，早已升起一輪明月，數不盡的星兒正向我眨眼。牛郎織女星啊！你們可知道這地球上，有個中國人竟然在美國傳誦你們的愛情故事。我知道你們正在天河的兩端看這齣戲，你們很興奮，也不寂寞，也就不哭泣，也就不下雨。對吧？

演員在掌聲中謝幕，Mia 抱來兩束鮮花，一束送我，一束送大哥。酒會裡，我把陳學長介紹給活動中心主任和 Mia。指導教授和教表演的湯姆・懷特利一同來看戲，他們都為我高興，還說王姬值得栽培。

四月二十二日

我要演職員好好休息，所以昨天不排戲，明天也不排。說來真玄，昨天下了一整天的雨，今天卻是個艷陽天。

今天我沒訂晚餐，改上超級市場買些中國食物。王姬主動下廚為大夥備晚餐，沒多久，活動中心竟也菜香四溢。

觀眾準備進場時，同學 Laruie, Olga, Anlony 一齊出現，而 Eric 早架好錄影器材等候開演。看到他們，我特別高興，我們四人兩年來共同研討課業，系上教授都知道，指導教授常打趣問我：「你們『四人幫』又聚會了？」當然，我們只研究戲劇，不高喊：「革命無罪，造反有理。」

戲又在清涼的夜色中開演，顯然牛郎織女約好今晚再看一遍自己的故事，尋回千年前的愛情。拉得米興奮地告訴我：「活動中心曾演過戲，可從未像今晚這麼多觀眾！」散戲時，許多美國觀眾向我道賀。薩薇亞的叔父說，他看到牛郎織女被天帝拆散時，不禁老淚縱橫。

在來賓簽名簿上，有位名叫堀田覺的日本觀眾寫道：Much love and peace to you all。有位美國觀眾寫下肺腑之言：I wish I could write in Chinese! 或許看了《鵲橋仙》，他將發憤勤學中文了。

四月廿四日

昨天又下雨，但下不下雨已不再困擾我。

清早，我被滿室的陽光喚醒。

活動中心十點就開門，我和王姬最先抵達，即動手佈置場地。隨後，大哥也趕來幫忙，這兩個多月來，他一直關心這齣戲，不斷給我建議。十幾年前他曾是東吳大學話劇社的一員，五年前我在文化中心公演姚一葦教授的《一口箱子》時，他和弟弟客串一角，扮演門神，在台上佇立不動，長達三十分。

今天預計下午二時開演，演員正午左右即到齊。《世界日報》的尹祧曾向我大力推薦他哥哥來為我錄影。他雖經營印刷廠，卻十分醉心於電影，準備申請UCLA電影系。尹祧還說，當年她考上文化戲劇系時，他興奮極了，四處宣傳，說她將為他圓夢。如今，他的同學楊德昌早在臺灣闖出天下，他準備研習電影，勇氣可嘉。

演員上完粧後，喬突然問我：「太陽這麼大，喜鵲戴墨鏡上台行不行？」我沉吟一會，告訴他：「不能從頭到尾戴墨鏡，不過喜鵲大隊開始飛行時就可以。」話還未說完，他早戴上一副圓形墨鏡。我急著問他，其他的喜鵲可有墨鏡？一回頭，四隻喜鵲都戴上墨鏡，朝著我露齒而笑。「真搞不過你們！」說著，連我自己也掏出墨鏡。

戲順利演出，雖失去星月臨空的氣氛，卻呈現另一趣味。尹祧的哥哥扛著錄影器材滿場捕捉鏡頭，不愧是行家。

卸下戲服，大夥即拾起工具，合力拆舞台，中國同學會的康景行也帶會員前來幫忙。舞台，我的舞台，在刺耳的敲打聲中很快被撕裂，在活動中心裡，我再也看不到它，然而它已永遠印烙在我心頭。

下午，大家齊聚我的住處，觀賞星期五錄下的演出。大夥圍著電視指指點點。田布嚷著：「大衛很緊張嘛！」王姬立刻解釋：「他的新女友特別來捧場，他那能不緊張？」惹得大家拚命搥他。

晚上，一群人趕到蒙市共進晚餐。這些老美演員也該好好犒賞一頓中國菜。宴席間，大家紛紛發表感言。大衛激動地嚷著：I did have a good time with you guys!

飯後，大夥轉移陣地，來到第一俱樂部，讓大家活動筋骨。舞池裡，不知名的歌手唱出蔡琴的〈最後一夜〉，大夥紛紛走向舞池，唯獨我繼續喝我的咖啡。望著他們，我知道不久的將來，我們又將重聚我的舞台上，敘述另一則中國故事。

19 大陸行腳

白雲觀外的揑麵人

在太原待過一個愉快的春節，大年初三我就搭上火車回北京。中央音樂學院的朋友小劉，邀我前往白雲觀欣賞民俗活動。

白雲觀是現存最完整的道教名觀之一，從復興門南行，約二十分即可抵達。觀前巷道兩側擺滿南北小吃、煎餅、烤鳥、羊肉串、拉麵等等，還有各式童玩，遊客如織，甚為熱鬧。

觀裡也擠滿販賣各種民俗禮品的個體戶，兩側廂房也改成出售字畫的國營單位。玉皇大殿前，民眾排隊進殿上香，無比虔誠。這種數十年前被打成「封建迷信」的儀式，早隨著春節的降臨而復活。誰不想闔家平安，金玉滿堂呢？一名年輕道士，顧不了喧囂朝拜聲，早已倚著牆角，獨入夢虛仙境，還好沒發出震天鼾聲。道觀最北端，有座戲台，未到開鑼時刻，早已擠滿觀眾。

步出白雲觀，穿過巷道，我被大馬路旁的捏麵人給吸引住。停下腳步，我跟著人群圍觀他的手藝。他戴著一頂藍色「毛帽」，一身農民裝扮。幾個盛裝的小女孩指著他手中的麵人，齊聲嚷著：「好漂亮！」把剛完成的孫悟空插上木架，他又捏起彩糰。我趕忙扛起錄相機，扭開電源，拍攝鏡頭。

小女孩看見錄相機，甚感驚奇，繼而相互耳語，卻不忘展露笑容。捏麵人捏出宮女頭部，陽光從他背後斜射，宮女格外明亮，連同他的雙手也筋脈畢露。他又捏來一塊彩麵，製作宮女身軀。小女孩的目光，一直游移在鏡頭和宮女之間。捏麵人專注地創作宮女，目光緊貼著眼前的作品，乾凵微張，表情木然，彷彿知道有人在旁拍攝鏡頭。

他拿起小竹刀，整修宮女服飾。抓起一把小花傘，撐在宮女手中，須臾之間，宮女變得搖曳生姿。圍觀的小女孩不禁爆出掌聲。捏麵人拍去身上細灰，從上衣口袋掏出一包紙菸，遞了一根給我：「同志，來根菸。」

同行的小劉本想阻攔我，看我接過菸，也就不說話。我掏出打火機，為捏麵人上火，他的雙手抖得很厲害。我立刻想起《教父》影片裡，醫院前教父小兒子和保鏢深夜退敵的畫面。

猛吸了一口菸，他從褲袋掏出一張某縣政府的公文，一邊問我：「同志，您是那個電視台？」我毫不猶豫地答話：「北京台。」這樣的答案，省得我一大堆解釋。

他趕忙攤開公文，向我解釋：「同志，這是咱縣委親自開的公文，我在這兒擺攤子完全合乎法律規定。春節期間，只有進城才能做點小生意，養活家小。同志，我保證過了元宵就回縣裡。」

說得我一時都楞了。他居然把我當成便衣公安人員，不停地為自己辯護。

他望著我說：「觀裡的攤位早都被申請光了，咱們遠道來的，只好在觀外湊和擺幾天。」

「沒事。謝謝您的菸。」我伸手和他握手，他卻楞在攤前。

北京的斜陽還頗溫暖，為什麼這位捏麵人不能享受春節的陽光？

一雙小布鞋

待在北京期間，朋友安排我住在中央戲劇學院外籍學生樓。寒假期間，學生放假，只有六、七個日籍學生住在我隔壁。透過朋友介紹，我認識這間學院的講師老黃。

某日清晨，我被一陣敲門聲吵醒。一大早老黃就來看我。泡好臺灣帶來的烏龍茶，我們開始閒聊。他戴一頂黑帽，上頭寫著CHINA。帽下是一張清俊的臉。講話的神態略帶傲氣，放射出讀書人的氣質。我們談了不少有關戲台的問題，也說明我來北京的目的：搜集論文資料。他答應過幾天帶我上書店買書。

上書店那天，他向鄰居借了一輛腳踏車讓我騎，還告訴我：「在北京，還是自行車方便，省得擠公車。」說著，我就跟著他上路。

第一站是中國戲劇出版社。狹窄的辦公室裡，只擺了一張書架，只有三、四十本樣品書，其中有好幾本是盜印的。裡頭的員工，沒事只好瞎扯，香菸不斷，煙霧迷漫。一名男子滔滔不絕地敘述著公車司機打架的事。電話鈴響，接電話的員工聽了一會，嚷著：「我們沒二胡的書，打到別家問去！」咔！電話掛了。

就在出版社門口，老黃竟然遇上多年不見的同學。這位同學早改行搞雜誌。「雜誌銷路不錯，幫我寫些言情小說吧？稿費挺高的，」老黃的朋友這樣勸他。老黃只笑而不答。

走近燈市口的一家書店，老黃帶我上樓，只見他和服務員交耳一陣，他隨即抱來兩本書，是高皋和嚴家其合著的《文化大革命十年史》。他送我一本，低聲說：「這是禁書，別地方還不容易買到。」

逛了好一陣子，並沒買妥計畫要買的書，原因是書店沒貨。老黃說：「在北京買書，你得跑遍各大小書店。尤其上新華書店，最好自備望遠鏡，才能看清書名。」說得真沒錯，後來我逛了好幾趟琉璃廠，都找不到戲曲百科全書，後來居然在北兵馬司附近一家小書店裡挖出來。

差不多一星期之後，我才發現老黃偶爾會流露笑容，大概他知道我們可以深談，於是邀我去他家裡晚餐。五點半，我提著一袋鴨梨、一瓶葡萄酒和一條他喜歡的菸，來到他的宿舍樓下。管理員見我這張生面孔，急急吼著：「喂！同志！找誰？」「黃××」，我趕忙回話，就像複誦口令似的。「噢！六樓。」

從防火梯登上六樓，老黃早打開房門等我。他的宿舍小得不能再小，一張床，兩張書桌，幾排書架，簡直沒有迴身之地。把目光留在床上，我才發現他有個三月大的小男孩。隨手拿起相機，我提議為他照張全家福。

我走近床緣，先為小孩拍了兩張。老黃抱起兒子，兩人實在像極了，於是趕忙按下快門，留下父子親暱深情。他把兒子交給太太，三人坐定，我從鏡頭裡看到他們三人的笑容。

閒聊一陣，我陪著老黃來到廚房。十餘戶人家共用一處，他的廚具就在角落，老舊的煤油爐是他唯有的炊具。他早習慣這種煙霧重重的日子。

我們的晚餐非常簡單，卻十分溫暖。飯後，他抱出四大本筆記，全是他這幾年來跑遍大江南北所得的舞台資料，還送我兩本書。他說在大陸這麼冷門的研究成果，根本不容易找到出版社出書。我翻閱他從各地拍得的舞台照片，盡是黑白小照片。他搖搖頭說：「我的相機就照出這種水平。」

書架上，我瞥見一雙小布鞋，藍底白點，色彩明亮。詢問之下，原來是黃太太親手縫製，準備讓兒子穿的。布鞋旁還擱著一套針線。我忍不住又按下快門。我知道老黃希望他兒子將來能好好生活在藍天白雲之下。

我捱近小孩，拉拉他的小手，算是向他說聲再見。老黃送我到樓梯口，我獨自下樓。仰頭一望，他仍佇立黑夜裡。

後來，他陪我上圖書館找資料，安排我去拜見幾位老教授，甚至還送我上機場。分手之前，我把身上剩下的近百元人民幣都留給他，他起初堅拒不收，我只好說：「請大嫂多為兒子縫幾雙布鞋。」我又看見他的笑容。

鄉間婚喪

走訪山西鄉間，時值歲末，讓我碰上幾處婚喪民俗，為旅途添加一些色彩。

就在新絳縣某鄉的大街上，我看到一場婚禮。大街旁的住家門口，男女老幼探頭張望。大街和通往村莊的十字路口，麕集一隊鼓吹手，兩名青年提著書有姓氏的大紅燈籠，一輛腳踏車上載著幾匹紅布。遠處街邊擺著三、四張撞球檯，年輕小毛頭正專心敲桿，無視附近熱鬧場面。

人群當中，我終於看到年輕的新郎倌。他的身材矮小，難怪一時沒瞧見他。一襲藍色毛裝，披上一條結花紅布，一副墨鏡，這就是帽兒光光的新郎倌。雙手牽著一輛簇新腳踏車，也結上紅綵。

「新郎幾戲啦？」我好奇地問。

「二十六，」新郎周圍的人答道。大概是新郎之親戚。

一名樂手試吹著嗩吶，尖銳樂聲劃破大街長空。

「新娘呢？」

「就在那兒，」新郎的親戚一手指向對街。

果然，我看見十八、九歲的新娘，也牽著一輛腳踏車，被閨友團團圍住。仔細一瞧，她也戴墨鏡，紅底金絲棉襖，黑長褲。她右手拿著手電筒，左手抓著一把乾草，不知是何用意。老王解釋說：「手電筒用來照路，象徵前途光明；乾草嘛，表示她會替夫家做農事，促進生產。」言之頗為有理。兩輛腳踏車前，都綁上圓鏡，大概有驅邪祈福之意。

看來當地習俗倒不是新郎到新娘家迎娶，而是相約在村口碰頭，然後一齊走回新郎家。不一會兒，一輛拖拉機匆匆趕到，下來滿車的女方親友，立刻湧向新娘，幫她整理衣服。一輛馬車拉著一箱嫁粧，是一些新人被和衣物。只是新郎和新娘仍是各牽各的腳踏車，各守在大街兩邊，也沒看見彼此打招呼或擠眉弄眼。反正各戴著墨鏡，即使對看，旁人也不察。

鼓吹隊的陣容計有兩支嗩吶，一支小鼓和一副鈸。眼看時辰差不多，鼓吹手紛紛試奏各自的樂器。按照當地習俗，新娘必須載著一名男童，跟著進夫家，以祈求早生貴子。果然，女家親戚抱著一名戴著解放軍帽的男童，將之安放在新娘腳踏車前座。

迎親的隊伍似乎等不及了。一名男子燃起手中的鞭炮，示意隊伍前進，除了燈籠，還有兩支大紅旗走在隊伍最前端，接著鼓號齊奏，迎親隊伍隨著熱鬧的民樂前進，然後是新郎獨自推著腳踏車，踩過剛溶過雪的村間土徑。他身後十公尺處便是新娘和車上的小男孩。不知怎的，小男童竟然哇哇大哭，最後跳下腳踏車，衝向一名婦女，她大概是男童的母親。新娘面對這突發狀況，十分尷尬，也沒找回小男孩，只有身旁的親戚，提著一盞馬燈，陪她前進。新娘是有些懊惱。新娘之後，即是女方的三姑六婆，坐在馬車上指指點點。

望著婚嫁隊伍逐漸遠去，暮色也漸濃，我才發現眼前民宅牆上塗著斗大的標語：「節育是國家重大政策」可是新郎和新娘都著墨鏡，而且鄉間經常停電。

從洪洞古大槐樹回到縣城大街，我提議下車逛市集。老王一路陪著我穿梭人群之間。老林則先將轎車開回賓館。我對一名老婦販賣的彩印民曆很感興趣，便蹲下來選購。走了沒幾步，老林調過頭，告訴我們前面有送葬行列。我急忙上車，準備好錄相機。車子就停在送葬隊伍前頭半里處。老林說：「這是送公安局副局長，聽說是心臟病。」

送葬行列以一輛卡車前導，車上堆滿各式花圈，式樣鮮豔。卡車後頭跟著一群公安人員，狀至官僚。看著我扛著錄相機猛拍，便一齊朝我走過來，我只顧拍片，由老林向他們解說。不一會兒，老王也匆匆趕上，亮出省級身份，他們才沒追問下去。從鏡頭裡，我看見十幾雙詭異的眼睛。

接著出現鏡頭的是抬棺行列。棺木盛在一輛造型別緻的靈柩，看似大轎，頂部飾以小孔雀，靈柩窗上繪有戲曲人物。靈柩後方，跟著一群鼓吹手，吹吹打打，有兩支嗩吶，兩個鼓，兩面鑼和兩副鈸，聲勢不小。兩名挑伕挑著祭品，幾罐酒和食品。

隊伍最後是執紼的家屬。個個白布素衣，和臺灣的情形類似。幾名老者哭得特別心碎，連路人都不免傷感哀淒。

老郝的心願

老郝就住在老林家對門，他就在老林的單位工作。

他的頭髮早已泛白，戴著一副黑框圓眼鏡，走路時背部佝僂，姿態超過實際年齡。他跟著我們一路南下考察戲台，頭一天他的話不多，吃飯時難免敬酒，說些客套話，他總有些被動。酒一下肚，便抓起筷子，敲著大碗，哼著山西小調。

他說話時聲音微弱，以致旁人得拉長耳朵。在車上，有時會喃喃自語，不知說些啥。相處了兩天，或許距離近些，加上老王和老林在旁刺激他，他才多說些話。一開口，他準會提起自己的老婆，也談起他在家裡經常幹活搞家務。老王開玩笑道：「我看咱們回太原後，選老郝當PTT！」我說：「這是臺灣流行的術語，意思就是怕太太。」

他顯然喜歡這個術語，一路上反而他的話最多。我們兩人坐在後座，他拚命問我臺灣的情況，也談到他自己。還興奮地告訴我，他記得國民黨黨歌，隨即哼上一段，然後背誦　國父遺囑。到了長治市，他推說有事，先返回太原，不知是想老婆，還是得處理公事。

結束考察工作，回到太原，我就住在老王家，沒事經常上三樓老林家串門子，倒是不見老郝蹤影。按理說，春節將至，好歹也得出門辦年貨，可是他家大門總是上鎖。春節前兩天，我又上樓找老林，正好老郝端著椅子出門，手裡拿著春聯。我看著他貼好春聯，他搓搓手問我什麼時候上北京。知道我打算大年初三離開太原，便約我初二晚上到他家聊聊。

除夕那晚，午夜一到，人們開始鳴放鞭炮。小孩大人無不歡天喜地，有的在街上，有的在陽台，色彩繽紛的沖天炮不時飛竄夜空，整座太原市頓時明亮如晝。

就在老王家，老王訴說著老郝的傷心往事。

老郝原籍山西介林縣，父母算是地主階級，生活富裕。老郝在家排行老么，上有兄弟數人。他有個叔叔任職國民黨空軍，官拜上校。解放前幾年前往美國定居。他很疼愛老郝，曾多次想把老郝帶去美國。老郝那時才十來歲，捨不得離開父母，也就沒跟著叔叔走。

四七年朱德的部隊就在山西搞鬥爭，弄得人心惶惶。某個夜晚，好像就是春節前沒幾天，老郝他家突然燈火通明，槍聲大作。不那兒冒出來的「農民」，全湧進他家，把他父母兄姊拖死狗般地拉到村頭大樹邊，剝光衣服，吊在大樹上。想想看，這麼冷的冬天，不凍死才怪。大樹背後暗處，三兩個戴著解放帽的幹部，抽著土菸，指示「農民」行動。天一亮，大樹上懸著一整排屍首，早已殘斷肢離。

沒有人知道老郝逃過劫數，只知道後來他加入解放軍，到過不少地方。我也沒問他是怎麼調到老王的單位。不過，那個動亂的年代裡，參軍入黨當是最「明智」

的抉擇。

初二夜晚，我依約上老郝家做客。他老婆捧出瓜子、橘子招待我。老王搬來一部錄影機，大家觀看老郝的叔叔在洛杉磯蒙市的湘園餐廳做壽的影帶。老郝的子女也都回家拜年，樂得老郝合不攏嘴。我特地為他們照了數張全家福。

這卷錄影帶老郝早已看了不下百遍，沒待看完，他拉著我進他書房，取出一封信和一瓶山西醋，央求我帶給他叔叔。他還告訴我，十幾年前，文化大革命的時候，他家的祖墳全被毀了。如今，只有他叔叔寫信給縣政府，或者親自回來一趟，絕對可以重建祖墳。我答應替他送信，也樂意看到他一償宿願。

回到洛杉磯沒幾天，我很快就按著地址找到老郝的叔叔。雖已八十高齡，身體十分硬朗。我把老郝的信、山西醋和全家福照片轉交給他，他接過信，戴上老花眼鏡，靜靜讀信。

後來，他告訴我，這輩子不打算回山西老家。我不便多問，但我知道他為什麼會做這樣的決定。

哎，老郝的心願，何時才能了？

標語世界

置身大陸，你會發現到處都有標語，五花八門，蔚為奇觀，人們彷彿活在標語世界裡。

「文明」這兩個字用得最濫。不管是國營或個體戶的攤位，都寫上「文明經商」四個字。記得民國初年的舞台劇被呼為「文明戲」，以別於傳統戲曲。那麼，「文明」一詞即當意味著先進、科學、效率的概念，不同於封建、落伍、守舊的態度。然而，懸有「文明經商」的店舖商號，甚至國營企業，是否真正以科學管理方法營運，則大有問題，要不，怎會出現大批「官倒」現象？

有一回，搭公車經過北京建國門，忽然瞥見「文明衛生街」，一時腦子沒轉過來，覺得這樣的街名還挺新鮮，雖然名稱長了一些。公車開到王府井，幌了一段路，居然也是「文明衛生街」的牌子，我這才恍然大悟。原來「文明衛生街」不是街名，而是一項「榮譽」，表示這樣的街道清潔衛生，如此而已。不過這也不容易，得街道兩旁的各單位通力合作才行。王府井的候車亭附近，多的是這樣的標語：「講文明講衛生不吐痰」！

逐漸地，我才看清標語背後反映的問題。問題愈大，標語愈醒目。先說交通。就以首都北京而言，交通亂得不比台北差，行人、腳踏車、汽車不怎麼搭理交通號誌。因此每個交通要道就有反映交通的標語。北京如此，山西鄉間也是如此。交通警察固然維持秩序，但執行方法的確不夠科學。記得我和朋友南下各縣時，曾多次遇上交通阻塞，定睛一看，原來是交通警察把公務車橫在十字路口，這樣逐車檢查駕照，交通不堵塞才怪。

處理衛生問題，北京也有一套開罰單的措施，只是執行起來並不光彩。天安門廣場是個旅遊重點，衛生工作必須搞活。有一回，朋友老劉陪我逛紫禁城，我們從廣場西南角北行，進入廣場時，後頭有一群東歐旅客，突然七嘴八舌地嚷著。回頭一望，一名衛生檢查員正開罰單給一位亂丟菸蒂的觀光客。這位執法女「同志」一身觀光客打扮，穿著毛皮大衣，髮式新潮，也沒臂章。收了觀光客一元罰款，她即蹬上腳踏車，追尋獵物去了。穿過人民英雄紀念碑，來到廣場北端，忽見一名鄉下來的遊客被開罰單。這名身穿毛裝的女「同志」邊開罰單，邊教訓這名男子：「第一，不准吐痰，第二，不能坐在廣場上。」可憐的鄉下人初次進京，廣場上看不見任何有關規定，大觀園還未逛，就先繳罰款。

節育算是重大政策，於是北京小胡同裡的鄰里街坊委員會的佈告欄上多的是宣傳節育的標語。太原市的食品街上也有類似的宣傳，鄉間土牆上更是寫得特別醒目。然而，鄉間勞動力需求甚高，對保守的農民來說，再多的節育標語，似乎起不了作用。

山西河東地區，盜賣古物歪風甚烈，於是「盜賣古物最可恥！」這樣的標語觸目可及，但仍無法遏止國寶外流的現象。還有一種標語反映了賭博歪風，尤其在鄉下，不說別的，路邊的撞球場就涉及賭博行為。侵佔土地也是另一個嚴重問題，鄉間土牆上便出現：「保護國有土地，嚴懲私自佔有」這樣的標語。

偏遠縣城或村莊上，仍可看見「毛澤東思想萬歲」的標語，甚至文革時代的標語，這說明二十多年來，根本沒什麼地方建設，那些漆有標語的磚牆不曾粉刷過。民宅門楣上，偶爾可見「五好家庭」的標語，這項榮譽大概就是模範家庭。

20 高原的葬禮

民國七十八年元月二十三日清晨。

一輛蘇聯造的白色轎車，駛出依然沉睡的市區，轉入郊外一條筆直的公路。車內正播出臺灣歌曲〈高山青〉。

遠離市區之後，我發現窗外的黃土高原積著兩吋厚白雪，映著晨曦，閃閃發亮。公路兩旁植滿高大楊樹，卻只見光禿枝椏，默默矗立冰冷氣溫裡，彷彿千百年前夾道迎送的衛士，木然且威嚴。

前座的老林，正抽著廉價的「雙頭鳳」菸，左手緊握著方向盤，隨著音樂，偶爾哼著〈採檳榔〉。老王攤開發皺的山西省地圖，尋找我們的目的地。我挨近地圖問道：「還有多遠？」

「估計要八十公里吧，」老王指著地圖。

「這段路地勢較高，大概要開兩個鐘頭，」老林從後照鏡望我一眼。

點燃一根「萬寶路」，我靜靜觀看窗外急速掠過的景物。春節即將來臨，公路上逐漸出現進城辦年貨的村民。一輛小拖拉機上，載滿七八個大人和兒童，即使顛簸不止，卻顛不去臉上的笑容。這種縱橫奔馳於鄉間小路的「車輛」，該是高原農村裡最便捷的交通工具。年輕的丈夫，載著新婚的妻子，簇新的腳踏車就是她的嫁粧。他們將共騎著它，走完人生旅程。有些村民趕著騾子進城，一無所有的，只好步行。年輕的女孩多半在烏黑長髮上紮朵紅花，漫步黃土白雪間，格外顯眼，也傳遞著新春的喜訊。

不知何時，公路轉為起伏曲折，高原上佈滿層層梯田，一望無垠，十分壯觀。遠處的山澗早已冰凍多時，澗旁的屋舍依然清晰可辨，多係灰磚砌成。黃白交疊的梯田，偶爾可見佇立一隅的墓碑，造型古樸，想必頗有年代。

「白雪融化時，小麥就長出來了，」老王疊好地圖為我解說。

我突然感覺眼前的黃土高原格外神聖。至少三千年前，它就孕育出人們賴以生存的農作物。它像是個毫無怨尤的母親，即使在往後的歲月裡，仍然善盡她的天職。無論數千年前的宗族干戈，或是半世紀前的日本砲火，都無法摧毀這位堅強的大地之母。

路旁山壁上，我瞥見一排排的窯洞。居民仍不忘在門邊貼上春聯，好迎接新春的腳步。

翻過這片高原最頂點，車速轉快。轉瞬間，眼前出現一座小村莊。

「停車！停車！」老王突然高聲嚷著：「準備好你的錄相機。」

回頭一望，原來路旁有戶農家正在辦喪事。匆匆提著裝備下車，我才覺刮著刺骨北風。老王向眼前的農家說明我們的來意，對方即刻答應。我扛起錄相機，打開電源，開始拍攝珍貴鏡頭。

靈堂就設在路邊。八仙桌上擱著老太太的黑白照片，神態慈祥。照片前供著三十碗祭品，皆是麵粉調製的糕餅麵食。其中最大的一塊糕餅，雕有精美圖案，刀法細膩，呈現民間工藝特色。照片右側，一架老式唱機正播出高亢的梆子戲，增添幾分淒清。靈堂上方橫書著「百世流芳」，四周飾以黑色剪紙圖案，純樸無華。靈堂左右，各立著高約三尺的古裝紙人，一男一女，色彩艷麗，栩栩如生。他們像是古典戲曲裡的秀才閨女，也意味著老太太子孫繁盛，忠孝傳家的理想。八仙桌左前方，擺著一匹三尺高的紙馬，旁邊立著一座民初家僕裝扮的紙人。他戴著黑帽，一身素色長袍馬掛，顯然即將牽引老太太走向極樂淨土。靈堂棚架上懸有細長花紙，北風吹拂，頓時飛揚不止。

靈堂右前方一棵楊樹上，掛著一座紙花圈。後方牆上架著另一座花圈，中央銀白的奠字和四周黑色剪紙形成強烈對比。農宅屋簷下和楊樹上，掛滿數十根金黃閃亮的玉米。它們和農民一樣，也等待白雪融化，滋潤冰冷乾澀的黃土，然後鑽入大地的懷抱，然後冒出綠芽。

老太太的遺族穿著白色喪服，守在靈堂右側。她的兩個兒子正前後招呼前來幫忙的親朋好友，兩名老農蹲在牆邊抽菸，不時望著遠方積滿白雪的黃土地。

才拍攝沒多久，村民逐漸駐足靈堂前圍觀。背後傳來這樣的對話。

「那是什麼？」

「錄相機嘛！」

「是不是？」

「準沒錯。」

「那家電視臺？」

「北京中央臺吧！」

「是不是？」

「什麼時候播出來？」

我把鏡頭轉向身後的村民，看到一張張好奇的臉。

「老太太高壽？」老王和老太太的大兒子搭話。

「六十九，」他弓起右食指。我看到一張典型北方農民的臉，高高的顴骨，微暴的牙齒，臉色古銅，卻掩不住喪母之痛。

「今天做頭七，」大兒子繼續說：「午後才出殯。」按照當地習俗，喪家的親朋好友都將前來牽紼送葬，喪家也會請來小鼓、鈸和嗩吶組成的鼓吹隊，為老太太送行。

老王見我拍得差不多，即吩咐老林先去發動車子。

八仙桌上不見香爐和福壽香。我走到八仙桌前，摘去購自北京的蘭狐帽，雙掌合十，深深地向老太太鞠躬告別。禮畢，我走近老太太的大兒子，從褲袋裡掏出一張十元人民幣，塞進他粗厚的手掌，低聲地說：「這個給老太太。」

他先是愣了一下。但很快地，他的喉結急遽顫動，卻發不出聲響。接著，只見他兩膝齊聲落地，直朝我磕頭。我慌忙隨他跪下，伸出雙手，把他扶起。他的眼角閃著淚光，映著冬陽，格外樸實。

我們雙手交握，默然無語。身旁的人群彷彿被冰冷的氣溫凍結似的，早已鴉雀無聲。北風又刮起，伴著唱機傳來的戲曲，依舊高亢淒清。

鬆開他的手，我趕忙轉身，快步朝小轎車走去。

關上車門，我從大衣口袋掏出「萬寶路」，點燃一根菸，滿腦子竟是剛才那張愁苦的臉。老王一上車，車子又奔馳黃土高原上。

遠離剛才那座村莊，老王才開口說：「他向我探聽你的名字，我沒告訴他。」他的鼻音漸濃：「不過我告訴他，你是美國來的臺胞。」

窗外仍是快速倒退的楊樹和無垠的梯田，只是黃土上的積雪略嫌刺眼。我相信春節一過，白雪就會滋潤埋進土裡的小麥和玉米，一幌眼，將是麥浪陣陣的豐收季節。但我卻揮不去那張愁苦的臉。

為什麼他那麼顰眉蹙額？

21 天祿師的叮嚀

四月十八日，我頂著台北的雨夜，探訪民族藝師李天祿。初次會晤木偶戲泰斗，李藝師待我如老友，展現慣有的親和魅力。天祿伯和大陸劇作家曹禺一樣，生於民前二年，他那渾厚的嗓音印證了他走過的漫長艱辛的戲劇路程。訪談之間，天祿伯流露藝人憂國之心，也闡明木偶戲重要的社會功能，更抒發他的人生觀，在漫長戲劇道路上，他所累積的真知灼見，足讓年輕一輩深思。

不安的社會

我們的社會？哎！我們的社會有些瘋狂了，現代社會的確像瘋人院。我出生於日據時代，親眼看到臺灣光復，見過兩位蔣總統，活到今天，已經八十五歲。我覺得日本人統治的時代裡，臺灣的社會一直是暗潮洶湧，危機四伏。特別是石塚英藏（第十三任總督）任職期間，更是可惡。他規定每個人的收入要平等，也就是每人每日只能賺六毛錢，這種不合理的規定，臺灣人怎麼過日子？怎麼養妻小？後來，光復前一、兩年，臺灣社會真不平靜，天天躲空襲，我就看得出日本要倒了。

今天的社會，不由讓我想起當年的混亂，計程車費說漲就漲，有沒有考慮老百姓？司機都有無線電，你若惹了他們，一下子就招來七八人，衰的就是乘客。為了爭地盤，不惜集體械鬥。他們爭的是什麼？錢！社會黑暗的病源就只有財色兩個字。每天看電視看報紙，多的是搶劫、強姦、偷竊、貪污、枉法。這不是財色引起的，那是什麼？

少年即正途不走，偏走黑路，沒錢就想搶，害人又誤己。就拿劉煥榮來說，居然還有些學者專家為他求情？他們有沒有替死在槍口的人命想想？替他們說句公道話。國有國法，殺人償命，這個古代這麼做的，即使在法制很健全的美國加州，也在去年恢復死刑。因為蒼天有好生之德，如果不害人，怎會被判死刑？「舉頭三尺有神明」劉煥榮能夠改過自新，捐出器官，這是他為社會所做的補償，也為想走歪路的少年郎產生正面的嚇阻作用。逝者已矣，奉勸少年莫走黑路。少走黑路，我們的社會就會比較安定些。

古早的時候，必須學識好，通過考試才可以當官。現在不是了。我們的社會成了金權社會。有錢就有權。有錢就可以選民意代表。選上之後，有幾個真正替老百姓做事。我都看得很清楚。這些民意代表一上台就吵著為自己發薪水，為自己的利益讓議事停擺。最近有個代表出手打官員，這實在太不像話。就為了這位官員是不是說過他將來會出來競選總統。騙笑耶！每個人滿四十歲就有資格選總統，這位國「打」代表有什麼資格違反憲法，剝奪人權？民進黨也知道這件事大錯特錯。

社會的暴力現象，這些靠拳頭做秀的代表必須負責。「上樑不正下樑歪」嘛！代表可以在國會打架，老百姓當然可以依樣畫葫蘆，有樣學樣了。總有一天，法院會壓制不住暴力的。到時候就慘了。民進黨依然有人迷信打架可以證明這個黨是很「進步」，這實在很沒頭殼，會笑死人，也會氣死人。麥克風扯斷了，桌椅砸爛了，不是浪費老百姓的錢？真沒天良。

這種亂象在十年前是不可能發生的？再說當今的李總統是阮眾人扶的，也不是你民進黨扶的。有什麼理由打人？現在我們的政治是比較民主了，不過民進黨的表現太叫人失望了。

另一方面，政府官員也該多關心老百姓。餐廳和KTV無照營業，又燒死客人。為何可以無照營業？三十三條人命這麼不值錢？如果燒死的是大官，政府恐怕就立刻查辦了？官員有錯要懂得改，不可以說謊，必須取信於民。二二八到了今天終於公佈事實，可是十八標呢？標來標去，不知標到哪裡？究竟是誰違法，必須對老百姓有個交待才對。

代表和官員誠心為百姓做些事，社會就不會這麼亂了，對不對？

彼岸的亂象

我去過大陸，發現大陸也很亂。亂的源頭也是財色兩字。最近我去福建拍片，有個女演員在街上居然被擄上車。當時是白天，滿街都是人。還好有個當地人衝了上去，硬把被害人拖下車，讓她逃過一劫。聽說大陸拐賣人口很嚴重，現在連臺灣來的女人也不放過，一旦讓他們得手，運氣好的被賣掉，運氣差的就沒命了。這真是盜匪的世界。

很多人都知道，台胞一到大陸就被看成呆胞。機票年年漲，物價飛揚，簡直是變相敲詐。說他們「向錢看」，一點也沒錯。台胞成了肥羊，他們愛怎麼宰就怎麼宰，我看也是沒有王法。

他們口口聲聲說掃黃，我看是愈掃愈黃，比台北更糟糕。沿海的飯店、旅館、酒店、KTV到處暗藏春色。一到夜晚，房間裡的電話就忙個沒完。我兒子接過奇怪的電話，沒多久，侯孝賢導演就撥來電話，問他有沒接到這種電話：「親愛的台胞，你寂寞嗎？」神經病！這女人怎麼知道我們台胞的房間號碼？聽說很多呆胞被設計，不是中了仙人跳，就是押去遊街，然後上養鴨場餵病雞，養死了一隻罰十元。當然雙方都要檢討，但是公安縱容春色是有可能的。

兩岸的社會都這麼叫人擔憂了，什麼時候才能統一？依我看，這恐怕要等到鄧小平死後才能解決。這十多年來，大陸人開始怨歎馬克思主義。很奇怪，真是頭殼壞了，馬克思這種外國人的思想怎能用到中國？根本行不通的嘛！毛澤東當年立下狂言，說要犧牲一代人來建立社會主義，結果呢？大家都很清楚。還有，文革這條路走錯了，把中國社會、中國人害得很慘，多少古物被破壞，倫理道德全面崩潰，江青應當負責。在文革期間，人人整天疑神疑鬼，學生打老師，子女清算父母，夫妻相鬥、這成了什麼世界了？當時，你若問囝仔：「你媽媽是誰？」這個囝子會說：「我媽媽是江青。」騙肖耶！江青什麼時候成了送子娘娘，年產數萬囝仔？這就是愚弄老百姓，製造神話，反正吹牛不犯法。在我看來，大陸若不放棄馬克思，社會會愈變愈爛，有一天會倒的。

戲劇的功能

有時候，我會向李總統報告我的看法，他也知道要革新時弊，要循序以進。我希望改革的腳步加快些，老百姓就有福了。

要清除社會亂源，就要從國民教育著手，建立全民的道德觀。布袋戲這戲劇藝術是很有社教功能的。演的就是忠孝節義、四維八德嘛！現代的孩子比較沒有機會接觸布袋戲，倒是忙著學 ABC。中文都學不來了，還學什麼 ABC？在美國有許多朋友的小孩都不會說國話，一開口就是嘰哩呱啦的 ABC。朋友要我留下來演布袋戲，除了讓小孩學學家鄉話，也讓他們了解忠孝節義。這個想法不錯，但是總不能久留美國，政府應當多多推廣來自民間的地方戲劇，它能深入民心，最有社教功能了。

成功的藝師

請別把我看成一流的木偶藝師。藝術，尤其是表演藝術就像無底深淵，沒有止境的。俗話說：「山外有山、天外有天」，就是這個意思。想要成為一名傑出的藝師，或者年輕人想學布袋戲，最重要的是要有恆心有興趣。古人說：「賜子千金，不如教子一藝」，凡是有心想學布袋戲的年輕人，我都很樂意去教。當年我學戲時，家父待我非常嚴格；一有差錯，立刻糾正我。學戲不要怕嚴師，否則就烏鴉鴉的，學不到什麼。坦白說，小時候對父親嚴厲的教學的確有反感，等到我成功了，才知道父親當年的嚴厲是有道理，到現在依然感謝他。所以，我對學生的要求也是十分嚴格，第二，學習者必須腦筋靈活，懂得創新。以前演出布袋戲時，都靠火油照明，父親首先改用電土。到我主演時，我改進戲棚，為戲棚加蓋，以保護戲台，以前的戲台沒有棚蓋，一落雨就慘了；有了棚蓋，表演就不會受天候影響。北部的布袋戲後場以往是北管的系統，我把它改成外江派，運用平劇的文武場，使得演出更生動熱鬧。另外，我也改良過木偶服裝。簡單地說，表演藝師必須懂得隨時代變化而有所創新，這樣才能保存延續藝術生命。第三，信守諾言，演戲的人不可因為環境不順意而有所改變。一千名觀眾我演出，颱風夜我也照演，不可由於觀眾寥落而罷演，有些表演者一看沒兩三隻貓，手骨就軟了，火氣一提，就開始臭屁，隨便比劃算了，這種態度是不對的。颱風夜來看戲，我對這些觀眾特別尊敬，特別感謝，所以演得更賣力。我在七十歲時退居幕後，如今依然稍具名聲，都是當年信守諾言的結果。演戲的人，要時時考慮到觀眾，對觀眾要有交待。第四，藝人不可自滿，今日的成就不是最終的成就。我一直深信藝人必須精益求精，不斷超越自我，不可因虛名而荒廢技藝。

藝師的人生觀

人生好似一齣戲，也像一場夢，所以我的一生正如《戲夢人生》一樣，我已經圓了自己的夢想，但是，人生在世要走正途，道德感最重要。現代人道德輕薄，一撞車就大打出手，火氣很大。還有更沒天良的，砂石車撞傷人，哀號未死，還故意倒車壓死他。這是謀殺罪。人活著就得講信譽。有人請我拍電視廣告，那是一家食品製造業。我說要拍廣告可以，但我一定先看過工廠裡的設備、產品、衛生、品管是否像廣告詞所說的一樣好。人不能說謊，要有信用，後來也有一家房地產公司找我，他們不讓我看看房子，光是讓我看看印刷精美的宣傳廣告，實在沒意思，只好婉拒。我不能昧著良心說瞎話，欺騙民眾。

人生在世，要活得有尊嚴，有骨氣。現代人的大毛病就是見錢眼開。十多年前英國自強電台為了製作非商業節目，來台北訪問我，採訪完畢，送我一萬五千元，我立刻退回。人家老遠跑到臺灣來，從事文化傳播工作，這是一件好事，怎能收人家的錢。布袋戲是我們的民間藝術，值得我們驕傲，但這也是文化工作，不可因貪圖利益而給外國人看扁。

22 黃海岱的壓箱故事

八月二十六日下午，國寶級布袋戲藝師黃海岱老先生，應高雄市劇藝協會之邀，來到教師中心，指導研習傳統戲曲的學員操演傳統布袋戲。黃老藝師已是九三高齡，銀髮稀疏，皺紋滿佈皆印證他所走過的四分之三世紀的演藝生涯，足以讓他引以自豪的。會場上，原本木訥不語的各式尪仔（木偶），一到黃老藝師手中，旋即神氣活現；透過藝師千變萬化的唱腔，曾經轟動全省的史艷文傳奇，再度活現眼前。演出丑角劉三更是黃藝師拿手絕活，一舉手一投足再再顯示獨特的大師風範。在後場樂師蘇明雄、蘇明元和陳順清的搭配下，黃藝師也吟唱了現今不易聽到的布袋戲唱腔。當夜，蘇志榮夫婦宴請黃藝師：席間我訪問了這位於民國七十五年贏得薪傳獎的布袋戲泰斗，暢談他的演藝生涯，也讓我更加了解日據時代民間藝人的艱苦卓絕，愛鄉愛土的民族情懷。

石：請問您生於哪一年？

黃：噢，民前十一年（西元一九〇一年，清光緒二十七年，日明治三十四年），今年九十三啦！

石：何時開始學戲的？

黃：十四歲那年。不過，學戲之前總得先識字，所以十一歲的時候，我就進了學堂學漢文。

石：什麼地方？

黃：西螺鎮埔心鄉下。由於日本人禁止臺灣人學漢文，對漢文學堂抓得很緊，所以學堂都暗地設在偏遠的鄉村裡。那時我住在西螺埔心，我父親偷偷送我進學堂，一學就學了三年，就這樣奠定我的漢文基礎。這對我後來的布袋戲生涯影響深遠。當時的布袋戲都是所謂的「古冊戲」，藝人都得懂得詩詞唱曲才行。到了十四歲，由於耳濡目染，便開始跟父親（黃馬）學戲。

石：令尊教戲嚴厲嗎？

黃：不會啦！老人家脾氣好，不隨便發脾氣。

石：可否介紹一下令尊學藝的承傳系統？

黃：我父親是跟蘇總學的。蘇總是西螺人，他教拳術，也會演戲。蘇總第一次到鹿港拜一個叫鹿港俊的唐山藝師為師，向他學布袋戲。鹿港俊是泉州人，他和師弟算師兩人一道來鹿港傳藝的。

石：對，雲林地區的布袋戲，就是鹿港俊和算師兩人奠基的。

黃：我跟父親學戲就是隨著他的「錦春園」四處演出，擔任二手的工作。到了十八歲那年，我就自己「整籠」（自組戲班）演戲。演了七年，我就自創班號，名為「五洲園」。以前父親演戲都坐著演，很累喲！到了我主演時，才改成站著演，比較不累人。

石：當年演哪些劇目？

黃：很多。大多是傳統歷史故事的「古冊戲」，像是《彭公（案）》、《施公（案）》、《濟公（傳）》之類的「五公戲」，我都可以演。

石：當時都是傳統的小尪仔？

黃：對。那時候的尪子連帽子算起來才一尺二，身軀、衣服和腳，總共才八寸長。

石：您所「整」的「籠」都是臺灣找得到的？

黃：對。很少見到唐山來的尪仔。當時日本人管制嚴格，不讓兩岸交流，偶爾會有些朋友從唐山「走私」尪仔來臺灣，數量還是很少。

石：開始演戲時，日本人干涉嗎？

黃：噢！很嚴哪！我被日本人整得很慘，尤其是戰爭失利時更加嚴，都不讓我們演出，這叫做「禁鼓樂」。當年高雄州警備部長，叫做三宅正雄的日本人，很多臺灣人都說布袋戲不能滅，那麼多民眾喜歡看，怎麼禁得了。於是他向上司反映，談到布袋戲的社教功能，也談到開了那麼多次會，卻找不到觀眾來看「皇民劇」，而黃某人一演戲就人山人海。日本當局這才選擇性地開放演出。不過到了真正推行「皇民劇」時，限制卻更多了。什麼通姦害夫的不能演，篡位的不能演，殺子的也要禁，只能演日本故事的戲。後來，三宅正雄召集一批布袋戲藝人，跟他學新編的日語皇民戲，叫做《血染燈台》，描寫臺灣本地的故事，充滿皇民、殖民思想。

石：學了多久？

黃：跟他學了兩個多月。三宅正雄這個名字我記得很清楚，學這齣戲，從頭到尾都得講日語。

石：所以是跟著日本官員學日本批准的劇本。

黃：只能這樣啦！學好了才放我回家。

石：當時您幾歲？

黃：幾歲噢？八年的戰爭，只知道是日本節節敗退之際，記不得自己幾歲了，哈！哈！那時候真嚴，學完之後還得考牌（演出執照）。我記得當時最先領到「牌」的是屏東潮州人楊朝鳳。當時，他原先是電影「辯士」，日語很流利。

石：什麼叫電影「辯士」？

黃：就是在放日本電影時，把日語翻譯成台語的人。

石：就是口譯者了。

黃：對。他是最早獲准演出的。他的日語好，就去整了一籠戲，都是日本化的東西。譬如，尪仔穿日本南木正成時代的服裝，道具有榻榻米、鐘和大鼓。鐘鼓一敲，聽起來就像欽欽通通、欽欽通通，意思是很冷啦！欽欽通通，演日本戲啦！才演沒多久就虧本了。有一回在嘉義的民雄戲院演戲，演得賠錢。那時日本錢很大，他虧了一百多元，賠得哇哇叫。於是想找人手來幫他演。他就問民雄人，這附近有沒有比較出名的布袋戲師？民雄人說有啊！就住在虎尾。於是他就跑來找我。那天我剛好沒外出演戲，他說，你就是黃海岱，我是電影辯士楊朝鳳，屏東人。我說有何指教？他說現在正演出日本戲，那種「純綿」的，講「國語」（即日語）的。演到民雄卻蝕了老本，沒人看。當地人介紹我來找你幫忙，觀眾比較喜歡看。我告訴他，不會演那種「純綿」的，只會演「壞肉」的，也就是台語古冊戲。他說他來應付日本人，你就儘管演咱台語戲。日本人坐在戲台邊，我來應付就行。我說好，他說要多少工資，我說一天十五元。他一聽又哇哇叫，說他請五人才六元，怎麼我要十五元，這還有賺頭嗎？我說這我就不知道了。我要十五元才肯演，日本人那麼嚴啦！他說好吧，你就來演一天看看。當晚我就跟他到民雄戲院。

石：戲院票價多少？

黃：一角五。民雄人知道我要去演「壞肉」的戲：戲迷都跑來捧場，一個晚上就收了百餘元，樂得楊朝鳳直說十五元工資不貴。後來他請我到虎尾埔中戲院，也是演「壞肉」的戲：鄉間老人喜歡看我們的戲，日本人管不到鄉下，所以生意還不錯。他想找我上台北去演，我說不用啦，我要回家了。

石：在戲院裡演台語劇，通常是怎麼躲避日本巡察的？

黃：跟日本人玩躲迷藏嘛！有一次我在台南大舞台演出，人很多，九點就滿了，怎麼防日本巡察呢？在戲院門口裝電鈴，一看巡察來了，就按電鈴通知戲台，馬上換上日本尪仔，敲鐘打鼓，欽欽通通，改演日本戲《猿飛佐助》，日本人一看，唔，很好，演皇民劇，「純棉」的嘛！很好！一下子就走了。日本人一走，我們就恢復「壞肉」的。哈！哈！就這樣騙日本人啦！

石：有意思。

黃：一般藝人的生活都很艱苦。有些教「外江」（平劇）的先生都沒有地方討生活。他們大多在菜店（妓藝館）裡演唱謀生，有一班十多位外江先生都來找我求援。那時我在台南新化演戲，他們說，黃仔，我們的日子不好過，全都讓你養吧！我說沒問題，新化是我的地頭。空閒時，我就跟他們唸歌，外江曲調就是當時跟他們學的。不過他們告訴我必須用「國語」唱，有一段《放曹》，一開始是「聽他言，嚇得我……」，改成日語就唱成「罕那枯多馬……」，哈！哈！「聽他言」那是「罕那枯多馬」，居然還改得能唱。這批外江先生就在菜店教唱日語版的《放曹》，總算可以勉強糊口了。

石：日據時代一般民眾的生活如何？

黃：艱苦哪！整鄰整里的百姓排隊買豬肉，為了買三四兩豬肉必須排上一整天。如果插隊被抓那就慘了，拖去揍個半死。

石：您呢？被抓過？

黃：哈！運氣好，沒被抓過。當時不准私自販賣肉類食品，我的一個孫婿沒頭路，我們兩人就準備了一些肉脯、香腸，裝在皮箱底層，上面蓋著菜乾，打算到台北去賣。慘了，到達台北車站日本人就搜查，問我箱子內裝什麼？我大聲說是菜乾，還好就通過了。為了生活，除了演戲就得做些買賣。沒有人像我這麼大膽的了。有一回和朋友揹著豬肉和豬油到偏遠地方賣，不巧碰上大雷雨，河水暴漲，橋壞了，貨也臭了，只能硬著頭皮渡河，差點被大水沖走。哈！哈！命大！

石：您當年參加過日本人主持的「挺進隊」？

黃：有，李天祿也有。不過我倒不是一開始就志願參加，說來還頗曲折。那時我偷偷演了一部被日本人判定為「反革命」的古冊戲，那是根據大陸古書改編的反清劇《五龍十八俠》。日本人說不能演唐山故事，一個叫江頭左文治的警官，這個名字我永遠記得，就吊銷我的牌照。伊娘咧，吊就吊嘛！有什麼稀罕的，我才不向他討饒。嘿，過了沒多久，他就來請我演戲，說是官廳成立挺進隊囉！要我參加演出，還說日本官廳包辦一切，布景、道具、尪仔、劇本。我推說日本戲演不來啦！他說我有觀眾群，硬要我演一齣叫《櫻花林》的日本戲。故事是說一位名叫千代的女人，先生臥病在床，卻跟一個叫吉田的武士通姦。他丈夫知道了便想報復。不料淫婦先下手，蒙上面、帶著鎗，企圖殺夫，卻誤殺自己的兒子。奇怪啦。日本人不是禁止演這種殺子的戲嗎？日本人解釋說，千代是「誤殺」骨肉，沒什麼差錯。那麼通姦又怎麼說呢？

石：自圓其說了，劇本還在嗎？

黃：那麼久了，早已不知去向。不過當時還演出一齣叫《怪魔的復仇》的劇本，應當還在，只是被蟲蛀過，我回去找找看。

石：這麼說，日本人也不敢太虧待你。

黃：沒啦！他們找不到人來演，才找我充數。咱鄉間老一輩都喜歡看布袋戲，不演戲就沒有娛樂，大家都「哭爸」（鼓噪）。我在地方上人頭比較熟，才找我演。

石：待遇如何？

黃：每個月六十元，後場樂師三十元。算是維持比較穩定的生活。每次公演的公文一到，派出所就得開始張羅，還保證每個月配給我兩斤魚、兩斤肉。臨到演出當天，連日本警察都來幫忙推車子，車子上裝著我的戲籠，還大聲嚷叫：「下午兩點演出，快點！」呵！呵！伊娘咧！

石：都在各庄頭演吧？

黃：對，西螺附近的庄頭都演過了。

石：日木人到場監視？

黃：有哇！不過我還是暗地演臺灣古冊戲。

石：怎麼演？

黃：日本人規定我得演兩小時的戲。我演了一小時多的「純綿」戲，趁日本人不在，就換演「壞肉」戲，老人看了高興得很，就給我賞金。有時比較鄉下的庄頭，日本人懶得去監視，我乾脆就不演什麼日本戲，一開鑼就推出臺灣戲，觀眾都樂歪了。

石，會不會有漢奸去密報？

黃：有！當時叫做高等特務的。有個叫做國本的臺灣人，取了日本名字，叫做伊莫多桑，虎尾人。他就是密報人，後來死在虎尾沒人出面埋他。演了一陣子就光復了。

石：很熱鬧吧？

黃：呵！舉國歡騰。一光復就自由啦！每天都演戲，一演就是四、五棚戲，把我忙壞了、咱鄉下人信仰虔誠，紛紛拜謝神明，感謝神明保佑臺灣光復，不再受日本統治。

石：光復初期可說是地方戲劇鼎盛期，您當時都在哪演戲？

黃：很多地方。山上、海口都跑遍。還去過霧社，連山胞都看得懂我的布袋戲。演出的形式包括戲院和民戲（野台）兩種，光復後票價就提高些，大概是五角。

石：戲院和野台演出有什麼差別？

黃：戲院較大，所以戲台也就隨著加大，從原來野台一丈二加大為一丈八，高度變成丈一。佈景改為彩繪，戲偶也跟著放大尺寸，要不然觀眾就分不清男女了。

石：沒錯。皮影藝師張德成，光復初期在戲院裡演出，他的台子和影偶也都為了適應戲院的場地而放大了。在皮影界裡，您覺得張德成的藝術地位如何？

黃：張德成和他父親張叫，可以說是全省皮影戲第一流的藝師。和張叫認識也是一段有趣的往事。有一次我在鳳山演戲，剛好跟張叫的皮影戲對台。我在戲院內，他在戲院外，他的戲向來是很有號召力的。我的觀眾卻等到布袋戲演完，才散場去看皮影。張叫覺得很不尋常，就到戲院內一探究竟，我們這才認識。哈哈！

石：當時戲院裡開始有電燈照明了？

黃：是啊！以前，我二十歲的時候都是點「火油」（油燈）照明的，叫做「滿天光」。戲台左右各掛三盞，就有六盞了，後面掛三盞，一共是九盞。呵，火油真燻人，一場戲演下來，不得了，每個人都燻黑了。只能笑成一團，也夠辛苦了。還有，早期的野台戲台，不像現在用木板和鐵架搭成，而是搭在牛車或馬車上。把兩輛輪子較大的牛車併在一塊，舖上木板，就不會出現縫隙。不過由於前後輪尺寸不同，一不小心，經常會翻台，很不方便。後來一再改進，二十多年前才改成現在這種平穩的木板戲台。二十多年前，北港那兒流行金光戲，開始用木板戲台。戲班都自己準備這種戲台的。

石：談起金光戲，是不是您的二公子黃俊雄開創的？先說他怎麼學戲的？

黃：俊雄是我二兒子，二三年次。他開始是學後場，就是咱們民間的北管音樂。十六歲就跟我四處到戲院演出，本來我不想讓他跟著跑，那一陣他不學乖。後來他偷偷南下高雄，自己租了一籠戲籠，一幅舊佈景，就跑到台東去演戲。結果被一個賭徒留在戲院裡，賺的錢都被賭徒輸光，沒給他半分錢。少年人隻身在外，沒有朋友也沒有路費，怎麼辦？還好我的一位外甥女跟著戲班煮飯，想起我有個姓李的朋友在知本開漢藥店，他跟我很熟。俊雄那個班裡人手還不少，有看門的，煮飯的，還有一些人，雜七雜八的，一行十多人。外甥女就去知本找我這位朋友。從台東到知本並不遠，外甥女見到他就說俊雄在台東演戲，被一些賭鬼騙了，沒錢回家。我的朋友一聽馬上要俊雄的戲班到知本去，幫他在廟口附近搭起戲台，一連演了十天戲，路費也就有著落了，這才回得了家。

石：好驚險。

黃：回到家裡捱了我一頓罵，倒也經驗了戲院的黑暗面。過一陣子，他又異想天開。弄來一堆三尺三高的大尪仔，自己去租鄉間生意比較淡的戲院，默默練了一整年，尪仔都是超過三尺的。十多個女人撐著花傘，他自己教得居然還可以看。

石：他自己編劇？

黃：對，自己編的。然後全省巡迴地演，還好沒虧本，就是賺了那些道具、尪仔。回家後，那些三尺多的尪仔都被朋友要去了。

石：戲院裡演出金光戲，還有那些變革？

黃：音效上開始播放唱片，也有樂隊以西式樂器伴奏。由於是劍俠主題，打鬧場面更加熱鬧，彩色霓虹燈，震天火炮，造成金光閃閃的效果，這就是「金光戲」

啦！後來俊雄編了不少代表作，像是《郭子儀》這齣戲就證明他豐富的想像力。戲裡面有一段夢境，居然穿插宮本武藏。

石：其實黃俊雄掌握了時代趨勢，譬如當時日本宮本武藏的電影相當流行，他抓緊流行的腳步，當然深受觀眾喜歡。我想這就是通俗文化的首要條件：反映一般大眾的喜好。當然，勇於創新也是成功的重要因素。今天很多學者回顧金光戲時，往往忘了從通俗文化的角度來檢視，反而以鄙視眼光來看待。依我看來，金光戲在臺灣布袋戲史上仍是重要的階段，不可忽視的。

黃：確實是這樣。我曾經在文建會開會時，就駁斥過一些學者的看法。金光戲並非亂來的，它切合時勢，反映流行。

石：處身九〇年代，您認為布袋戲應當何去何從？

黃：簡單一句話：「舊的保留，新的進行。」

石：您這幾年演戲嗎？

黃：還演。當然不像以前那麼密了。近年來我比較注重傳統布袋戲的推廣工作。我在關渡的藝術學院教大學生布袋戲，也在台南縣白河國小教小學生演戲。

石：您覺得高雄漢民國小的學生如何？

黃：很有天份，應當好好栽培。

石：以目前來說，您演一場戲的酬勞如何？

黃：大約是六萬。現在的問題是後場樂師愈來愈不好找。有時付四千五千都還找不到人手。

石：是啊。皮影戲的後場樂師也很難找了。您最近的計劃是什麼？

黃：七月十五日中元節到萬里演一場戲。九月三十日到紐約的中華文化中心演出。

石：最後一個問題，您是如何養生？

黃：哈！無憂無慮就行了。

散席之後，黃老藝師想上關廟找舊識聊聊。大夥們叫了一部計程車。黃老師坐上後座，眾人真不敢相信如此高齡的藝師竟然這麼獨來獨往，不須旁人陪侍。我告訴司機先生：「這位是國寶級藝師，麻煩你安全送他到關廟。」司機頻頻點頭，連稱：「沒問題。」

昨天，我撥電話給黃老藝師，他一再邀我上雲林找他喝杯茶。會的，從中正大學到雲林並不遠，我還想讀一讀日據時代泛黃的劇本《怪魔的復仇》呢！

祝福黃老藝師。

23 紐約即景

1. 露天咖啡館

趁著租車的空檔，我和助理小謝走進曼哈頓西十街附近的一家露天咖啡館，小謝內急，逕自找洗手間去。走近吧台，一名魁梧的年輕人和我打招呼。我點了兩杯咖啡，順便問他店裡賣不賣萬寶路長支香菸。他說店裡不賣，不過他願意到街口的雜貨攤幫我買。

選了一張緊貼欄杆的桌子，才坐下，他已經把菸送到我面前。真快！待會一併算錢給他。點了菸，一名老闆模樣的中年人，操著捷克口音，問我點些什麼。我指著那個年輕人，答說：「已經跟跑堂的點了。」他笑著說：「我不是老闆。」呃？坐在吧台上的年輕人不是店裡的夥計？

正好小謝來到桌前，兩杯 Capuccino 也上桌了。街上行人寥落，不似想像中那麼擁擠。欄杆上的盆栽，香醇的咖啡，帶給我們片刻悠閒。

突然想起我得撥電話回洛杉磯長堤市。小謝走近櫃台結帳，我拿了一張五元鈔票塞給還坐在吧台的年輕人。

「不！算我請客，」他退回那張鈔票，「歡迎再來喝杯咖啡。」時間不容許我繼續堅持下去，跨過馬路時，小謝咋舌不已：「有這種事？這樣的紐約人可不多見哪！」

2. 清晨街景

我決定到飯店外散步，看看紐約的清晨。

一跨出大門，便望見高聳的帝國大廈，晨曦裡分外明亮。和對街黝黑的東正教教堂形成強烈對比。走在街上，頗感初秋涼意，大概是周末，人車稀少。走到百老匯街，一家聖誕禮品店吸引我的注意，原來牆上有五座雕像，各執樂器，作演奏狀，細看服飾，顯然是十九世紀裝扮。頓時，空氣中彷彿飄著聖誕歌曲。

忽聞隆隆聲自地底傳出，噢，原來腳底下正有地鐵列車通過。公車站牌旁，躺著一名流浪漢，衣著單薄，不知他是怎麼熬過漫漫長夜。洛杉磯市區內的流浪漢大多窩在紙箱裡，眼前的黑人卻空無一物。

沿著西二十五街走到第六大道，兩旁空地上卻是萬頭鑽動，一掃方才冷清的景象。眼前正是專賣舊貨的跳蚤市場。內容真是五花八門，包羅萬象，走進其間，彷彿回到十九世紀，銅佛、油畫、勳章、老照片都叫人把玩半天。拿起一只日本彩瓶，想知道何以鑑定那是十九世紀的古董。賣主笑著，指著我的相機說：「你的專業是攝影，我的專業是賣古董，所以我確定這是十九世紀的日本彩瓶。」

術業各有專攻，隔行如隔山，一點也假不了。

3. 大廳一齣戲

訪問過余英時教授，我和小穆走到世貿中心雙塔大樓前，繼續拍廣場上的景象。收工後，我們來到一家飯店大廳，等候其他夥伴。

另一張圓桌旁，坐著一名東方人，正抽著菸。須臾，一名黑人手執熱狗，坐在他對面，伸手向他要菸。東方人看了他一眼，遂遞根菸給他，還替他上火。

黑人戴著一頂 Budweiser 的白色廣告帽，顯然是從廣場要來的。他穿著一件吊帶式牛仔褲，卻光著上身。抽完煙，他捧起熱狗，朝著西裝筆挺的東方人，開始嚼食。他大概受不了眼前的黑人，遂逕自離去。

不一會兒，兩名飯店服務員，一黑一白，圍著圓桌，催促他離去。黑人卻凍結一切動作，相應不理。服務員好話說盡，他還是捧著熱狗，像座雕像，一句話也不吭。黑人服務員打開對講機，呼叫援手。白人服務員按耐不住，抽走椅子，黑人跌躺地面，我才看清楚他沒穿鞋襪。

黑人仍捧著熱狗，像是被敲倒落的雕像。白人服務員開始用腳踢他，直嚷著：

「起來！滾蛋！」黑人服務員走近我們，勸我們看好自己的攝影器材。然後勸別的旅客遠離一些。

一名高大的服務員，戴著白手套，加入圍剿行列。他一語不發，走近黑人，將之抬起，其他兩名服務員趁勢推打一陣，將他趕出飯店大門。圓桌上還擱著那頂白帽。

步伐踉蹌，跌撞過街，我看見他的褲底破個大洞。對街有輛白色臘腸式車，只見他躺在車後人行道上，或許只有大街上的陽光才能接納他，分享他絲許溫暖。

4. 唐人街上

唐人街上永遠人潮熙攘。觀光客、本地人經常擠在華埠大街小巷。和紐約其他街道一樣，唐人街也是攤販充斥。最吸引我的，卻是一處菜攤，許多華人排成長龍，等著採購蔬菜。

小穆扛起電視攝影機，對準菜販和他的顧客。這本來是一幅美好而生活化的畫面，豈料這名老廣菜販卻回頭瞪著鏡頭，嚷著：「NO Picture!」然後背對我們，伸出中指，指尖朝上。（意為：Fuck You!）我百思不解，為何他那麼敵視我們？我們不也是黑髮黃皮膚嗎？

就在街角，有兩處算命攤。顧客和算命仙坐在矮椅上進行交易。算命仙左手拉住女顧客的右手（嗯！男左女右）右手拿一把放大鏡，吹得口沫橫飛，說中她心頭癢處，不禁噗嗤嘻笑。另一個算命仙身旁圍著兩名女顧客，正聽著入神，渾然不知身旁圍著一群東歐觀光客。

一條小巷裡滿是會館堂號，我們臨街架起攝影機，捕捉鏡頭。一名老婦倚牆張望，像是不曾見過這機器。三個華裔小學生操著英語，追跑而過。街心出現一名矮小的少年郎，邁著日本武士般的外八字，跩得像二五八萬似的，行走間，旁若無人，不知是哪個幫派的狠角色。

拍了老半天，不覺已夜幕低垂，唐人街外圍的小義大利夜市早已華燈初上，街角上的警察來回巡邏。走吧！尋間中國餐館，好好克一頓中國菜。

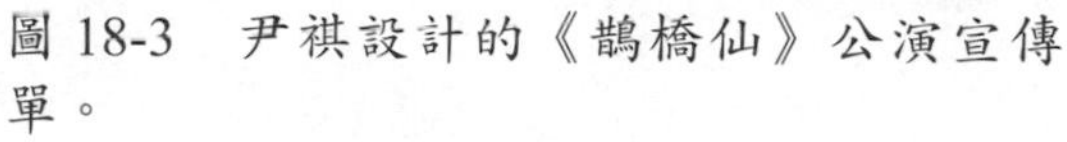
圖 18-3　尹祺設計的《鵲橋仙》公演宣傳單。

圖 18-5　《鵲橋仙》演完後，全體演職員合影。

圖 18-4　《鵲橋仙》的演出。

圖 18-6　大陸明星王姬（左 1）參加《鵲橋仙》演出。

圖 18-7　1988 年作者與盧燕女士及王姬合影。

圖 18-8　1988 年作者與林青霞合影於華人電影院。

圖 19-1　1989 年一月作者拍攝的北京街頭。

圖 19-2　1989 年黃維若與指導教授譚霈生合影。

圖 19-3　1989 年一月作者登上北京長城

圖 19-5　某公安副局長的喪禮靈車。

圖 19-4　山西省鄉間所見的新娘。

圖 19-6　抵達山西沁縣一群人住進接待處。王笑林（左 1）老郝（右 2）。

圖 20-1　山西省鄉間筆直黃土路兩旁年輕人步行回家過年。

圖 20-2　1989 年初作者於山西省運城縣喬澤神廟元代戲台前留影。

圖 20-4　高原喪禮上喪家的長子。

圖 21-1　1993 年作者訪問布袋戲民族藝師李天祿。

圖 22-2　1996 年作者與布袋戲民族藝師黃海岱合影於成大藝術研究所。

圖 21-2　皮影戲民族藝師張德成。

圖 22-1　1993 年 8 月 26 日作者與布袋戲民族藝師黃海岱合影。

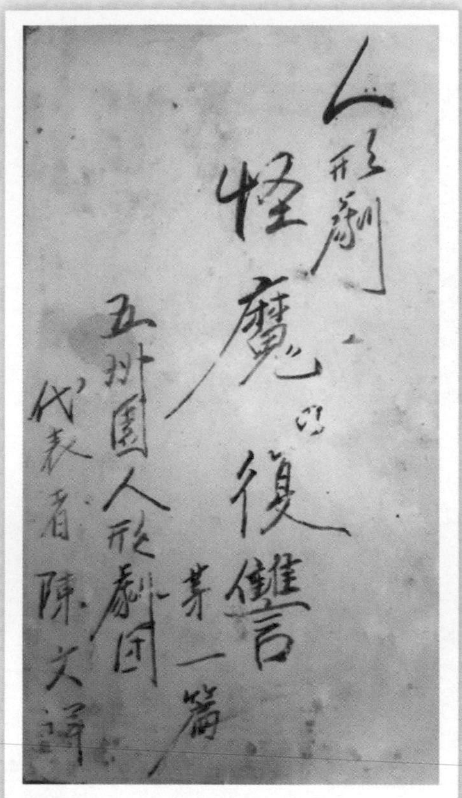

圖 22-3　黄海岱老藝師編寫的《惡魔的復仇》（李國安先生提供）。

圖 24-1　作者於 2000 年前往莎翁宅邸朝聖。

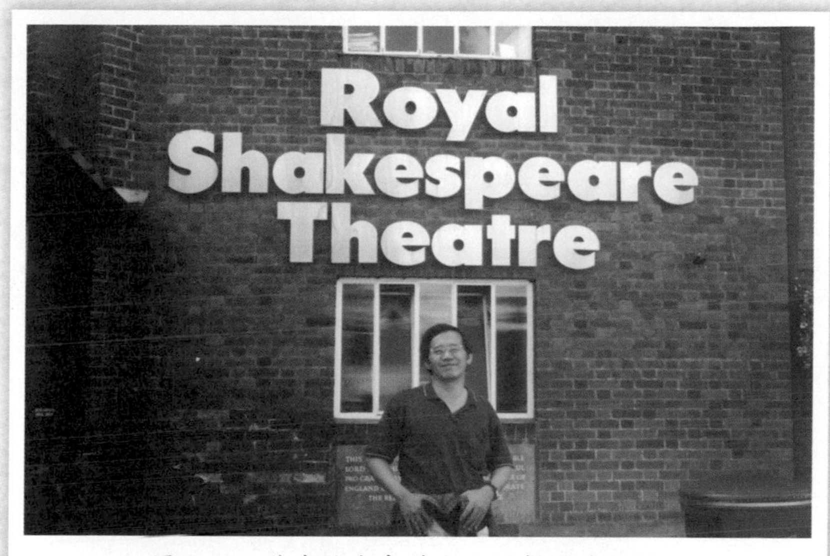

圖 24-2　作者於皇家莎士比亞劇場前留影。

圖 24-3　作者於劍橋大學觀看莎翁的 Hamlet 。

圖 27-1　1997 年埃及開羅的國立歷史博物館。

圖 27-2　作者於尼羅河上留影。

圖 27-3　埃及法老歐西瑞斯。

圖 27-4　埃及民眾供奉的法老歐西瑞斯。

圖 27-5　王后伊希絲哺乳兒子。

圖 27-6　作者於階梯金字塔前留影。

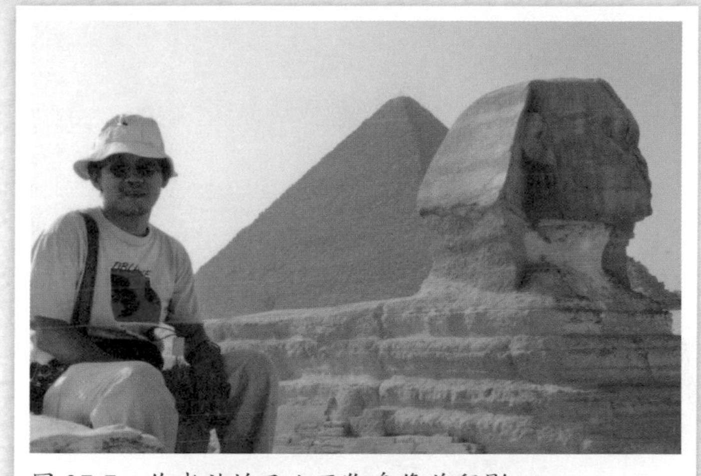

圖 27-7　作者於埃及人面獅身像前留影。

圖 27-8　作者拍攝的埃及方尖碑。

圖 27-9　1997 年作者於希臘達爾菲（Delphi）博物館拍攝的太陽神阿波羅（Apollo）。

圖 27-10　1997 年作者於希臘達爾菲博物館拍攝的酒神（Dionysus）奠酒圖。

圖 28-2　作者大三時與靜宜逢甲學生演出契訶夫的《求婚記》。

圖 28-1　1974 年東海大二時，作者與大三學長姊演出莫里哀的《奇想病人》。

圖 28-4　1983 年作者與恩師姚公一葦合影。

圖 28-5　1983 年指導高師院話劇社公演《一口箱子》。

24 通俗的古典
——《錯中錯》觀後

英國皇家莎士比亞劇團近日演出的《錯中錯》（*The Comedy of Erros*），乃是今年台北世界劇展繼奧斯托洛夫斯基（Alexander Ostrovsky, 1823-1886）的《智者千慮必有一失》之後，國人再度觀賞到的世界級演出。《智》劇來臺公演時，筆者身在海外，無緣觀賞。近日返國，旋即北上觀看《錯》劇的首演，並在此提出個人的觀後感。

莎士比亞的《錯中錯》，完成於一五九二與一五九三年間，距今達四百年，屬於莎翁早期代表作。和伊莉莎白時代的劇作家一樣，莎翁也從希臘羅馬劇作尋找題材。《錯》劇即是根據羅馬喜劇家普羅特斯（Titus Maccius Plautus, ca. 254-184B.

C.）的代表作《米納奇米兄弟》（*Menaechimi*）敷演而成。孿生兄弟的「身份誤置」決定了《米》劇的鬧劇趣味與單一情節的發展；《錯》劇則運用雙重的「身份誤置」，推展出一連串的誤會，也使劇情成為錯綜複雜的雙重情節。《錯》劇敘述西拉卡斯商人伊齊安為尋找愛妻和孿生子大小安提菲勒斯的下落，隻身來到伊弗索城。豈料當地法律嚴禁外地人入境，違者必須處死，否則得以一千馬克贖身。伊城的公爵同情伊濟安的遭遇，特准他一天之內籌款贖身。這段開場戲之後，劇情一轉，大小安提菲勒相繼和他們的孿生僕人大小德洛米歐出現伊城，一場逗趣的鬧劇隨之展開，最終則以闔家團圓收場。編劇手法雖算不上一流，在當時卻很適合聖誕節的歡樂氣氛，這大概是莎翁創作的應景戲吧。

現代知名導演，不乏嚐試以現代手法詮釋莎翁名作，且蔚為風潮。例如，彼德・布魯克（Peter Brook）即以現代手法執導過《仲夏夜之夢》、《李爾王》和《暴風雨》等劇。瑞典導演柏格曼，也以其獨特的詮釋手法蜚聲國際，精於《馬克白》和《哈姆雷特》諸劇。英國皇家莎士比亞劇團為當今世界知名劇團之一，在詮釋莎劇上，可謂獨領風騷。一九九〇年改編過的《錯中錯》更適合現代觀眾的品味，導演伊安．裘治功不可沒。

通俗的古典當是《錯》劇演出的特色，也是皇家莎士比亞劇團獨到之處。通俗的古典所散發的魅力，可以從舞台設計、表演風格和服裝窺出一二。

眾所周知，伊莉莎白時代的劇作通常以五幕為主，每一幕包含數景，因而一齣戲少則十餘景，多則二十餘景，皆視情節長短而定。以《錯》劇而言，就有十一景戲，還稱不上長劇。多幕多場的結構，由於場景變化繁雜，自然不適合寫實的舞台設計。《錯》劇的美術設計馬克．湯普森掌握莎劇特質與歡樂特色，設計了一座別緻的舞台。導演把原本發生在公爵宮廷廳堂的開場戲，改在陰暗的監獄，以加深伊濟安的失親傷痛。黑白格子地板，暗灰牆壁，漆黑牢門，以及白熱孤燈，足以顯示森嚴的法律和伊濟安的冤屈。開場戲結束之後，灰牆上升，背後出現全劇所需的佈景。觀眾看見倒U型的景片佈置，舞台上方懸有五個象徵物，中央為金鷹，左方為刺蝟、魔術棒，右方為地球、銀馬，各有其用途。倒U型布景中央後方為黑框大門，左右各一扇白門，兩側景片各有三扇白門，不僅標明不同的地點，也充份提供演員上下場之用。門與象徵物的配合，精確指示事件的地點。譬如，小安提菲勒斯被老婆拒於自家門口，一怒之下，轉到妓院尋歡。此時，高懸的刺蝟象徵物下降至左側第一扇白門上方，妓院這場戲隨之展開，待這場戲結束時，象徵物才回昇至原先的高度。倒U型佈景內的空間，充份發揮應有的功能。以黑框大門為例，首先，它用來標明伊城。大安提菲勒斯和僕人出現大門時，觀眾就知道他們進城了，於是舞台空間成了街道，兩側的門成了住戶。到了第三幕，原來的城門迅速往舞台中央移動，成為大小安提菲勒斯的家門，觀眾可以清楚看見門內與門外的表演。到了第五幕，大門上方降下一尊霓虹聖母，地點迅速轉換到尼庵。

這種不需人力移動的佈景變化，在舞台上製造魔術般的驚喜，而且屢屢出現。譬如，第二幕第一景為小安提菲勒斯家宅內部。舞台右下方「伸」出一塊暗紅地毯，平鋪黑白地板上，一座紅唇狀的沙發擺在地毯上，就成了亞特麗安娜和妹妹露西安娜對話的場所。這場戲一完，兩名檢場人員抬走沙發，地毯又魔術般地「縮」回地板之下。這種奇妙的「伸」、「縮」，再度運用到大安提菲勒斯與露西安娜之間的那場浪漫戲。導演把地點改為宅內花園。於是綠色地毯奇妙的「伸出」，平鋪於左下角的地板上。全劇最具浪漫色彩的戲，就在象徵花園的綠毯上進行。這場求愛戲一過，綠毯巧妙地「縮」回地板下，不見蹤影。地板下和舞台上空創造了立體舞台功效。

除了巧妙的舞台設計，《錯》劇的表演風格也走通俗路線。伊莉莎白時代的劇場相當重視演員與觀眾之間的溝通，這一點倒和我國元雜劇的表演風格相近，於是旁白、獨白充斥莎劇，這在《錯》劇也不例外。獨白時，演員大都接近觀眾，甚至開觀眾玩笑，尤其甚者，還有搶戲（如劇中的警察）的情況發生。大安提菲勒斯更以無聲唇形要求觀眾鼓掌，掌聲響起，大安提菲勒斯接著以唇形發出「I love you」，以答謝觀眾。演員與觀眾就這麼緊密地交流。

《錯》劇的通俗表演風格，除了沿用羅馬劇場慣用的「插科打諢」，還增添不少該團獨特的喜劇風格。「插科打諢」常見於主僕之間，可憐大小德洛米歐這對雙胞胎僕從，經常成為主人的出氣筒，挨打不說，還不得還手。主僕之間高胖矮瘦的強烈對比本身即深具喜感。大安提菲勒斯的舞台表演融合了蹦跳、走鋼索等誇張動作，十分討趣。尤其是大安提菲勒斯追打警察時，警察被胖主人自門內摔出門外，再從門外越牆入室，觀眾驚嘆之後，才發現那是一具與警察身材相似的布偶，觀眾被愚弄得很開心。

通俗風格的最高潮全繫於醫生品區一身。莎翁原劇中的品區乃是一名典型的巫醫，他受聘來為「發瘋」的男主人驅邪，所以大小安提菲勒斯的太太告訴品區說：

「他這麼野蠻，真是瘋狂了。品區醫師，您是個驅邪家，請幫他恢復本性，要什麼報酬我都答應。」（第四幕第四景）

《錯》劇的導演把十六世紀民眾耳熟能詳的驅邪術（exorcism），轉變成現代老少咸宜的魔術表演，如前述的舞台幻術緊密配合。於是品區一進場，舞台上高懸的魔術棒上的五顆星，迅即閃亮，並降至特定高度。這位大法師驅邪時，倒U型的景片上緣裝置的白色燈光飛馳閃過好幾回。不料法術失靈，品區乾脆引來兩位長腿美女，拿著這對主僕，對眾表演「鋼刀切入」和「亂劍刺身」的精彩魔術，觀眾看得眉開眼笑，也讓原本討人厭的品區找到下台階。

大致說來，演員的表演各見火候，使得劇情流暢無阻。倒是戴眼鏡的露西安娜，與眾演員相形之下，欠缺浪漫純真的外型與演技。莎翁筆下的露西安娜，當是這群喜劇人物之外，最能渲染浪漫氣氛的人物，可惜飾演露西安娜的這位女伶，並未完全掌握這個角色的人物特點。

《錯》劇的服裝符合通俗的風格，艷麗的色彩在黑白地板與黑白景片之間，顯得格外搶眼，別具喜感。兩對孿生主僕，容貌酷似，只能靠色彩來區別，同對主僕則採同一色系，便於辨認。然而通俗化的服裝，不見得就是現代的服裝。例如金匠的服飾並不現代，頭戴冶金工具，胸前掛滿訂單，足登拖鞋。而兩對主僕的衣褲也非現代常見的剪裁方法。由此可見強烈色彩在創造喜感上，勝過服飾本身的時代感。這當是《錯》劇演出所透露的訊息。

整體而言，皇家莎士比亞劇團的演出，以通俗逗趣的手法，詮釋莎翁這齣古典名劇。導演成功地融合劇場各項要素，運用傳統與現代的表演風格，滲入通俗的幻術，呈現一場精湛逗趣的「通俗的古典」。

去國八年，首度在設備一流的國家戲劇院，觀賞世界名劇的首演，自是賞心悅目之事。觀戲之餘，仍有兩則缺陷亟需改進。第一，不知是皇家莎士比亞劇團縮短了舞台正面，還是國家戲劇院的座椅設計出了問題，樓下第八排附近左右兩側的觀眾無法看到舞台全景；二樓、三樓側座的觀眾相信也有同樣的困擾。如此，是否也重複了國父紀念館的座位缺失？第二，鄰座的觀眾居然有人攜帶照相機進場，還配備長鏡頭，好在劇院事先提醒觀眾切勿侵犯演藝家的版權，鄰座的男子才未違規。其實，只要進場時，稍加檢查，即可杜絕這股歪風，確保表演者的權益。

今年的世界劇展相當豐富，從俄國劇作到莎翁喜劇，再從四月的希臘悲劇《米蒂亞》到五月的《伊蕾克崔》，國人將觀賞到一系列一流劇作，直接刺激了國內的外文與戲劇教育，更有助於提升國人的藝文品味。尤其是外文系與戲劇系的學子，若能好好觀賞這些演出，並精讀這些劇作（至少是英文版），則將有益於自身的戲劇素養。

25 拎著父親的戲鞋走下去

——李國修的戲劇天地

近十年來，國內出現不少風格迥異的舞台劇團，其中不乏頗負盛名者。例如賴聲川的「表演工作坊」、李國修的「屏風表演班」，以及「果陀」、「紙風車」、「優」等。而成立於民國七十五年十月六日的「屏風表演班」，更是少數能遠赴美國演出的劇團之一。今年五月下旬某個下午，喝過咖啡，好友紀蔚然教授領我至屏風表演班，訪問班主李國修，請他暢談他的戲劇理念。以下即是訪談內容。

石：國內舞台劇團流派紛雜，表面上百家爭鳴，實際上多為改編引介西方劇作，譬如「表坊」的《一夫二主》、「密獵者」的《三次復仇與一次審判——民主的誕生》、「果陀」的《淡水小鎮》，就分別改自義大利、古希臘與美國的劇作，這顯示作品欠缺原創性。更重要的是，大多數的劇作，在我看來，無法緊扣時代腳步，反映時代問題與風貌。印象中「屏風」就比較重視社會脈動，《救國株式會社》即以日本女留學生在臺灣遇害的新聞敷衍而得。《半里長城》也有以古諷今的主題意識吧？

李：沒錯。《半》劇是我六年前編導的「情境喜劇」作品。靈感來自英國劇作家米高・弗雷恩（Michael Frayn）的《關掉噪音》（*Noise Off*）。我採用劇中劇的結構，嘲弄秦官宦之間權力傾軋的情境喜劇。巡迴演出時，正好碰上大陸發生六四天安門事件，這倒是出乎意料之外的。不過這卻印證我的想法：中國政治紛爭古今皆然。即使六年後再度搬演《半》劇，它仍然緊扣時代脈動，諷刺意味絲毫未減。

石：我很好奇的是，《半里長城》為何六年後再度搬上舞台？

李：在我看來，劇場與劇本每六年是一個週期，舊戲翻新的目的在於測試自我是否進步，以及觀眾是不是也進步了。《西出陽關》、《莎姆雷特》都因循這樣的週期，觀眾反應相當不錯。我得說明《半里長城》的特色之一是它的結構。民國七十七年，我邀請「進念二十面體」來台和「屏風」共同演出《十月十日譚》，相當欣賞該團導演榮念曾的後現代解構技巧。於是在創作《半》劇時，我即嚐試利用這樣的編劇方法來解構秦王朝複雜的人際關係，覺得效果挺好的。

石：「屏風」成立九年來，誠如紀蔚然教授所言，已開創獨特的喜劇風格；吳靜吉教授，也就是蘭陵劇坊的藝術顧問，對你的成長十分熟悉，曾譽稱你為「臺灣的卓別林」。不知這樣的評斷你有何感想？

李：吳老師確實過獎。不過我得承認我很喜歡卓別林。他飾演的大多是都會裡的小人物，除了帶給觀眾歡笑，也象徵小市民期盼的正義。他反抗暴力，以瘦小擊敗魁梧，嘲弄統治機器（警察），讓觀眾感染溫馨，這就是卓別林的喜劇魅力。但是我所追求的是在舞台上呈現「情境喜劇」，雖諷刺而不傷人，這才是重點。歡笑的底層潛著嚴肅的思考，我希望觀眾能參透這一理念。

石：我想讀者好奇的是，為甚麼你會對劇場如此鍥而不捨？是甚麼動力？

李：這是受到我父親的影響。

石：怎麼說？

李：我父親做了一輩子國劇的戲鞋。偶爾他會感嘆：「這一行可是吃不飽餓不死。」嘴裡這麼說，卻不曾改行。他一輩子的執著叫我十分感動，在投身劇場之初，我遺傳了父親的這份執著，就因為它，我還是屹立不搖。

石：你的作品並未涉及本土文化或鄉間特色，例如《半里長城》難免予人「大中國」的印象？往後你是否會觸及本土題材？

李：我對臺灣本土文化十分尊重，但並不陌生。其實我的台語說得很溜。只是我一直在中華商場長大，對台北大都會有一份特殊的認識與情感。可以這麼說吧，比較之下，我比較熟悉我所生長的這塊土地，尤其是大台北。劇作家通常是觸碰他比較熟悉的題材，我算是這一類的吧。處理這塊土地上的人事物自然比較順手。

石：一般說來，有人認為「屏風」的走向似有偏重商業之嫌，譬如Seven-Eleven曾贊助過「屏風」，而有些人甚至說李國修只會「搞笑」，你覺得呢？

李：嚴格說，不知道你同不同意，臺灣並沒有商業劇團或真正的職業劇團。

石：以百老匯的標準，當然沒有。

李：所以啦，雖然九年下來，「屏風」演出的頻率是每四天一場，但這還稱不上是商業劇場，差遠了。其實臺灣劇場發展至今天只有戲劇「活動」，而無「運動」，也就是很多戲團沉浮不定，如果有一天臺灣出現真正的商業劇場，那臺灣的劇場運動才步上正軌，才稱得上是運動。以「屏風」來說，就編制而言，目前只有九個全職工作人員，而我的理想是至少達到五十人，這就意味著我是把戲劇看成事業，以虔誠的態度來經營「屏風」，換言之，我必須主動向觀眾負責，這是我堅持的信念。

石：的確，缺乏真誠的態度是劇場的致命傷之一。不僅是台北，就是高雄也不乏實例。以演員而言，「屏風」是否也面臨演員流動的困擾？至少在高雄就普遍存在這個弱點。

李：沒錯。這的確也是臺灣劇場普遍存在的嚴肅問題。早於民國七十六年，我就在《民國七十六年備忘錄》的說明書裡，已前瞻性的昭告過：「現有劇團組織的四大特色：一、非專業多於專業，二、學生多於社會青年，三、社會青年中，無業多於有業，四、女性多於男性。」八年晃眼一過，這個問題並未解決。劇團如何留住專職演員，這必須突破才行。

石：這恐怕要發展成真正的職業劇團時，才能解決這個難題。我們都知道，你是臺灣劇團中少數集編導演於一身的靈魂人物，以編導演當中，哪一項是你認為必須改進或加強的？

李：我想編劇吧。這就是為甚麼我很重視紀蔚然教授的意見，他對我幫助很大，同時明年我們決定推出他的劇作。不過我一直堅守劇本創作四大精神：一、對人心現象的呈現及反省，二、對人性的批判或闡揚，三、對人性的挖掘及了解的程度，四、技巧與形式的講究。這也是我的劇作特色，在笑浪底下，觀眾或許可以窺出嚴肅的主題。

石：所以如果說你只搞笑，這是不公平的。前一陣子，報紙刊載你面臨接班危機，這究竟怎麼一回事？

李：我已經四十出頭，「屏風」也九歲了，我總希望能訓練出接班人，好繼續團務。說真的，接班人可不好找。

石：經營劇團確實很辛苦，這是圈內人都能體會的。我想以目前的文化主管單位來說，你有甚麼期望？

李：我希望政府能儘快成立文化部。由文化部積極規劃劇場文化的發展，譬如說，政府可以鼓勵十大企業贊助優秀劇團。日前著名企業贊助職棒的情況很普遍，主因在於觀眾看球賽的多於看舞台劇。其實，文化更需要長期的投入與長期的關懷。

石：的確是這樣，文化工作不可能立竿見影，立即豐收的。在結束訪談之前，你是否有甚麼期望，想告訴港都的觀眾？

李：我對港都的觀眾朋友有一份特殊的感情，不只是因為「屏風」在高雄辦過訓練班，更重要的是，去年南下演出，落幕時，港都的朋友居然起立鼓掌，這是屏風成立以來，第一次面對這麼熱情的鼓勵與肯定，令我們十分感動。我敢說，走遍臺灣，高雄的觀眾最熱情。我期待高雄的演出，又是一次美好的交流。

從民國六十七年加入「蘭陵劇坊」，演出《荷珠新配》的趙旺以來，李國修開始在臺灣劇場界展露頭角。歷經演而優則編導的磨練，李國修更於這塊土地上開拓出屬於「屏風」的劇場天地。他的劇作理念，他的忠心於劇場，以及他的表演風格，在臺灣較負盛名的劇團中，李國修的確獨豎一幟，走出自己的風格。

26 從大學英文作文看青少年心聲

七月初我上台北批改日大聯考英文試卷，首次面對台大閱卷場簡陋而不適的設備，改了一天便感索然乏味。但是，與試者程度相差甚大，第一天就被翻譯答案笑得噴飯。例如，考生可能是緊張，發生不少筆誤。因而鬧出笑話。原來翻譯第五題裡有老一輩比較喜歡吃中國菜這樣的詞句，我就改到兩位考生把「中國菜」寫成「中國腳」（Chinese foot）想來是把 food 誤為 foot 了。同事林麗菊改到更離譜的答案：「中國男性」（Chinese male）！整句的意思變得很血腥：老一輩比較喜歡吃「中國男性」。雖然明知又是筆誤，幾個同事忙著分析這名考生的心態：「她」必定是超級極端女性主義者，不僅要「性高潮」，要「A片」，還恨不得把男性吞食落腹，髮骨不留！跟筆誤有關的是，糊塗考生以立可白點去某些字母，卻忘了補上正確者。大概被立可白的毒性給破壞記憶力了。教育部不已通令禁用有毒的品牌了嗎？

第二天，我發現有趣但不誠實的現象，倒也讓我暫時忘掉閱卷場的不適。就是有些考生「料準」某些批閱者只瞄不細看，於是隨便自前段試題裡胡亂抄兩段放進作文裡塘塞，以為好歹也可以撈幾分。這樣的答案，我只能回贈鴨蛋。於是，翻譯與作文答案都出現這種「電腦亂碼」者，其分數欄必然出現「二筒」（兩顆鴨蛋）。除了「電腦亂碼」心態之外，我還改到所謂「金玉其外，敗絮其中」者。怎麼說呢？這種考生在兩段作文裡，很規矩地寫出主題句，主題句之後勉強說了一些道理，然後就開始「敗絮紛飛，掩人耳目」。如何「敗絮紛飛」呢？一位考生居然抄一段西洋歌曲濫芋充數，還是Lobo的老歌。這是我大一那年開始聽到的，也算是舞會必備名曲，我是邊唱邊讀完這位考生的插花之作，只可惜「魔高一尺，道高三丈」，依然逃不過我精準神眼的掃瞄。不過說真的，能吟唱二十多年前的老歌委實不可多得，畢竟現今的新新人類比較喜歡重金屬音樂。這讓我想起上大一英文教唱英文老歌時，林麗菊老師班上的學生居然能唱出老歌〈鱷魚搖滾〉，倒令我印象深刻。

言歸重點，今年英文作文題目是「抉擇」（Making Decisions）。試題要求第一段陳述「抉擇意味成長」之理，第二段說明自己曾做過最艱難的抉擇。就我改過的答案來說，很多考生把第二段的主題句誤解成我的夢想或我的志願，於是各式各樣的職業與夢想紛紛出籠，教師、醫生、律師、藝術家、音樂家、科學家，更有想當總統的（有何不可，反正是夢想嘛！）。總的來說，學生的作文答案可歸納成下列幾種，都反映了這一代青少年的心聲：

一、乖乖背誦型。這類考生想必是背爛了坊間的「作文大全」，清一色都談到當年選讀高中或高職的決定。文意相差無幾，讀之乏味，眼前像一身卡其衣褲（裙）。這樣的答案毫無創意，有如催眠曲，觀之昏昏欲眠。然而，不少考生透露的訊息是：比較羨慕唸高職的同學一畢業就能賺錢，具功利傾向。

二、同學間誠信原則。不少考生敘述好朋友間誠信經驗，有人因好友偷錢而翻臉，最後互諒而喜劇收場。比較有深度的是，有位女生看到好朋友考試作弊，心想是否該向導師舉發。弄得自己輾轉反側，難以入眠：若當面向導師報告，怕好友懷恨；若不舉發，難耐良心苛責，也害了好友。懂事的女生終於想出良策，寫信給導師。我想導師看了信必然很感動，也慎重處理此事。犯錯的學生得到該有的處罰，學生間的情感依然在。該不該舉發，這位女生確實做了很痛苦的抉擇，十分真實的經驗，是當今年輕人少見的價值觀，可歌可誦。男生的經驗多是拾金不昧（又是作文大全？）或上學途中救助車禍傷害。更有因講義氣為朋友出馬扁人，結果自己捱個大過而面不改色，真有電影《刀瘟》的帥勁。

三、浪子回頭金不換。這類考生敘述拋棄惡習或改頭換面以參加大學聯考的抉擇。男生立志戒菸者還不少，有人拒絕無照飆車，叫人震撼的是拒絕毒品。顯然高中校園裡哈草吸毒的問題依然存在，不容忽視。這些考生都因家長或師長的規勸，才有可能步上正途。有名考生今年第二度參加聯考，因為去年太混，搞得被退學，經家長鼓勵，想通大學教育的重要，於是發憤圖強東山再起，他坦承：「大學聯考決定我的命運。」聽來事態嚴重，祝福他如願以償。

四、求學甘苦經驗。不少學生必須離鄉背井，在外租屋求學。十五歲的少男少女就得學習獨立生活，說來還得一份勇氣才行。為了就讀較好的市區學校，這樣的學生還不少，自然想念溫馨的家。當然也有搭火車或公車通勤的。這讓我想起四月下旬到台北參加研討會後，搭上復興號返回嘉義。火車慢慢地幌，學子越來越多，即使回家路上，車廂內擁擠，仍抱著書本猛K，看在眼裡，叫人心疼。唉！唉！唉！近視就這麼來的。

五、情竇初開，心中有愛。男女考生的感情世界比成人單純得多，相較之下彌足珍貴。不少男生為不知如何選購女朋友的生日禮物而頭痛，深怕不夠體面，不投所好。有時難免為情所困，牽腸掛肚。一名小男生以美麗詞藻形容其女友，怎奈名花四周名仕甚眾，害得小男生竟日失魂落魄，茶飯不思。所幸佳人有感，一笑百媚生，小男生這才還魂過來。當然也有為前途而壯士斷腕者，寫來聲淚俱下，空留遺恨，宛若殘壘。最震撼也最坦白的是一位男生的自白：他和女友已如膠似漆，雙方家長也不反對小倆口交往。他們有個共同的疑惑，到底可不可以偷嚐禁果？他想「要」，她願「給」，正是兩情相悅無盡時。他還頗理智，擔心女友的母親和自己的母親，萬一知道他們那個了會怎麼想？結論是無盡的徬徨，無助地求援。Woop但願西線無戰事。

六、父母離異，子女受苦。有些考生寫出心中之痛，痛源在父母婚姻生變。在考生的記憶裡，這是不可磨滅的創傷。家庭生變，子女必須在父母之間擇一而行。唉！何其殘忍？一般說來，考生不乏依自己好惡做決定。但如果深愛父母雙方，這該怎麼辦？一名女生的抉擇令人折服。她不忍心讓雙親之一失望，於是決定和祖母一起住，這樣爸媽都可以看她，無從爭起。

七、放洋很傲人，月是故鄉明。許多考生，尤其是台北與高雄家境優裕的考生，在國中或高中階段曾面臨是否要當小留學生。有些考生暢談拒當小留學生的理由：我的換帖兄弟都在臺灣這塊土地上，何必到美國受苦？我的英文這麼爛，到美國怎麼混哪？據個人了解，洛杉磯的小留學生還不少，有親人照顧者學業品行皆不差，若是乏人開導，則有可能參加幫會，甚至做奸犯科，斷送前程。為人父母者豈可不慎。讓未成年子女放洋前，是該三思。

綜合來看，日大聯招考生大都把英文作文看成傾吐心聲的天地。平日不敢對父母或師長訴說的秘密，皆在答案卷裡一吐為快，反正閱卷老師不認得考生，也沒閒功夫去思考這些艱難的抉擇。其實這些年輕學子的想法，正是他（她）們的心聲。

我看見純潔、善良、正義、向上的鮮嫩靈魂，他們面對多變的社會，承受比我的青少年時代還要複雜的壓力。這一代的新新人類不盡然是頑固不冥，他們還是可以溝通的。如何與之溝通，師長與家長都該費點心思。威權已不是新新人類所能接受，因為時代不同了，不是嗎？

萬萬沒想到這些心聲像是窗外午後急雨，帶來無限清涼；更像台大側門前福樂早餐裡的咖啡香，令我清醒萬分。今年盛夏能一探年輕人的心聲，當是在閱卷場熬過一週最大的收穫吧。

27 敲叩歐西瑞斯之門

戲劇文化探源之旅——埃及篇

熟悉西洋戲劇史的人都知道，埃及祭祀歐西瑞斯（Osiris）的宗教儀式，可能是人類戲劇活動的源頭之一。也該了解古希臘三大悲劇家的作品，皆於雅典衛城（acropolis）南側的酒神劇場（Theater of Dionysus）競賽演出而揚名立萬，永垂青史。然而，歐西瑞斯的神話是什麼？古希臘劇場究竟是什麼模樣？為什麼古希臘戲劇自希臘帝國覆滅之後即不曾綻開美麗美朵？這都是我想解答的問題。雖然這些都有資料可查，但「百聞不如一見」，我決定親自走訪一趟埃及與希臘。於是賀伯颱風襲台之後，感冒初癒之際，我搭上飛機，一探非歐戲劇文化與文明。

1. 開羅埃及博物館

開羅是整個非洲最大的城市，由回教徒創建於西元九六九年，湛藍的尼羅河由南至北貫穿此城，景緻頗為可觀。但是古老與新興市區住了一千六百萬人，佔埃及總人口的四分之一。街道人車擁擠可想而知。由於埃及憲法規定人民有行的自由，因此市街上盡是各項交通工具，即使農民騎小毛驢上街，行人任意穿越馬路，或者駐足路上聊天也不足為奇。紅綠燈形同虛設，端賴素質不高的白衣警察維持，看不到什麼效果。這番亂象直讓我想起八九年在天安門廣場附近穿越馬路時，北京的朋友毫不在意的說：「紅燈？那是給公安參考的！」交通混亂，東西皆然。

開羅最吸引我的地方，當數此地的博物館。這座褐色的建築，由法國建築師馬歇．道格儂奪標設計，於一九〇二年興建完成。挑高大廳為其特色，足以容納巨大法老石雕。館前有座池塘，植滿蘆葦與蓮花。早在史前時期（prehistorical period, 5000-3100B.C.），蘆葦是上埃及（即南埃及）的國花，而蓮花則象徵下埃及（即北埃及）；時至今日後者已是現代埃及的國花，這兩種深具歷史意義的花朵，經常是各式傳統建築石柱與門窗裝飾或手藝品的主題。如今共生一池，正象徵歷史埃及的南北融合。另外，法老開始執政的古王國（Old Kingdom, 3000-2160B.C.）發明文字後，蘆葦的莖部也是埃及草紙書畫（papyrus）的重要材料。

開羅博物館典藏了埃及近五千年的文物結晶，步入其間，各個時代的豐富文物引我走進埃及古文明的光輝。和世界各地的古文明一樣，古埃及的文物是以彩陶與石雕為開端。彩陶製作較簡樸，多為生活器皿與供具。著名的早期石雕以石灰岩為主。一尊盤膝而坐的書記官，已近五千年歷史。它的造型已屬寫實，全身僅眉、髮、眼描黑，其餘均漆為淺褐。右手握草紙數卷，左手執筆，雙眼倦態微露，仍凝視前方，做受命狀，真是古埃及書記生活至佳寫照。較突出的是一座村長的無花果木雕，真難以想像歷經四千四百年之後，它居然還十分完整。這木雕比書記官還寫實：左手執杖，右手握拳，左腳跨前，態度沉穩。觀其容貌，額頰飽滿，炯炯有神。其腹圓滿，象徵權勢與財富。值得注意的是，男人左腳前伸的立姿，即成為埃及及歷代男性人物立姿造型的典範。

真正令人目不暇給、讚嘆萬分的典藏品，則是法老王木乃伊棺具以及陪葬的金器珠寶。埃及人相信他們的法老王是神靈化身，太陽神亞吞（Atum）的代表，具有獨特治國與維持宇宙秩序的神力。法老王過世後即進入永生，必將護佑廣大子民。一般埃及人也相信，人一過世，出竅的靈魂會回轉，尋找已斷氣的肉身，再度靈肉結合，以享來世。因此必須保持身軀完整，特別是容貌部分，好讓靈魂辨認。法老、王親、祭司、知識份子死後屍體均製成木乃伊，置於墓窖內存放。尤有甚者，連貓、狗、蛇、鱷魚、禿鷹等具有神性的動物也都製成木乃伊。完工的木乃伊必須裹上麻布，裝入內棺。到了新王國時期（1550-1086B.C.）還得將法老臉部戴上華麗的黃金面具。館中最耀眼的是第十八王朝圖坦卡門法老（Tutankhamon, 1336-1327B.C.）的面具，說它是面具，其實是立體的頭套，整個套進死者頭部。純金不說，還鑲有寶石，重達一．一二公斤。造型肅穆，額頭飾有兩種動物。響尾蛇代表下埃及，據說會向敵人噴火；禿鷹則代表上埃及，並象徵女神納克貝。下巴飾有假鬚，雙手交叉，各握連枷與曲柄杖。圖坦卡門的木乃伊裝進三層內棺，最外層表面敷上金箔，其餘兩只內棺則是金塊打造，因而三座內棺重達一百一十公斤。只有絕對權威的法老王，才能把遺體粧扮得如此耀眼。殮入內棺，還得擺進石造的外棺。外棺通常刻有鮮艷的象形文字，以及避邪的咒語。

觀賞過歷代草紙書畫，我終於在同一展覽室找到歐西瑞斯的小雕像。那是一尊漆金的頭部銅像，仰望其貌，神聖而堅毅。想了解歐西瑞斯，就得先弄清他的身世。在埃及龐大多神信仰體系裡，歐西瑞斯為最重要的主神。按照一則創世神話，創世之初宇宙原本充滿大海。大海退去，露出一座山丘，山丘站著創世神，也就是太陽神亞吞。他類似中國神話裡開天闢地的盤古。埃及太陽神育有四名子女，其中兩位是掌管天空的納特（Nut）與主理大地的葛伯（Geb）。他倆結褵後也育有四名子女。其中一對男女即是歐西瑞斯和伊希絲（Isis）。歐西瑞斯後來被奉為國王，娶了妹妹伊希絲為后，生下何羅斯（Horus）。國王勤政愛民，教導子民耕作種麥，釀酒烘麵包，改善民眾生活。他也制定律法，提升道德，維護社會秩序。豈料王弟塞施（Seth）陰謀篡位，某日他設宴款待王兄。席間塞施展現一座華麗內棺，當眾宣佈誰最合身就送給他。歐西瑞斯不知毒計，躺進棺內一試，王弟即刻封棺，命人連棺帶人投入尼羅河。王后伊希絲沿河搜尋找回內棺，王弟將之碎屍成十四段。王后強忍悲慟，尋回屍塊，將之製成埃及第一尊木乃伊，歐西瑞斯得以復活成神。這就是歐西瑞斯的身世與遭遇。

就因為歐西瑞斯復活了，因此他與埃及這塊土地與子民關係最密切。第一，他是埃及眾神中唯一以木乃伊形象出現者。爾後的法老王過世後皆以他的形像製成木乃伊。第二，在世為王時，他主管尼羅河每年定期的氾濫，使農作再生，因而他的神力可以賜與人們豐腴，更是埃及文明的創造者。他的再生能力形成埃及信仰中生命死亡而再生的循環觀念，他遂被奉為再生之神，掌管冥界。

但是王弟篡位的神話並未就此打住。伊希絲茹苦含辛，扶養遺孤何羅斯長大成人。王子即在月神托特（Thot）—也是歐西瑞斯的書記官—協助下為父報仇，正義得以伸張。博物館裡歐西瑞斯雕像旁，即陳列許多伊希絲懷抱何羅斯餵奶的小雕像，年代久遠。寡母育孤的情景，任何人看了都會感動的。母愛是人性光輝之一，可輕易感染不同族群的觀眾。伊希絲超凡的母性使她被尊奉為生命與健康之神，與夫君成為最接近廣大民眾的神靈。即使創世的太陽神亞吞，也因缺乏他們特有的人性而顯得遙不可及。眼前這些迷你尺寸的雕像必是百姓所供奉，足以證明他們無所不在。

歐西瑞斯復活的神話以及對他的膜拜，很快傳遍整個埃及。他與戲劇起源的關係十分密切，在西元前二五〇〇年至少出現與此神有關的祭祀戲劇：《孟菲特劇》（*The Memphite Drama*）與《阿比多斯受難劇》（*Abydos Passion Play*）。前者於每年春天首日上演，敘述歐西瑞斯的死亡與復活，以及何羅斯如何恢復王權。而實際演出時，何羅斯一角可能由法老飾演。至於後者的演出，曾被西元前十九世紀間實際參與的依克諾費（Ikhernofret）銘刻記錄下來，成為研究埃及戲劇源頭的唯一證據。一派學者主張這一年一度的儀式戲劇，是由祭司與民眾在阿比多城共同演出他們熟悉的神話。重要的情節如征戰、遊行、喪禮可能在不同地點演出，而且可能連演數週或數月。資料顯示位於阿比多的歐西瑞斯神廟，仍可看見此神復活的浮雕像。

無論如何，埃及神話裡這則死而復活的母題與希臘戲劇關係密切。因為根據希臘神話，主宰希臘戲劇的酒神戴奧尼色斯（Dionysus）也是死而復活。雅典城祭祀酒神的節慶，是在萬物復甦的春天舉行，官方也同時主辦戲劇競賽。就主題而言，王弟篡位與王子復仇正是希臘悲劇《奧瑞斯提亞》與莎翁《哈姆雷特》的人性刻畫原型。當然，埃及古文化獨特之處還在於法老王留下來的古建築：耀眼的金字塔、古墓群與神殿。

2. 法老的天堂

埃及的金字塔與古墓都是歷代法老王永眠之地，也是他們眼中的天堂。如果說金字塔是沙漠中的金磚，則古墓群便是寶窟。埃及人崇拜太陽神，日出後一片光明，日落後大地漆黑；於是光明代表生命，黑暗象徵死亡。日出日落恒常循環，也讓埃及人深信死後必有來世。法老王是太陽神在人間的唯一代表，在位時即思慮後事，於是大興土木，建構自己永眠的天堂。基於日出日落的生死信仰，尼羅河成了生死分界線；各式神殿皆座落河東，金字塔與古墓群則建於河西。

就演進歷程看來，史前時代的法老墓的造型與第一朝代的宮殿相似，後來發展出階梯金字塔，然後才是大家所熟悉的四面三角錐狀表面光滑的金字塔，最後是地窖式的墓地。幾座宮殿式的古墓目前仍保存下來，建於西元前二九〇〇年的阿哈

（Aha）與後來的烏迪牧（Udimu）墓地實為此類典型。以外表而言，宮殿造型顯示早期法老仍難以割捨陽世生活，直到金字塔一出現，至少外表封閉的結構才斬盡他們與俗世的眷戀。

我所參觀的階梯式金字塔位於沙卡拉（Saqqara）的沙漠裡，是由建築大師印和闐（Inhotep）設計，為舊王國第三王朝左瑟（Zoser, 2668-2647 B.C.）建造的。

首先映入眼簾的是城牆般的入口，帶我通過石柱林立的神龕，踩進細軟黃沙。遙望階梯金字塔，倍感耀眼。階梯式金字塔的結構依施工程序可分為三部分；一、長一二五公尺寬一〇九公尺的塔基，二、自塔基疊上四層塔身，三、在頂端東側建造最後一層尖塔。但第六層已損毀，因此只見五層階梯，高達六二・五公尺。由於炙暑難耐，不少遊客倚著廟牆納涼。一隻黑白花狗趴在沙地吐舌。她很溫馴，再多的遊客也難以驚擾她。這埃及狗兒讓我想起家裡同樣毛色的「八萬」，只是這隻埃及狗體型較大，嘴鼻較長。八萬，八萬還好嗎？

遼闊的墓區內還築有數代王親貴族的墓室。在伊大（Idut）公主的墓室前，我買了一瓶礦泉水，喝了，這才驅除昏眩，得以細心觀看墓壁上的浮雕畫。雕畫的基本技巧是先浮雕後上紅褐色。此地的作品多為生活化的題材，舉凡祭祀行列，宴會歌舞到漁獵生活皆栩栩如生，趣味盎然。一幅書記圖描寫兩位對坐的書記，勤奮工作的情景。有趣的是，他們耳上插兩枝筆，呈現忙碌之狀。一幅描繪尼羅河生活的作品則反映了埃及的智慧。一艘小船搭載四人，右邊第一人跪在船頭奮力划槳，第二人雙手捉住一隻祭獻用的飛雁，第三位左手操槳，右手彎曲做指揮狀。船尾的那位隻膝高跪，右手抓住一隻朝後張望表情驚慌的犢牛，懸在水面。船的畫面，特別是人物的配置，呈現穩重的平衡感，卻也流露速度的動感。光看船上的畫面當然未解其意，若朝犢牛視線望去，答案就揭曉。原來船後二十餘頭牛跟著渡河。公牛不肯渡河，怎麼辦？他們想出的妙計是逮住犢牛懸於船尾，母牛見狀即噗涌入水，公牛也跟著下水追趕母牛。就這樣牛群即成功渡河。河下不少肥魚悠游著，岸上有隻巨鹵裸露的鱷魚，虎視眈眈盯上犢牛，彷彿耐心靜候動手的時機。整幅作品傳達了母牛舐犢深情，令人深省。

不過壁畫中我也看到古埃及人民悲慘的生活。一些法老的官僚正懲處一列欠稅的百姓。懲處的方法十分不人道：將木棍插入人犯的屁眼。受罰者莫不痛楚難耐。

我想這當是最寫實的生活紀錄。浮雕說明了埃及的人體審美觀，他們認為人體側面最能表現神態，所以臉部只出現單眼側面，讓我想起臺灣影偶的側臉造型。但埃及浮雕人物則必須儘量展現胸部正面，以呈現雄偉或豐盈體態。乍看這樣的造型頗不習慣，看多了就漸能體會此類風格之美。

舉世聞名的世界七大奇景之一，即是指建於吉薩（Giza）的三座金字塔。最大的一座名為古夫大金字塔（Great Prafmid of Khufu），高達一四六公尺，底部邊長二三三公尺，體積之大、氣勢之雄穩，非親眼目睹實難以體會。另一座是卡菲王（Khafre）所建，高一三六・五公尺底邊長二一〇・五公尺。最小的一座是孟考爾（Menkaure）建的，高僅六十六公尺底邊一〇八公尺。細觀這三座金字塔，才了解光滑的外表已剝落多時，裸露千層石級，變得粗糙。每層石塊高約七十公分，過去曾開放遊客攀登。一八六七年夏天美國幽默大師馬克・吐溫就攀登過古夫金字塔。整個過程並不好受，他說：「一個阿拉伯人抓住我們的手臂，拖著我們一級一級跳上去。每次我們都要把腳抬到胸部那麼高，而且要快，不能停止，簡直要累昏了。」休息過兩次，爬過數不清的石階，馬克・吐溫完成攀爬壯舉。他說：「我到頂上時雖然倒在地上，渾身癱瘓，精疲力竭，但還是愉快的。」

幽默大師的經驗叫人神往，但後來曾發生過意外，也就嚴禁遊客攀登。不過現代遊客比馬克．吐溫幸運，可以深入孟考爾金字塔參觀。當年此塔尚未完工，法老王即升天，乃由其子繼續倉促建成，品管與規模都差多了。進出的遊客甚多，擠在狹窄的走道，滋味並不好受。斜坡很大，還得當心滑倒。內部尚保存不少壁畫，當然王棺與珍寶已處理，不可能留置此塔。

來到吉薩金字塔群必一睹著名的人面獅身像（Sphinx）。它的原名為Hor-e-Akhet，意思是「地平線上的何羅斯」，可見它與歐西瑞斯崇拜有關。長達七十三公尺的獅身人面像是造來鎮守卡菲王的金字塔，因此這人面也就是依照卡菲的容貌雕成。此像的右臉部分損毀，除了風沙侵蝕，還得歸罪於拿破崙士兵的無聊濫射。這座石像與金字塔齊名，同是埃及古王國的遺跡。我看到的另一面獅身像則位於孟菲斯，其規模與歷史皆比不上獻給卡菲王的作品。

陸克索（Luxor）是埃及南部大城，原名是底比斯（Thebes），意為「宮殿」，是新王國歷代的國都。尼羅河流穿此地，兩岸盡是綠野良田。佇立河畔，依稀可想像出新王國盛世的繁榮。河東有神殿區，河西有帝王谷墓群與靈廟。古墓的主人皆屬此一時期的帝王。

埃及習俗夫妻分葬，說明古老封建思想，也留下帝王谷、王后谷與貴族谷等古墓群。帝王谷位於緊貼著尼羅河西岸山巒間的小峽谷。峽谷兩側羅列無數王陵，堅硬山壁不僅形成天然屏障，若依風水觀之，亦屬絕佳之地。我看到的一座王墓屬於薩莫西三世（Thutmose III, 1479-1425 B.C.）。此墓入口上方，即繪著太陽神一日間變化的三種圖像：上午是糞甲蟲，中午是橘色日盤，下午是供養人形神，也是他真正的模樣。門內為一系列程式化的圖案，即墳地主人晉見冥府之神歐西瑞斯，接受正義女神瑪忒（Maat）的審判。此神之名意為「正直」，頭戴「真理之羽」，雙手是藍色羽翼，掌管正義，真理與秩序。法老的心被放到天平上秤，另一邊則為正義之神的羽毛，以決定他是否夠資格升天。如果罪孽深重，在旁等候的鱷魚即將之吞食。當然從未有法老被鱷魚吞食的，畢竟他們是「天之驕子」！法老名節豈容污衊？這不虛偽造假嗎？壁畫又顯示，法老身繫兩個象形文圖章，一是出生之名，另一是登基之名，這倒類似中國帝王使用私章，便利後代史家辨認誰是誰。古墓壁畫中使我印象最深的是法老王吸吮一棵樹。導遊解釋這是法老思念母親養育之恩，而母親就像一棵生命樹，滋潤他的生命。我又見到偉大的親情。

和金字塔一樣，古墓群裡除了壁畫之外，仍可看見空盪的石棺，珍貴的陪葬品早已陸續被盜，數量之多難以想像。這是埃及古文物的浩劫，而犯案者正是拿破崙以來的西方列強。如此的摧殘仍可在河東的神廟窺出端倪。

帝王谷與西岸良田間的山坡上，如今還聚居藝匠的後代。此地即名為工匠村。他們的先祖曾參與古墓的建造，如今憑著祖傳技藝開藝品店營生。許多店面牆上繪有飛機或輪船，表示這個家庭有人已到過麥加朝聖。百分之八十五的現代埃及人篤信回教，有能力完成朝聖之旅，當然得炫耀一番。

底比斯古都保存著兩座著名神殿，它們標誌新王國宗教勢力的崛起與空前的武力盛世。卡內加神殿主要是供奉底比斯當地崛起的三神靈：阿蒙瑞（Amun-Ra）、其妻謬特（Mut）與其子空素（Khonsu）。由於法老篤信與宣揚，這些地方神祇取代原來的太陽神，也受到全民崇奉。卡內加神殿區佔地廣達二十五公頃，堪稱世界第一大神廟。它始建於第十八王朝的兩位法老，第十九王朝的法老們也因炫耀戰功而擴建此廟。一到此廟，象徵阿蒙瑞主神的羚羊獅身雕像構成的聖道已顯露相當氣勢，走近城牆仰望更覺雄偉。牆上的浮雕默默述說法老殲敵情景，如此安排據說有驅邪嚇敵功效。通過城門可見寬廣中庭，此地最顯眼的是一座高十五公尺的皮奴丹（Pinudjem）石像。此君原係底比斯阿蒙瑞主神的大祭司，權勢敵國而成為法老。這是埃及史上祭司篡位的實例。他的雕像顯示男尊女卑的舊思想，原來兩腿間立著王后像，高度僅達他胯部。

接著是氣勢雄渾的巨柱廳，它由亞蒙賀德三世（Amenhotep III, 1390-1352）始建於西元前一三七五年。狹小的五千餘平方公尺土地上豎滿一三四支高二十三公尺的石柱，廳頂已不見蹤影。每根石柱皆有精美彩色浮雕，敘述神話與戰績。五柱頂端雕成蘆葦狀，圓周長約十五公尺，穩穩地支撐石樑，也夠讓四十人站立其間。樑上建有窗楞，以引進陽光。石柱節比鱗次，狀若茂密森林，漫步其間，予人安穩之感，也乍舌於其鬼斧神工。走過巨柱廳，即見一支高聳入雲的方尖碑（obelisk）。方尖碑象徵太陽神，是埃及宗教建築的創建。美國華府的白色方尖碑可說是它的曾曾孫。此殿原有九支方尖碑，眼前的則是殘存的兩支之一，重達三二〇噸，高二十五公尺，是薩莫斯三世所建。另一支方尖碑由此廟首創者荷雪淑（Hatshepsut, 1479-1457 B.C.）—埃及第一位女法老—所建，但其姪子薩莫斯三世繼位後，卻將姑媽的方尖碑四周礙上高牆，阻擋陽光，卻意外得以保存至今。如今圍牆拆除，碑身色彩已是上淡下暗，儘管如此，午後陽光獨讓此碑閃爍耀眼，委實神奇。此地無數炫耀法老戰功的浮雕，一部分是出自拉姆西斯二世（Ramses II, 1279-1213 B.C.）的御用詩人潘陶（Pentaur）的史詩，把這位法老描寫成神勇無比的戰將。其中首度出現猶太俘虜的姓氏，提供史家豐富資料。

談到拉母西斯二世，初訪埃及的觀光客都會自導遊口中得到這樣的印象：他患有嚴重的自戀狂。這樣的印象說來也沒錯，因為戰功彪炳，他到處蓋神廟獻給底比斯三神，到處可見他那碩大無比的雕像。孟菲斯躺著一座，開羅火車站前也立了一座。他在位六十七年，子女百餘位，連漢武帝、唐太宗都自嘆弗如。據說他還有自大狂，看到先王的雕像比他的壯觀，他會把圖章毀掉，刻上自己的玉璽。剽竊之風以他為首。在此導遊說了一則笑話。某日帶一團日本人在古蹟旁休息，靈感一來，指著一棵椰棗樹說：「此樹已數千高齡。」此話一出，但見日本人各個頂禮膜拜，相機猛拍個不停。雖是笑話，也說明日本人相信權威，尊敬歷史。可是矛盾的是，他們篡改侵華史啊。

我所看到的第三座方尖碑位於路克索神殿城門外左側，與拉姆西斯大帝的兩座石像並列。這當然是自戀的法老的傑作。不過，右側的方尖碑已於一八三三年被法國「保存」在巴黎的協和廣場。路克索神殿規模較小，也歷經不少朝代才建妥，同樣供奉底比斯三神。類似的埃及古石柱已不太吸引我，但羅馬時代以降的建築卻引發我的注意。一座中世紀清真寺建在古牆上，在整座神殿內其特殊造型自然突出顯眼。另外，有處小廟被改建成東正教教堂，殘蹟裡仍保存些許宗教壁畫。

走過金字塔、帝王谷與神殿，我不過稍稍明白埃及古文明的輪廓。宏偉的建築、精美壁畫與複雜信仰實為此行重要收穫。回到飯店裡，大廳正舉行婚禮，喜氣洋洋。觀光勝地的法老後裔們，是否有心追回散落世界各地的埃及文物？

3. 開羅街頭剪影

擁擠的開羅市區無時無刻總是人群熙攘。導遊哈利德說，埃及的公務人員一天大概只上一小時的班。早上進辦公室便先看報喝茶聊天，然後一人留守，其餘便各自逛街，或上菸館哈菸，展現大男人氣概。尤其甚者，還兼開計程車賺外快。如此低落的行政效率，一般皆歸咎於偏低的月薪。埃及的國民平均所得只達一千多美元，農村地區依然貧窮。但是豐富的觀光資源則是埃及四大收入之一，觀光客所到之處，埃及文化商品便任君挑選。

某日下午，在一座佔地頗廣的市集裡，導遊帶著臺灣客到一家小攤販喝甘蔗汁。這裡的甘蔗長得比較白，不削皮即榨汁，味道一樣甘甜。攤販眼見一下子來了三十多名金主，雙手雖忙亂，卻笑得十分開心。一群人喝甘蔗汁的畫面一時吸引不少當地人的目光。我想在地人心裡或許這麼想著：「怎麼，日本沒甘蔗嗎？」

就在眾人解渴之時，一位衣衫襤褸的婦人一跛一跛地走來，看不見右腳掌。我塞給她一張埃鎊，忘了面值。她稱謝後，即向人要果汁喝。一名肉餅店的粗壯男人怕她嚇走客人，氣沖沖地對她粗言粗語。那婦人瞪著漢子，目光逼人，嘴裡嘀咕嘀咕，並未大聲反擊。突然，我發現一張充滿尊嚴的臉，在黃昏裡發光。旁人，於心不忍，遂遞上一杯甘蔗汁，果然不出所料，她並未接受，逕自一跛一跛地離去。

這位殘障女乞丐讓人想起我們都熟悉的「不食嗟來食」的故事。為了尊嚴她拒絕了好意施捨的果汁。人活在世上最可貴的便是維護尊嚴。而她的行徑卻勾回我兩次遇上乞討的經驗。第一次是在埃及博物館內。咦？博物館怎麼有乞丐？當然有，只是警察扮乞丐罷了。一到埃及，我就看上軍人的扁帽，帥氣十足。在博物館裡我和一名警察聊天，看他頗和氣，我天真地想以物易物。我給了半包萬寶路，他還要走我的簽字筆。另一名警察也湊過來要東西。只是我已無物可給，也沒換到帽子。他們尾隨我進一間遊客稀少的展覽室，裝著為我拍照。等遊客離去，一個把風，另一個便開口要錢。我毫無理由答應這樣的要求，便快步走出展覽室，鑽進人群裡。

相對地，我卻樂意幫助一名小女孩。某日參觀過路克索神殿，回到遊覽車旁燃菸歇息，兩眼仍掃瞄一棟清真寺。夕陽斜照下別有韻味。正望著入神，耳畔傳來童嫩的英語：Hello, hello! 回頭一望，是個埃及小女孩。她看看我手上的菸，嚷著：

papa, papa! 我即刻會意了。她想要根菸給她爸爸抽。於是一股憐憫油然而生，隨手遞給她一根菸。接過菸她一蹦一跳地跑回家。

這三次經驗說明埃及政府需要加強人民的社會福利。雖然《可蘭經》說富人得幫助窮人，但顯然尚未落實。儘管政經上埃及算是非洲回教國家中的大哥，但行政效率與民眾生活仍需大幅改善。導遊風趣的說，現在埃及總統利用優勢政治資源，篡改憲法，讓自己再連任一屆：總統寶座真舒服，但廣大農民仍貧窮。在我聽來，政治最能檢驗貪婪人性，唉，唉，東西又皆然。

在市集的另一街角，我嘗著可口的椰仁，藉以消暑。老闆則坐著抽煙，等待顧客上門。不久，一名老農走近攤位，掏出懷裡的水果，擺在攤上，顯然是想賣給老闆。老農一身黑服，矮小瘦弱，以幾近懇求的眼光，朝著胖老闆說話，原來老農想賣五六顆新鮮無花果。眼見老闆遲疑，他又加上一粒。好一陣子，老闆才歪著屁股，伸入口袋掏出一個銅板。可以看得出來老農嫌少，但胖老闆大手一揮，老農也莫可奈何，只好走人。

夕陽漸斜，市集反而愈喧囂，各商號忙著招呼觀光客，不少在地人圍著地攤購買埃及大餅充饑。而我和團員得登上遊艇，體驗尼羅河風情。

4. 尼羅河風情

流竄六個非洲國家，長達六千六百七十公里的尼羅河，是造物者賜給埃及最大的禮物，正和黃河流域創造中原古文明一樣，它孕育了埃及傲世的古文明。白尼羅河是它的主流，發源自赤道以南；春天時其主支流藍尼羅河因伊索比亞高山雪水融化，而在埃及境內氾濫，洪水被疏導，肥沃的黑土即覆蓋兩岸，皆有利農耕。就這樣，尼羅河每年的定期氾濫，遂使農作獲得新生契機。尼羅河氾濫成了埃及農民的最愛。自古埃及人即崇拜尼羅河，除了歐西瑞斯，他們也創造一位雌雄同體的尼羅河神哈比（Hapy）此神造型如法老，也載有假鬚，卻有豐滿的乳房。根據信仰，這乳房象徵源源不絕的尼羅河水，哺育世代子民。

第一次看清尼羅河的手姿，是在路克索搭船渡河至西岸帝王谷的時候。艷陽下的尼羅河，可說是水天一色，藍得滲入心脾。河水清澈，未見污染，這得歸功於工業尚未呑蝕此地。河中除了渡輪，即是悠遊的帆船，三三兩兩點綴其間。兩岸遍植椰棗讓人想起南加州的景緻。細觀農地，果真是肥沃的黑土，養活了各式蔬果農作。

尼羅河的夜色，如果加上民族歌舞，那就更埃及了。就在開羅的遊輪上我體驗了尼羅河的歡樂面。船上皆是來自各地的觀光客，如臺灣、韓國、日本、歐洲和阿拉伯回教世界。晚餐時，各聚一角觀賞節目。西洋樂隊率先登場，演奏通俗歌曲如披頭四的〈米雪兒〉，以吸引觀光客。接著就是埃及傳統樂器演奏，其強烈震撼效果令人耳目一新，尤其是上演迴旋彩衣舞時，更是叫人讚嘆。整個演出的最高潮當是火辣的肚皮舞。埃及的肚皮舞孃分成數級，收入卻相當高。眼前這位舞孃堪稱「賽波霸」，隨著樂聲盡情扭舞，香艷照人。熱舞之後，船上的外籍兒童幾乎全被號召上台，隨她跳肚皮舞，他們認真無邪的模樣贏得熱烈掌聲。

趁著回航信步登上甲板，一輪上弦月高掛星空。兩岸盡是外國廠商的廣告燈火，河面映照星月與燈火，靜謐清涼。只是鄰船擦身滑過時，便化作萬片碎金，久久不散。這就是尼羅河風情。

第四天清晨，參觀了沙達特遇害的閱兵台以及對面的沙達特紀念碑。歷史悲劇使空盪的閱兵台閒置多年，仿金字塔的紀念碑刻著埃及人熟知的各種稱呼，如此即可告慰沙達特與埃及無名英靈。在此地團員紛紛和兩位埃及導遊—哈利德與哈尼—合影。離情隨漸強的陽光而高漲。他們是友善坦誠的知識份子。我忘不了哈利德以漢語解說時如雨的汗珠，也欣賞哈尼的溫文儒雅，所以在機場我把整包萬寶路都留給他。我忘了告訴他那是我從高雄帶去的。

28 典型夙昔在

——追念姚師一葦

四月十一日正觀看華視晚間新聞，主播宣佈了難以讓我置信的消息：戲劇大師姚一葦今日上午病逝。怎麼可能？四月五日我才上臺北探望姚師，送他一本我的著作，跟他聊了近兩小時。姚師還高興地請我吃蛋糕。怎麼就這樣走了？

記憶立刻回到民國六十五年四月。我悄悄地上陽明山報考當時國內唯一的藝術研究所，口試時我第一次見到姚師。他先翻開一段有關藝術批評的英文要我翻譯給他聽，然後問我是否真有興趣研究戲劇？如果沒有興趣可別來。我據實以報：興趣十足，永不悔改。接著姚師問我讀過哪些西洋劇本？我順口說了幾齣，他就要我解說易卜生的《野鴨》，我答得很順利。最後，姚師問我是否有演劇經驗？我還是據實回答，例如法國莫里哀的《奇想病人》、俄國契訶夫的《求婚記》等。沒想到姚師眉頭一鎖，質問道：「契訶夫寫過這齣戲？」我還是據實回答：「我在東海大學演過該劇裡的爸爸。」只見姚師思索一陣，旋即點頭：「有，有，是獨幕劇。」口試完，我獨自下山，心情有些懊惱：我怎麼敢跟口試委員爭辯？心想這下子沒希望了，準備當預官去吧！不久出乎預料，放榜時我看到自己的名字。

成了姚師的門生，戲劇組一二年級的研究生每周有一晚得到姚師家中上課。高我一屆的有劉森堯、吳麗蘭、林清涼、陳玲玲，我的同學則有林國源與詹惠登，低我一屆的是黃建業、張妮娜和吳振芳。尖峰時間從華岡趕到木柵上課得轉兩道車，頗為辛苦。不過即使秋冬風雨交加，卻從來沒人缺課，因為沒人願意錯過姚師精彩的講課內容，就連姚師的女兒海星也跟著旁聽。姚師家居儉樸，上課時劉森堯跟我喜歡泡杯狀元牌咖啡，休息時還允許我們抽菸，夠自在了。

姚師主持文化藝研所時，費盡心思聘請一時之選的名師：俞師大綱、黃師美序及吳師靜吉等。只是還來不及修課，俞師大綱就辭世，讓我引以為憾。黃師的課也是在他家上，不同的是，休息時我們可以打打客廳裡的撞球。下課後一群人總會在師大路旁共啖「大碗公」牛肉麵。或大辣或小辣。而吳師靜吉教我們紐約實驗劇場表演體系，風趣而充實，那段讀書生涯充滿趣味。當時姚師最高興的是藝研所師生演出他的《一口箱子》。該劇由黃師執導，汪其楣擔任表演教練，還找到初演舞台劇的李立群擔任主角，以及後來走紅的金世傑、雷威遠與文帥。同學們負責票務、文宣、燈光等工作，只有我技癢，客串報僮一角。演出效果相當不錯，當時蘭陵劇坊尚未成立。

印象中藝研所的師長不曾在學生面前發過脾氣，師生關係融洽是一大特色，而他們的治學態度自然影響了學生。於是劉森堯率先在副刊寫影評，為志文出版社翻譯電影理論，接著林國源譯了史特林堡的小說與戲劇。在他們激勵下，我則在研三時翻譯出版了《現代劇場藝術》。學長中曾西霸也寫影評，牛川海、劉效鵬、侯啟平也跟我們頗熟。

畢業後我在金門服役，姚師奉命籌備國立藝術學院並擔任教務長及戲劇系主任，苦心經營校園。許多同學跟隨姚師進了國立藝術學院服務，我則回到高雄在道明高中教英文。七十二年高師院話劇社請我指導該社，首度公演時，我就想起姚師的《一口箱子》。我打電話稟報這項計畫，姚師說樂觀其成。後來教了四年書，我決定出國唸書，於是姚師、黃師與吳師教欣然為我寫推薦函。

赴美七年半，仍然與師長們保持聯繫。八十年返國結婚時，姚黃二師成了座上賓。席間他們勉勵我早日學成歸國，以作育戲劇英才。兩年後返國求職時，姚黃二師的推薦函讓我順利任教於中正大學外文系。兩年前姚師以七十三高齡執導新作《重新開始》，激起我創作劇本的念頭。去年夏天成大外文系期刊《小說與戲劇》刊出我的《小兵之死／一九九五》，書林出版公司有意出版該劇，於是我把劇本寄給姚師請求題序。沒想到姚師才大病初癒，一周內即接獲恩師手諭：欣欣題序。我立即覆函，感謝恩師相助外，並將以恩師為典範，教育學子。光復節次日下午，我和紀蔚然同去拜見姚師，聊了很多，他說：「寫劇需要衝勁的。」姚師還站著為他的新書《藝術批評》題字相贈，並一再垂詢我在成大的近況。我真正感受到姚師呵護、鼓勵學子的真誠，二十年如一日。當夜趕回高雄，翌日，長子守成竟提前誕生。

三月底，我把另兩齣新作《X山豬的故事／一九九四》與《臺灣人間（兼）神／一九九六》原稿寄給姚師，並約好四月五日十點半去見他。十點整姚師開門，近半年未見，他的氣色依然紅潤。姚師見到我送他的書，非常高興，提到他家鄉演出傀儡戲的往事。不過，他以為《小》劇已出版，想先睹為快。我趕快解釋，月底才出版，屆時必然親來相贈。至於我的兩部新劇本，他看出我要傳達的訊息，就繞著主題談了一陣，也聊了老同學的近況。師母端來蛋糕，我才知道是姚師的生日，而我卻沒帶禮物。他笑著說：「多寫些劇本。」告辭後，我告訴自己：「明年的今天要帶蛋糕來。」

聽到噩耗當夜，我撥電話給任教於文藻的學妹張妮娜。她不敢相信這個消息，還說想在暑假北上探望姚師。想起姚師的親切，不禁叫人悵然。我提到四月五日的蛋糕，她說：「你好福氣，吃到姚師的蛋糕。」今夜，學長牛川海來電，建議文化藝研所的門生安排一次公祭。我可以聯絡高雄的張妮娜和文化中心副處長劉兄火龍。

姚老師您真的走了？您為《小》劇題的序竟是為生所題的第一篇也是最後一篇。師恩浩瀚，無以回報，只能學習您的典範，如此而已。姚師，請安息。劇本出版時，學生當火化一冊，伴您長眠。

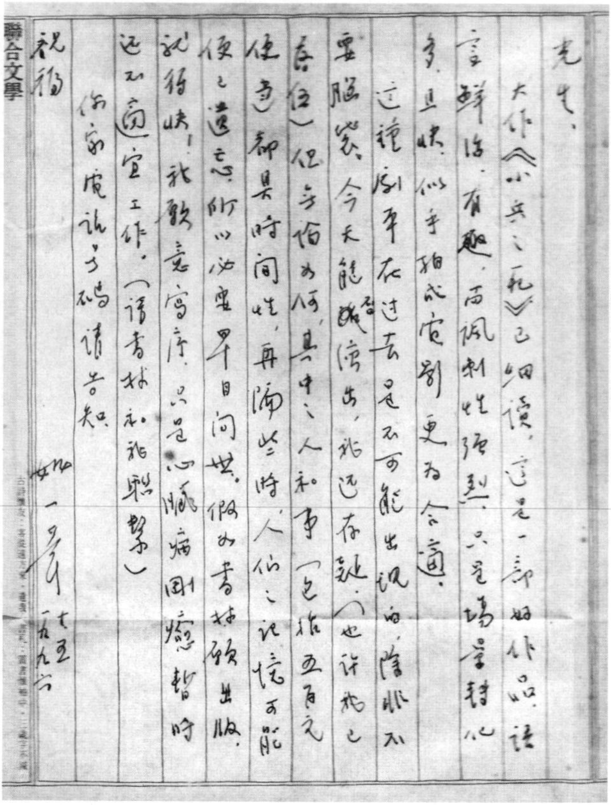

光生，

大作《小兵之死》已細讀，這是一部好作品。語言鮮活，有趣，而諷刺性強烈。只是場景轉換多且快，似乎拍成電影更為合適。

這種劇本在過去是不可能出現的，隨時入罪要腦袋，今天能夠演出，我還存疑。（也許我已落伍）但無論如何，其中之人和事（包括五百元[illegible]）都具時間性，再隔些時，人們之記憶可能使之遺忘，所以必需早日問世。假如書林願出版，就很好！我願意寫序，只是心臟病剛癒，暫時還不適宜工作。（請書林和我聯繫）

祝福

你家電話號碼請告知

姚一葦 一九九六 十二 五

聯合文學

圖 28-6　1996 年姚師一葦寫給作者的信函，鼓勵多創作。

29 觀受刑人演劇記

十二月十一、十二日，我應邀至位於大寮鄉的高雄監獄，評審法務部首度舉辦的受刑人戲劇競賽的南區複賽。為了落實心靈改革與宣導反毒，法務部每年春天舉辦藝文競賽，冬天則舉辦戲劇比賽。複賽分北中南東四區各自舉行，每區前三名則自動進入決賽。這樣的比賽客觀上即有相當的安全顧慮，因此參賽單位無法聚集一堂，現場競技，只能自行將參賽演出錄影剪輯後，寄至各區承辦單位。為求公正，錄影帶並未載明參賽單位名稱，僅予以編號而已。這可說是受刑人演劇有別於一般戲劇競賽之特色。

綜合南區十三團隊的演出，可以看到以下的特質：

一、反毒主題。此次競演的大主題是「有情關懷，成長與蛻變」，在這樣的大前提之下，每隊各自編劇，闡釋自己關注的主題。為了強調「關懷」、突顯「蛻變」，多數的劇本皆因循固定的劇情模式進行：年輕人缺乏家庭溫暖，誤交損友陷入毒品與色情深淵，被捕入獄接受感化，痛悟前非，出獄重生。少數的劇本則自行顯現關心的主題。例如，第十二隊融合董卓、貂蟬與呂布的故事，敷演古典衝突後，人物轉入現代社會的情境。這樣的劇本跳脫前述的窠臼，甚具創意，且一新耳目，因此就編劇技巧與闡揚主題上此劇相當成功。沒有濃濃的說教意味，但見真情流露。另一個特殊的題材即是第六隊的演出。它以宋七力詐財事件為主軸，指陳當今宗教亂象。就劇本而言，的確不同。當然也有較差的劇情。例如第十二隊只是教師要一群少年犯逐一背誦《三字經》，從頭到尾，即看不到應有的戲劇因素，過濃的說教與沉悶的過程，也使我們看不到戲劇應有的趣味。

就國內各式犯罪型態，毒品、情色與槍械可謂三大主因；而人們爭奪金錢、色慾與權勢，則往往導致暴力相向，於是悲劇連連。整體觀之，反毒題材可謂切中犯罪主因之一，在宣導毒害、教導受刑人遠離毒品這方面，絕對具備正面價值，值得推廣。

二、表演藝術。初次觀看受刑人演劇，令我訝異的是，受刑人當中的確有不少演劇人才。前面提到的第十一隊正是佳例。該劇融合傳統歌仔戲與現代舞台劇之特色。歌仔戲部分，無論唱腔、對白、套招或身段，皆不下於當今職業劇團的架勢。及至現代舞台劇部分，亦可窺見整齊的表演技巧。例如，他們都懂得隨時面對鏡頭，讓觀眾一目了然：五位少女在Disco pub裡跳舞，舞姿散發優雅的活力，看得評審頻頻點頭。在群體場面，我看到導演一絲不苟的場面調度手法，舞台畫面不見多餘的一人一物。顯然，該隊擁有相當的戲劇人才，經過指點與排練，才可能在有限的時間內展現這樣的成果。

受刑人演劇的特色是，他們頗能入戲。誤入歧途正是他們共同的經驗，因此演員們等於是在詮釋「前非」，扮演迷失的過去：既是熟悉的往事與過去的「自己」，因而演來即入木三分。例如，第二隊演出《悔》之中，演員們即以熟悉的語言、肢體動作與表情打動評審。演大哥者像大哥，演小嘍囉者就像小「豎仔」。此刻技巧上的另一個特色是，每場演出都可窺出運鏡者與剪輯者的巧思，使得畫面的轉換與演員動線十分流暢。另外，第四隊是一齣以兩個朋友不同遭遇為對照的戲，演員扮演悔改的情景叫人不禁動容、唏噓。

或者讀者大眾皆應認識到這樣的事實：受刑人也是血肉之軀，他們有理性亦有感性，他們有時歡欣有時鬱卒。就演劇而言，他們亦無異於一般社會劇團；甚至我覺得優勝的團隊並不遜於大專話劇比賽或高雄市的舞台劇競賽。在舞台上，他們抽菸喝酒（茶水？）、盡情狂歡、打架扁人、熱歌勁舞、痛苦悔改之際，戲劇提供他們渲洩鬱卒的管道，展現才華的小天地，舞台上呈現的是一個個健康的國民，無限的生命熱火。

當今的戲劇活動可以用在學校教育、醫學治療與特殊教育上。譬如，戲劇可以疏散病患——諸如自閉症患者——的封閉心靈，讓他重返開放世界。一九七九年我在國防管理學校受訓時，編導過《荊軻刺秦王》，讓預官同僚度過有趣的聯歡晚會。一九八三年我以高雄市玫瑰堂的郭德剛神父的故事，找來「好動的」高二學生，在道明中學的聖誕晚會上演出。學生觀眾沒像往年因枯燥說教的馬槽聖嬰故事而呼呼大睡，倒是被劇中熟悉的語言逗樂了。一九八六年我曾在Iowa大學參加過喜憨兒團體的演劇活動，那次經驗讓我更尊重每個生命，更體會戲劇多樣的社會功能。今年，同樣的關懷讓我接觸到國內受刑人的戲劇競演，內心的感動無以名狀。

建議法務部讓決賽優勝團隊巡迴全國監所演出，更重要的是，不妨安排在縣市文化中心正式與外界見面。如此更可讓社會大眾明白監所執行感化心靈的重大成果，相信也可以激勵受刑人的榮譽感與自律感，讓民眾明白「知錯能改」的意義。

進出花木扶疏的高雄監獄，教化科的歐詠菘先生讓我看到一系列感化措施：書法、美術、雕刻、讀書會、宗教潛修等等。基督教室內一群人正全神貫注地歡唱頌歌，來到天主教教室，看到教室後一位滿頭白髮身材瘦小的外籍神父，我們目光接觸時，我先點頭，他也立刻禮貌地回報，他那第一次接觸卻又那麼熟悉、溫馨的眼神似乎告訴我：讓我們一同付出「有情關懷」，讓受刑人「成長與蛻變」。

評審圓滿結束，走出大廳，受刑人正唱著熟悉的軍歌，軍歌嘹亮響徹雲霄，而白花花的冬陽則溫暖著每個受刑人。我期望我們的民眾有免於恐懼的自由，社會永遠充滿溫馨的人生，沒有仇恨、暴力、血淚與無奈，取而代之的是：關懷、鼓勵、信任、尊重與無盡時的愛。

生年著作年表

一九五四　出生於高雄縣橋頭鄉白樹村。

一九六〇　就讀高雄縣橋頭鄉仕隆國小。

一九六六　就讀高雄縣橋頭初中。

一九六八　移居高雄市，就讀第九初中。

一九六九　就讀省立鳳山高中。

一九七二　就讀東海大學外文系，大一在《東海導報》發表散文處女作〈晨之旅〉，在美籍教師赫博鼓勵下參加多次英劇演出：伊歐涅斯柯的《蛋》、契訶夫的《求婚記》、莫里哀的《奇想病人》等。

一九七六　進入文化學院藝術研究所，從俞大綱、姚一葦、黃美序、吳靜吉學習戲劇。

一九七七　參加姚一葦劇作、黃美序執導的《一口箱子》演出，飾演報僮。

一九七八　翻譯出版 Edward A. Wright《現代劇場藝術》。

一九七九　獲得碩士學位。入伍，在臺南新化服兵役，於陸軍三十三師步二營擔任少尉人事官。

一九八〇　移防至金門。

一九八一　在金門退伍。於高雄市道明中學擔任英文教師。

一九八二　開始在《臺灣新聞報》西子灣副刊發表作品〈金門散記〉等。參加「清溪文藝學會高雄分會」，繼續發表劇評、影評與散文。擔任高雄師院話劇社指導老師。

一九八三　執導《一口箱子》，於至善廳演出。翻譯貝克特的《無言的實驗》，並執導此劇。

一九八四　編導《郭神父傳》於道明中學演出，《后羿與嫦娥》於至善廳演出。

一九八五　編導《鵲橋仙》。前往美國愛荷華大學（University of Iowa）研究戲劇，繼續發表散文〈愛荷華尋屋記〉等。參加愛大臺灣留學生改編白先勇小說之舞台劇《最後一夜》演出。

一九八六　獲戲劇碩士學位，前往加州大學洛杉磯分校（University of California, Los Angeles）攻讀戲劇博士。繼續發表散文〈紐約—夢幻之都〉、〈死谷獨行記〉等。

一九八七　創作英劇 *Bridge of Magpies* 獲得加州大學「哈利克尼茲創作獎」（Harry Kernitze Creative Writing Award）。發表〈我燒中國菜〉等。

一九八八　參與美國電影學院大陸學生田芬執導的電影《山連山》，飾演農民。執導 Bridge of Magpies，獲駐美代表錢復博士讚揚與贊助製作費。協助鄭佩佩的電視製作公司拍攝「紀念華人移民美國兩百週年」電視記錄片《繼往開來》十三集。

一九八九　前往山西考察元代戲臺。發表〈大陸行腳〉、短篇小說〈天堂鳥〉。獲頒「中華民國海外優秀青年榮譽獎章」。

一九九〇　獲得第一屆蔣經國學術交流基金會博士論文獎助。發表短篇小說〈蝶戀蜂〉。二度前往大陸考察戲劇資料。走過廣東、貴州、雲南、北京、山西、內蒙古，拍攝英語電視記錄片〈蒙古族〉。

一九九一　三度前往大陸考察戲曲文物。前往湖南吉首土家族自治區參加第二屆中國國際儺戲學術研討會，發表〈儺戲的巫教根源〉。在UCLA協助尹祺拍攝並參演英語畢業電影短片《LA阿傑》。

一九九二　獲得戲劇博士學位。博士論文為 *Ritualisitc Aspects of Yuan Tsa-chu Theatre*（《元雜劇的祭祀層次》）

一九九三　發表〈通俗的古典〉、〈高雄劇運強強滾〉等作品。於國立中正大學外文系擔任教職。發表作品〈天祿師的叮嚀〉、短篇小說〈明年此時〉等。

一九九四　發表短篇小說〈滿潮心事〉等作品。

一九九五　教育部出版《皮影戲張德成—重要民族藝術藝師生命史（I）》。

一九九六　發表〈高原的葬禮〉、〈毀滅與再建〉等作品。於國立成功大學藝術研究所擔任教職。繼續發表作品〈本土與譯作的思索〉、〈敲扣歐西瑞斯之門〉。獲得臺灣新聞報社「西子灣年度最佳評論獎」。

一九九七　繼續發表作品。出版劇作「臺灣世紀末三部曲」：《小兵之死／一九九五》、《X山豬的故事／一九九四》與《臺灣人間（兼）神／一九九六》。發表〈典型夙昔在—追念姚師一葦〉與〈觀受刑人演劇記〉。前往埃及、希臘考察劇場文化。

一九九八　「臺灣世紀末三部曲」獲第十七屆高雄市文藝獎戲劇類首獎。高雄縣立文化中心出版《皮影戲師許福能生命史》。

一九九九　台南市立文化中心出版《石光生散文集》，出版英文劇本 Bridge of Magpies，《臺灣人間（兼）神／一九九六》於逢甲大學演出。

二〇〇〇　獲得國科會八十八學年度甲種研究獎勵，出版《蔡龍溪皮影戲文物圖錄研究》、《南臺灣傀儡戲劇場藝術研究》與《尋找南臺灣傀儡戲生命力》。《X山豬的故事／一九九四》於樹德科大演出。前往英國考察劇場文化。走過蘇格蘭愛丁堡、牛津大學、莎翁宅邸、皇家莎士比亞劇院、大英博物館。前往青海參加「海峽兩岸昆倫考察與學術研討會」。

二〇〇一　獲得國科會八十九學年度甲種研究獎勵，出版《中國儀式劇場藝術的發展與變革》。高雄南風劇團演出《臺灣人間（兼）神／一九九六》。

二〇〇二　發表〈臺灣戲曲中哪吒的形象刻畫〉、〈論紀蔚然《黑夜白賊》的（非）寫實跨文化挪用〉與〈論張德成內臺演戲記錄的研究價值〉。前往俄羅斯考察俄國劇場文化，走過莫斯科大學、契訶夫的海鷗劇院、敏斯克、聖比得堡。

二〇〇三　發表〈南臺灣偶戲的研究歷程、意義與未來〉。出版劇本《我們不是這樣長大的 /2002　福爾摩 Sarss/2003》（「臺灣世紀末續曲—I, II」），《我們不是這樣長大的 /2002》於紅樓參加文建會主辦第一屆讀劇節。

二〇〇四　出版《馬森》（文建會「現代戲劇館叢書」）、發表〈重估蘭陵《荷珠新配》的演出與實驗劇場〉。獲頒九十三年度「國立鳳山高中傑出校友獎」。

二〇〇五　出版《永興樂皮影戲團發展紀要》（優質官方出版品）。發表〈歌仔戲新方向的思辯：從《青春美夢》文本考察〉。高雄應用科技大學外語系畢業公演 Bridge of Magpies。

二〇〇六　於國立台灣藝術大學任教。出版劇本《台灣第一女司機》。發表〈南台灣傀儡戲劇場藝術的蛻變〉。

二〇〇七　七月前往廈門參加「七七抗戰學術研討會」發表〈日據時代台灣皮影戲的蛻／退變〉。前往廈門漳州泉州訪察布袋戲與傀儡戲。出版《屏東縣布袋戲的流派與藝術》。隨明華園歌仔戲總團，前往杭州交流演出。

二〇〇八　出版《跨文化劇場：傳播與詮釋》。

二〇〇九　發表〈論台灣全國學生創意偶戲比賽所見的創意與問題〉，出版《鍾任壁布袋戲技藝與傳承》。前往福建漳州參與「二〇〇九漳州海峽兩岸藝術節」。在台北參加第七屆「海峽兩岸四地華文戲劇節」。

二〇一〇　出版《照光弄影—影藝文化展》。隨中研院曾永義院士前往廈門參加「海峽兩岸民間藝術節」並發表論文。

二〇一一　前往法國 Besançon 法旭宮第大學（Universite de Frenche-Comte）參加大學戲劇節。獲頒中華文藝獎章戲劇教育獎。6/15 玄奘大學演出《台灣人間（兼）神／一九九六》。率領台藝大學生前往南京大學參加第二屆易卜生國際戲劇節競演。前往澳門參加第八屆「海峽兩岸四地華文戲劇節」。

二〇一二　前往廈門台灣藝術研究所參加海峽兩岸民間藝術節。前往廈門參加廈大舉辦的「姚一葦生平與著述展」。

二〇一三　與中研院曾永義院士前往廈門台灣藝術研究所參加海峽兩岸民間藝術節。與陳勝在漫談丑角行當。前往杭州參加第九屆「海峽兩岸四地華文戲劇節」並發表論文。

二〇一四　率領臺藝大學生前往廈門參加首屆海峽兩岸大學生戲劇節，演出《台灣人間（兼）神／一九九六》。

二〇一五　前往香港參加第十屆「海峽兩岸四地華文戲劇節」。

二〇一六　前往金門參加廈門台灣藝術研究院主辦的民間藝術節。

二〇一七　隨同錦飛鳳傀儡戲團前往印度新德里，參加由國際偶戲聯盟（UNIMA）主席 Dadi Pudumjee 主辦的第十五屆「伊莎拉（Ishara）國際偶戲藝術節」，並發表論文。獲選為國家文化藝術基金會常務監事。前往四川南充參加第二屆國際木偶藝術周，並發表論文。前往漳州上杭縣參加客家木偶文化藝術節，並發表論文。率領台藝大學生前往廈門參加第二屆廈台大學生戲劇節。

二〇一八　前往日本慶應義塾大學中文系演講，並至長野縣飯田市參觀第四十屆人形祭。

二〇一九　前往金門考察六個傀儡戲團。前往泉州參加第四屆海上絲綢之路展演，並發表論文。

二〇二〇　自臺灣藝術大學戲劇系退休。視訊參加海峽兩岸及港澳地區校園戲劇論壇，發表〈台灣大學生戲劇的發展〉。

二〇二一　執行國立傳統藝術中心研究案。

二〇二二　執行國立傳統藝術中心研究案。日本慶應義塾大學中文系年刊《中國都市藝能研究》第二十一輯刊登〈第十七屆全國創意戲劇比賽的創意呈現〉。

二〇二三 獲得成大研究發展基金會頒贈特聘研究員。執行國立傳統藝術中心研究案。

國家圖書館出版品預行編目（CIP）資料

邁向戲劇：石光生散文集 / 石光生著 . -- 初版 .
-- 新北市 : 斑馬線出版社 , 2023.10
面；　公分

ISBN 978-626-96854-7-9（平裝）

863.55　　112012413

邁向戲劇：石光生散文集

作　　者：石光生
總 編 輯：施榮華
主　　編：洪春峰
封面題字：邢　悅
封面設計：余佩蓁

發 行 人：張仰賢
社　　長：許　赫
副 社 長：龍　青
出 版 者：斑馬線文庫有限公司
法律顧問：林仟雯律師

斑馬線文庫
通訊地址：234 新北市永和區民光街 20 巷 7 號 1 樓
連絡電話：0922542983

製版印刷：龍虎電腦排版股份有限公司
出版日期：2023 年 10 月
ISBN：978-626-96854-7-9
定　　價：400 元